UM ESTADO MATEMÁTICO DE GRACE LIVROS 1 E 2 SÉRIE COMPLETA

FRAGMENTO; FUSÃO FINAL

Cathy McGough

Stratford Living Publishing

O QUE
OS LEITORES
ESTÃO A DIZER

EUA:

«Excelente! Este é um romance juvenil altamente criativo. É uma história de imaginação fértil, aventuras fantásticas e conceitos intrigantes sobre a natureza do universo.»

«Grace é uma heroína diferente e esta é uma história distópica juvenil diferente. À primeira vista, Grace bastante comum, além de ser um prodígio da matemática. Após um acidente, começa a ficar claro que as coisas podem não ser o que parecem à primeira vista. Apreciei os vários níveis desta história. Um conto único e agradável de ler.“

”A primeira parte parece um romance policial, o que faz com que se queira continuar a virar as páginas. Há muitas cenas românticas. Também apreciei o humor espalhado por toda a obra. No geral, há muito para apreciar, incluindo personagens excelentes, elementos fantásticos interessantes e uma escrita descritiva excelente."

Há uma qualidade flutuante na história que leva a mente a abrir possibilidades.

Reino Unido:

A excelente escrita e o enredo envolvente mantêm este romance num ritmo soberbo.

Uma rapariga geek, um rapaz desportista — lançados num mundo caótico de ventos estranhos, terramotos e confrontados com o facto de serem os únicos seres vivos que restam no mundo. Uma história de sobrevivência e amor.

ÍNDICE

CITAÇÃO — XIII

DEDICAÇÃO — XV

LIVRO UM: — XVII

CAPÍTULO 1 — 1

CAPÍTULO 2 — 5

*** — 13

CAPÍTULO 3 — 15

CAPÍTULO 4 — 18

CAPÍTULO 5 — 23

*** — 29

*** — 32

*** — 35

CAPÍTULO 6 — 38

*** — 44

CAPÍTULO 7 — 45

***	51
CAPÍTULO 8	54
***	58
***	61
***	63
CAPÍTULO 9	65
***	71
***	73
CAPÍTULO 10	75
***	82
***	84
***	88
CAPÍTULO 11	90
***	93
***	96
CAPÍTULO 12	98
***	104
***	108
***	109
***	112
***	115

***	117
CAPÍTULO 13	120
CAPÍTULO 14	125
***	127
CAPÍTULO 15	131
CAPÍTULO 16	137
***	143
CAPÍTULO 17	145
CAPÍTULO 18	150
***	154
***	155
***	156
CAPÍTULO 19	158
***	161
***	163
CAPÍTULO 20	165
CAPÍTULO 21	169
***	172
***	173
***	175
***	177

***   179

CAPÍTULO 22   181

CAPÍTULO 23   184

***   186

***   188

***   189

***   191

CAPÍTULO 24   193

CAPÍTULO 25   198

***   203

CAPÍTULO 26   205

***   211

CAPÍTULO 27   213

***   217

CAPÍTULO 28   221

***   224

***   227

***   230

***   232

CAPÍTULO 29   234

***   239

***	242
CAPÍTULO 30	245
CAPÍTULO 31	248
CAPÍTULO 32	252
CAPÍTULO 33	254
CAPÍTULO 34	257
CAPÍTULO 35	259
CAPÍTULO 36	261
CAPÍTULO 37	264
CAPÍTULO 38	266
CAPÍTULO 39	268
CAPÍTULO 40	270
***	273
CAPÍTULO 41	275
***	280
CAPÍTULO 42	284
CAPÍTULO 43	290
CAPÍTULO 44	294
LIVRO DOIS	297
PRÓLOGO	299
***	300

***   301

CAPÍTULO 1   305

CAPÍTULO 2   307

***   310

***   312

***   314

***   316

CAPÍTULO 3   318

CAPÍTULO 4   320

CAPÍTULO 5   321

***   324

CAPÍTULO 6   326

CAPÍTULO 7   328

CAPÍTULO 8   329

CAPÍTULO 9   331

***   334

CAPÍTULO 10   338

***   343

CAPÍTULO 11   344

***   347

***   350

*** 354

CAPÍTULO 12 356

CAPÍTULO 13 359

CAPÍTULO 14 364

CAPÍTULO 15 368

CAPÍTULO 16 376

CAPÍTULO 17 385

CAPÍTULO 18 389

CAPÍTULO 19 391

CAPÍTULO 20 394

CAPÍTULO 21 397

CAPÍTULO 22 399

CAPÍTULO 23 403

CAPÍTULO 24 405

CAPÍTULO 25 408

CAPÍTULO 26 413

CAPÍTULO 27 417

CAPÍTULO 28 423

*** 428

CAPÍTULO 29 431

CAPÍTULO 30 432

CAPÍTULO 31   435

CAPÍTULO 32   438

CAPÍTULO 33   441

CAPÍTULO 34   449

CAPÍTULO 35   452

CAPÍTULO 36   454

CAPÍTULO 37   456

CAPÍTULO 38   457

CAPÍTULO 39   462

CAPÍTULO 40   465

CAPÍTULO 41   468

CAPÍTULO 42   469

CAPÍTULO 43   474

CAPÍTULO 44   479

CAPÍTULO 45   481

EPÍLOGO   483

CONCLUSÃO   485

OBRIGADO!   487

SUGESTÕES DE LEITURA   489

NOTA DO AUTOR: 491

TAMBÉM POR: 493

CITAÇÃO

Acredito que enquanto ainda nos aproximávamos,
antes de entrarmos em contacto,
estávamos num estado de graça matemática.
Ian McEwan, AMOR SEM FIM (ENDLESS LOVE)

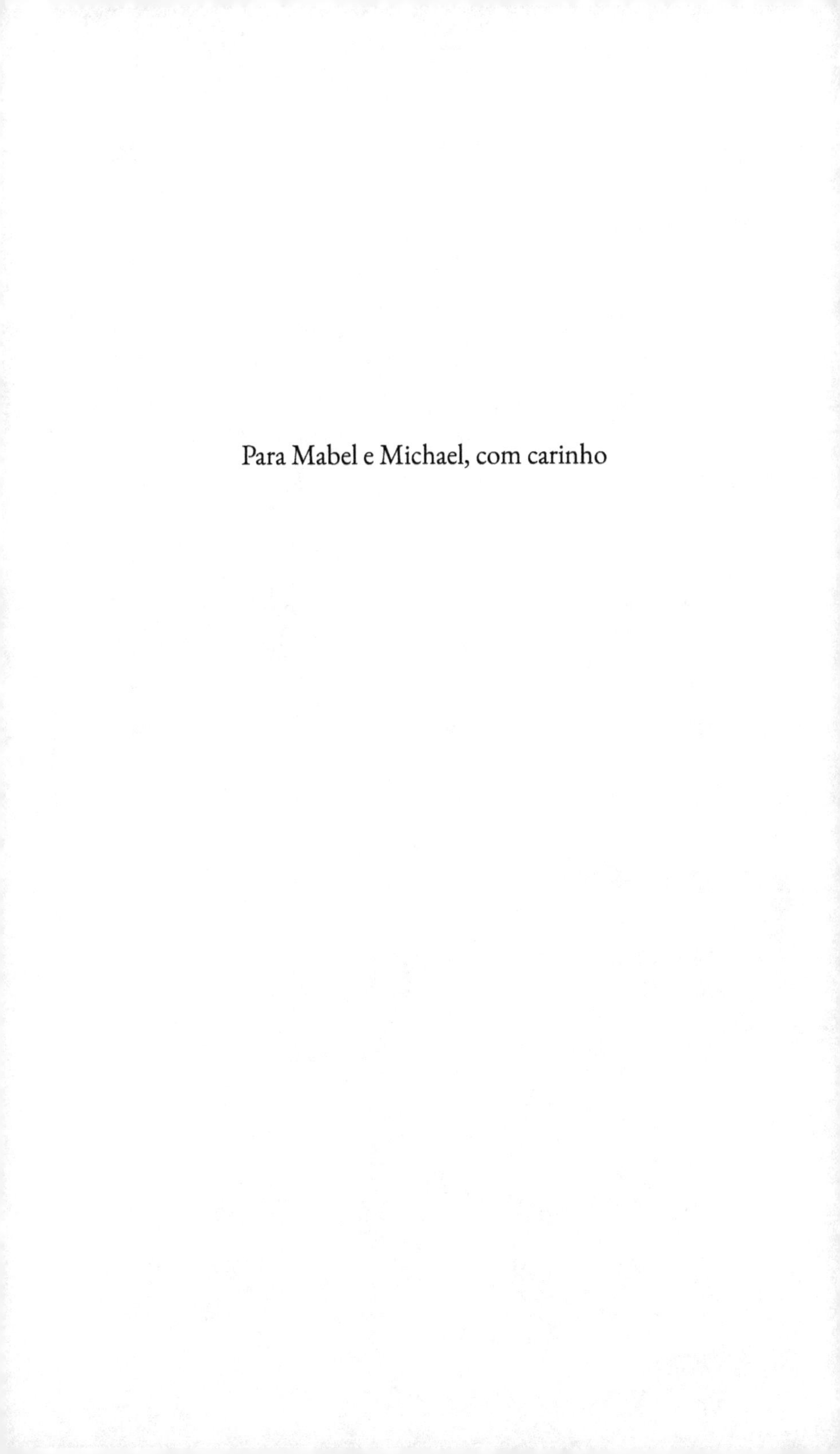

Para Mabel e Michael, com carinho

LIVRO UM:

FRAGMENTO

CAPÍTULO 1

G RACE GREENWAY, DE DEZASSEIS anos, gostava de dormir até tarde, especialmente nos dias de escola.

A sua mãe, Helen Greenway, abriu a porta com força e entrou. As duas cabeças dos seus chinelos de coala iam à frente. As cabeças faziam «shhhh» enquanto sussurravam pelo chão frio de madeira.

Quando Helen chegou ao outro lado do quarto, baixou a guarda. Retirou o lenço perfumado com que cobria o nariz. O ar no quarto estava pesado devido às experiências da noite anterior, que, pelo cheiro, tinham algo a ver com enxofre.

Ao chegar à janela, Helen abriu-a completamente. Colocou a cabeça para fora, enchendo os pulmões com oxigénio puro do ar livre. Revigorada, ela abriu as cortinas. Helen apontou para si mesma e para os seus chinelos na direção do monte na cama: a sua filha, Grace.

Do outro lado da sala, o computador de Grace anunciou a sua presença com um alarme. Ele começou a exibir números aleatórios na tela. Ele os lia em voz alta com uma voz parecida com a de Stephen Hawking.

Helen considerou o significado desses números. Eles faziam pouco sentido para o seu cérebro não orientado para a matemática. Os seus chinelos com cabeças de coala inclinaram-se, fingindo compreensão. Helen atravessou o quarto, enquanto as cabeças de coala acenavam e sussurravam umas para as outras. A própria Helen não entendia nada de matemática. Ela não tinha ideia de quem a sua filha tinha herdado os seus genes numéricos. Helen considerou essa transferência genética enquanto estudava a forma enrolada da sua filha.

«Está na hora de acordar, querida!», disse Helen.

Grace mexeu-se um pouco e jogou os cobertores para trás. Enrolando, ela se espreguiçou e bocejou sem abrir os olhos.

«Bom dia, dorminhoca», disse Helen, beijando a testa da filha.

«Bom dia, mãe», respondeu Grace, finalmente abrindo os olhos.

«O autocarro chegará em quinze minutos! Você precisa se apressar. Vou preparar algo para você comer no caminho.»

«Está bem, mãe», disse Grace, enquanto se desdobrava dos cobertores. Ela sentou-se, apenas para cair novamente no travesseiro. Ela queria tanto voltar ao seu estado de sonho — voltar ao estado de espírito de Vincente Marino.

«Vamos, Grace!», repetiu Helen, enquanto se dirigia para a porta. «Desça em cinco minutos!»

Grace sussurrou o nome de Vincente em voz alta, baixinho, suavemente, quase como se imaginasse que ele pudesse ouvi-la. Ela imaginou-o a subir pela treliça do lado de fora da janela. Tap-tap-tapping.

O som do seu computador fez-lhe acordar. Esfregou os olhos para tirar o sono. Olhou para a camisa de dormir que estava a usar. Odiava aquela coisa, com a sua renda branca e o laço vermelho. Era absolutamente virginal.

Grace passou o dedo pela fita vermelha, e ela cortou a sua pele. Doeu muito, como um corte de papel, mas a fita era de tecido. Ela desamarrou-a da camisa de dormir. Observou-a cair no chão, seguida alguns segundos depois por gotas de sangue vermelho.

Grace chupou o dedo sangrando, mas ele continuou a pingar no chão. O sangue se misturou com a fita vermelha, que se contorcia como uma cobra. Ela fechou os olhos e recostou-se no travesseiro. Pensou em Vincente Marino. Mal podia esperar para vê-lo hoje.

Grace moveu-se para a beira da cama, onde estavam as gotas de sangue, mas agora elas tinham desaparecido. Encolhendo os ombros, ela pegou a fita vermelha. Grace prendeu-a novamente na gola de renda da camisa de dormir e foi para o banheiro.

Helen gritou outro lembrete lá de baixo, mas Grace não respondeu. Em vez disso, ela fechou a porta atrás de si e, com um bocejo, deixou a camisa de dormir branca cair no chão frio de azulejos.

Grace inclinou-se para dentro da cabine do chuveiro e abriu a torneira da água quente com toda a força. Deixou o vapor subir enquanto olhava por cima do ombro. A sua camisa de dormir, amontoada no chão, parecia quase um espírito que tinha vindo e partido.

Então, ela entrou na água quente e fumegante. Só quente, nunca fria. Lavou o cabelo, o rosto e o resto do corpo, depois deixou a água quente cair sobre si.

Quando estava quente como um bolinho com manteiga, ela desligou a água e deu um passo para trás. Abriu a torneira da água fria com toda a força, contou até três e entrou. O choque em seu sistema foi como uma reação química, um choque elétrico. Naquele momento, ela se sentiu mais viva do que nunca. Todos os seus sentidos estavam em sintonia. Era quase como se ela tivesse renascido.

Grace contemplou a água enquanto ela seguia a sua jornada pelo ralo. Ela percebeu que a fita vermelha tinha caído no ralo. Presa no redemoinho, ela girava e girava e girava.

Ela estendeu a mão e pegou a fita vermelha, amassando-a em uma bola na palma da mão, para drenar o excesso de água. Quando ela abriu o punho, a fita ganhou vida e tomou forma.

Intrigada, ela repetiu o processo: amassar a fita, fechar a mão, abrir a mão. Ver o resultado novamente. E novamente. E novamente.

Acontecia sempre.

Repetidamente, ela assumia a mesma forma: a forma de um coração.

CAPÍTULO 2

G RACE JOGOU A CAMISA de dormir no cesto de roupa suja. Começou a vestir o uniforme escolar, levantando a saia o mais alto que podia. Todas as meninas da escola faziam isso para deixá-la mais curta do que deveria ser. Quando o uniforme ficou aceitável, ela voltou para o quarto e começou a secar e escovar os longos cabelos ruivos.

Ela olhou por cima do ombro para o ecrã do computador: ainda a pesquisar. Grace esperava que ele encontrasse a resposta durante a noite. Ela o programou com um único objetivo: encontrar a próxima sequência de Fibonacci. Se fosse bem-sucedida, o nome de Grace Greenway seria registrado nos livros de história. Sua descoberta rivalizaria com a Média Áurea.

Grace sorriu e arrumou o cabelo. Ela lembrou-se do apelido que deu a Vincente Marino. Ela o chamava de sua Média Áurea. Era o seu pequeno segredo.

Para finalizar, ela enfiou a mão fundo na gaveta onde escondia a maquilhagem e a escova. Aplicou um pouco de base e um pouco de blush. Grace borrifou um pouquinho de perfume no pescoço antes de descer as escadas. Ela esperava passar despercebida pela mãe. Esperava que a mãe não notasse a saia mais curta ou qualquer outra coisa que ela tivesse realçado naquela manhã. Caso contrário, haveria drama.

O motorista do autocarro buzinou na berma e Grace começou a correr. Agarrou os livros e uma torrada enquanto passava a correr pela mãe. Saiu pela porta, passando pelos olhos atentos da mãe, subiu as escadas e entrou no autocarro.

Helen observou a filha a entrar, sabendo muito bem que a saia dela era mais curta do que deveria ser.

Helen continuou a observar enquanto a filha caminhava lentamente em direção à parte de trás do autocarro. Ela lembrou-se da primeira vez que ficou ali parada a observar a filha a entrar no autocarro. Helen queria acompanhar a filha até ao autocarro. Grace estava tão animada e determinada a ser uma menina crescida que queria fazer isso sozinha. Helen lembrou-se como se fosse ontem: como a filha estava pronta para cortar o cordão umbilical. Helen não estava preparada para a dor avassaladora que lhe rasgava o coração. Ela acompanhou o autocarro com os olhos até não conseguir mais vê-lo. Uma lágrima rolou pela sua bochecha. Helen a enxugou.

No autocarro, Grace encontrou o seu lugar habitual e abriu o livro. Ela se escondeu atrás do livro didático como se fosse uma parede, um disfarce. Lá, ela poderia aguardar a chegada de Vincente Marino, incógnita.

Enquanto o autocarro avançava ruidosamente pela estrada, Grace perdeu a noção de onde estava por um segundo. Ela voltou à realidade quando Vincente Marino subiu a bordo.

Grace sentou-se direita, como se uma descarga de adrenalina tivesse percorrido o seu corpo. Ela segurou o livro didático à sua frente como um escudo. Por dentro, o seu coração batia tão forte que parecia ter ganho asas e estivesse prestes a voar. O seu pulso batia forte e ela tinha de pensar em cada respiração.

Vincente passou de assento em assento, cumprimentando e cumprimentando, até que o motorista do autocarro lhe disse para se sentar. Depois de assobiar tão alto que todos os cães da vizinhança devem ter ouvido, Vincente deslizou para o seu lugar ao lado da sua namorada, Missy Malone.

Grace estava apaixonada por Vincente Marino, mas só o amava à distância. Ela sabia que ele estava totalmente fora do seu alcance, mas, ao mesmo tempo, tinha esperança. Ela acreditava que o amor era uma equação matemática. Ela acreditava que o amor verdadeiro era predeterminado.

Era como qualquer outra fórmula matemática: bastava procurar. Procurar até encontrar a proporção áurea perfeita. Com todos os números da sequência correta no lugar, o universo conspiraria para que duas pessoas se apaixonassem. Grace Greenway estava à espera que a sua Média Áurea se encaixasse na sequência. Então, ela e Vincente Marino estariam no estado perfeito do amor.

Grace olhou para cima por trás do livro. A voz de Vincente flutuou em sua direção. Ela observou o cabelo loiro dele brilhar ao refletir a luz do sol. Os seus cachos dourados roçavam os ombros. Ele riu e sussurrou algo no ouvido de Missy, depois virou-se na direção da parte de trás do autocarro.

O coração de Grace parou quando os seus olhos se cruzaram por uma fração de segundo. As suas bochechas ficaram vermelhas. Ela cobriu o rosto com o livro didático mais uma vez, como uma cortina. Grace ainda podia ver os seus pés, os seus sapatos. Então, os ténis de corrida de Vincente Marino tocaram os dela. Ela baixou o livro, e os olhos azuis dele se encontraram com os seus olhos castanhos. Ela tossiu quando finalmente se lembrou de respirar.

"Ei, Grace", disse Vincente.

«Estava a pensar se poderia salvar a minha vida?»

Ela acenou com a cabeça.

«O jogo ontem à noite atrasou-se e depois tivemos de sair para comemorar, quer dizer, nós ganhámos! Sabe como é.»

«Sim, eu sei», sussurrou ela.

«E então, esta manhã, percebi que não tinha feito o meu trabalho de casa de matemática e sabe que o velho Sr. Dense tem algo contra mim. Ele adoraria me expulsar da equipa."

"Sim, eu sei."

"Grace?" Ela respirou fundo quando ele disse o nome dela, enquanto ele continuava. "Se você pudesse, por favor, me emprestar o seu trabalho de casa, eu ficaria eternamente em dívida com você. Você salvaria a minha vida."

Ela enfiou a mão na mochila sem hesitar.

«Devolvo-lhe antes da aula.» Então, ele fez o gesto de cruzar o coração e jurar. Ele sorriu para ela. «Obrigado, querida», disse ele, mandando-lhe um beijo enquanto colocava o livro dela na mochila. Vincente voltou para o seu lugar, onde Missy Malone observava a interação deles.

Os olhos de Grace e Missy se encontraram por um segundo por cima do ombro de Vincente. As duas não eram rivais. Missy sabia que Grace não era uma ameaça, mas podia ver que a pobre idiota estava apaixonada pelo seu Vincente. Todos sabiam que ela o seguia como um cachorrinho perdido.

Grace colocou a barreira do livro de volta e sorriu para si mesma. Na verdade, ela exibia o maior e mais idiota sorriso possível. Estava tão animada por poder falar com Vincente novamente que nem mesmo o pensamento em Fibonacci conseguia distraí-la.

Então percebeu que o autocarro tinha parado e todos os passageiros estavam a se amontoar no corredor. Ela também se moveu, enfiando-se até ficar diretamente atrás de Vincente. Ele deixou Missy sair na sua frente. O perfume da colónia de Vincente flutuou em sua direção. Grace o inspirou, inspirou-o a ele.

Assim que ele saiu para a luz do sol, os raios beijaram o anel de ouro no seu dedo e, por um momento, cegaram-na. Ela esbarrou nele, mas ele não pareceu se importar. Ele riu e sorriu para ela.

Grace esqueceu de respirar.

Missy Malone gritou, passou o braço pelo de Vincente e levou-o embora.

Grace chegou ao seu cacifo. Respirou fundo e jogou a mochila para dentro. Ela olhou para a sua agenda da manhã: Estudos Indígenas Aborígenes, Matemática, Arte, depois Almoço, seguido de mais Arte, Inglês, Lazer. Ela poderia ir ver o jogo. O sino tocou.

Ela fechou o cacifo com força. Correu pelo corredor e sentou-se ao lado das janelas.

A sua professora, Miss Smart, fez a chamada e, em seguida, apresentou uma convidada especial à turma.

A oradora convidada era uma mulher da Geração Roubada.

Ela contou à turma como foi levada. Depois adotada por uma família branca. Como não lhe era permitido praticar ou seguir as tradições do povo Gadigal.

Grace sentiu pena dela. Afinal, nenhuma criança deveria ser abandonada, muito menos roubada. Nenhuma criança deveria ser excluída da sua própria história. Era absurdo.

Grace não conseguia entender por que os pais da mulher permitiram que isso acontecesse. Grace imaginou a situação a acontecer na sua casa. Estranhos a aparecerem. Exigindo levá-la embora. Os pais de Grace teriam contratado todos os advogados da cidade e impedido que as coisas acontecessem antes mesmo de começarem. Ela pensou em fazer essa pergunta à mulher. Outra colega de turma se antecipou.

A mulher lembrou-se de como o homem branco trouxe armas com ele, incluindo pistolas.

Os pais dela sabiam que haveria derramamento de sangue se resistissem, então não resistiram. Ela disse que não adiantava lutar, porque levar as crianças embora era permitido por lei. "Isso não aconteceu apenas na Austrália", explicou a mulher para a turma. "Aconteceu com os aborígenes canadenses e os nativos americanos, com os indígenas neozelandeses e com muitos outros povos em diferentes lugares do mundo.

Cada caso foi diferente, mas essas coisas terríveis mudaram as nossas famílias para sempre.»

Embora Grace sentisse empatia, ela acreditava que a mulher deveria esquecer o passado e seguir em frente. Ela acreditava que a vida era como uma fórmula matemática. Era preciso continuar sempre a procurar e a avançar. Reconfigurar. Progredir.

Grace dirigiu-se para a aula de matemática, onde Vincente lhe passou o trabalho de casa a tempo de o entregar.

O Sr. Dense era o tipo de professor que fazia tudo de acordo com as regras. Ele pareceu satisfeito quando Vincente Marino foi o primeiro da fila a entregar o seu trabalho de casa. Fibonacci estava a ser revisto na aula de hoje. Como Grace Greenway, de dezasseis anos, era uma criança prodígio reconhecida, o seu professor dispensou-a mais cedo. Grace passou o tempo livre a estudar na biblioteca. Ela foi para as suas outras aulas, almoçou e teve aula de inglês.

Depois, voltou à biblioteca para o seu período livre até a hora do jogo.

Depois de ler e escolher uma pilha de livros para emprestar, ela dirigiu-se ao campo para assistir ao jogo de críquete. Nesse momento, Vincente Marino subiu para bater. A multidão do colégio explodiu em aplausos tumultuosos.

Grace, distraída pelo uniforme branco de críquete de Vincente, que refletia a luz do sol do final da tarde, perdeu o controlo da sua pilha de livros. Ela segurou os livros e tentou equilibrá-los, na esperança de recuperá-los com sucesso. No entanto, sua determinação em permanecer de pé segurando as obras completas de seus modelos matemáticos: Sophie Germain, Hypatia, Lise Meitner e Mary Somerville, não foi suficiente. Quando os livros caíram no chão, ela também foi derrubada, em mais de um sentido.

***

Quando Grace acordou, tudo estava confuso e nebuloso. Ela estava tonta e sentia vontade de vomitar. A cabeça doía terrivelmente. Era como se o cérebro estivesse a tentar encontrar uma maneira de sair da cabeça. «Todos para trás!», gritou alguém. «Grace? Grace! Está bem? Fale comigo, Grace! Consegue ouvir-me?»

Quando ela abriu os olhos e olhou para o céu, um anjo estava a chamá-la pelo nome. Grace se perguntou se estava morta. Será que ela tinha morrido e passado para outra dimensão? Recusando-se a acreditar que isso fosse verdade, ela fechou os olhos com força e os abriu novamente. Um menino flutuava acima dela com uma auréola tão grande quanto o sol.

"Sinto muito, Grace", ele disse, segurando uma das mãos dela.

Uma multidão se reunira ao redor, empurrando, gritando e criando uma confusão típica de adolescentes.

Grace podia vê-los curvados sobre ela, alguns com os rostos sorridentes de cabeça para baixo. Em sua cabeça, havia um zumbido constante. Se não fosse por um rosto familiar, o do jovem, ela teria se sentido assustada.

Ela tentou ser corajosa e levantar-se. As suas pernas não cooperavam. Elas tremiam e balançavam como espaguete cozido demais. Em seus ouvidos, o som do oceano era predominante.

Ela sentou-se novamente e descansou a cabeça no peito do jovem. Ele não pareceu se importar.

CAPÍTULO 3

O ROSTO DO RAPAZ aproximou-se do de Grace, de modo que os raios do sol dissiparam a forma da sua auréola. Ela podia sentir o seu hálito doce e canela no seu pescoço. Grace sabia o que ele desejava. Ela virou o pescoço nu na direção dele. Dando-lhe permissão para mordê-la. Para prová-la.

«Alguém chame o 112!», gritou o rapaz enquanto levantava Grace e segurava o seu corpo.

Grace sentiu-se mal. Ela tinha a intenção de fazer um programa de perda de peso. Ela não era exatamente leve como uma pena. Ela encostou a cabeça no peito dele, ansiosa para ouvir os batimentos cardíacos dele. Tudo o que ela conseguia ouvir era o rugido do oceano.

Grace olhou para o rosto bonito dele. Ele parecia tão preocupado.

Juntos, eles se moveram entre os murmúrios e sussurros da multidão. Para um lugar tranquilo. Finalmente, subiram algumas escadas e atravessaram uma porta giratória. Então, Grace Greenway foi deitada numa cama macia numa sala que cheirava a antisséptico e meias de ginástica. Ela encostou o rosto nele, tentando recuperar o seu aroma de canela.

"Esta é a sala das enfermeiras. Espere aqui. Vou buscar ajuda."

"Não me deixe", disse ela. "Por favor, não me deixe."

«Ela não está a respirar!», gritou alguém, lembrando-a disso.

Logo, Grace sentiu-se ela mesma novamente. Ela só queria que as ondas parassem de bater na costa da sua mente.

«Consegue ouvir-me?», perguntou uma mulher. Grace acenou com a cabeça. «Sou a enfermeira Hands.»

«Enfermeira, 5. Hands, 5 — incrível!», exclamou Grace.

«Ela está delirando!», A enfermeira Hands disse. Ela sentiu o pulso e a testa de Grace, depois olhou para Vincente e abanou a cabeça.

«Não, ela está a pensar na aula de matemática. O Sr. Dense deixou-a sair mais cedo. Estávamos a fazer Fibonacci», explicou Vincente.

«Sabe o nome dela?»

«Sim, ela é Grace. Grace Greenway.»

Grace amassou a camisa de Vincente na palma da mão.

«Preciso mesmo de voltar ao jogo.»

«Grace», disse a enfermeira Hands, «estamos à espera da ambulância. O Vincente precisa de voltar ao jogo. Por favor, solte a camisa dele.»

Grace gritou: «Não me deixe!»

Vincente ajoelhou-se novamente ao lado dela e olhou nos seus olhos.

Ele ficou.

Ela suspirou.

E então tudo ficou escuro.

CAPÍTULO 4

N O HOSPITAL, A ENFERMEIRA parou ao lado da cama de Grace e verificou os seus sinais vitais. Ela estava estável por enquanto. A enfermeira puxou os cobertores sobre os braços de Grace. Ela pegou a bandeja com copos de água não utilizados, parando momentaneamente para olhar para o jovem com o uniforme de críquete. Ele estava a dormir profundamente na cadeira debaixo da janela.

Vincente não tinha saído do lado de Grace desde que ela chegou inconsciente. Ao sair, ela olhou para o relógio e calculou que ainda faltavam seis horas para o fim do seu turno. Ela adorava o seu trabalho, mas aquele seria um dia longo.

De volta ao quarto de Grace, a paciente começou a se mexer e se movimentar. Ela logo descobriu que estava presa à cama por uma série de máquinas barulhentas.

Ela estava em um quarto de hospital.

Por que estava ali? Como tinha chegado ali? Fechou os olhos e tentou concentrar-se. Tentou lembrar-se, mas nenhuma memória lhe veio à mente.

Ansiosa por se libertar dos bipes e dos pingos, Grace tentou sentar-se. Quando não conseguiu realizar esse simples desejo, atirou-se de volta para a almofada. Tinha um desejo intenso de fugir.

Por que estou aqui? pensou Grace. E por que todos me abandonaram?

Grace percebeu um rapaz que dormia profundamente na cadeira ao lado da sua cama. Afinal, ela não estava sozinha e abraçou-se o melhor que pôde com as máquinas presas ao seu corpo.

Ela sentiu-se mais feliz agora, sabendo que alguém estava lá. Que alguém se importava.

Embora não pudesse ver o rosto dele, ela observava o cabelo loiro dele se mover para dentro e para fora a cada respiração. Ele dormia profundamente. Grace continuou a olhar para ele e para o uniforme branco que ele usava. Ela se perguntou se ele trabalhava no hospital. Parecia estranho que um membro da equipe adormecesse ao lado de um paciente.

Grace sentiu-se estranha ao olhar para os braços cruzados do rapaz e para a sua cabeça loira caindo livremente.

Os momentos passaram e ela continuou a olhar. Então, quase como se ele tivesse sentido os olhos dela sobre ele, o rapaz acordou com um sobressalto. Ele jogou o cabelo para trás, revelando um rosto angelical.

Grace cobriu a boca com a mão. Ele era deslumbrante. O rapaz levantou-se e aproximou-se dela.

Grace não conseguia respirar. À medida que ele se aproximava, os seus olhos azuis escuros faziam o coração dela bater cada vez mais rápido. Ela pensou que fosse desmaiar. E então ele falou. «Está acordada, Gracie! Graças a Deus! Estava tão preocupado. Estávamos muito preocupados.»

«Sim», disse ela, sem saber o que mais dizer. Ele não era um membro da equipa. Ele significava algo mais para ela, ela podia sentir isso no seu coração e sabia disso no fundo da sua mente. Mas quem era ele?

Ela estendeu a mão para ele, esperando que ele a segurasse. Ele não o fez. Em vez disso, deu um passo para trás. Ela, um pouco relutante, retirou a mão.

O rapaz continuou a olhar para Grace, como se estivesse à espera de algo. Após o mal-entendido de «quero segurar a sua mão», ele protegeu-se. Enfiou as mãos nos bolsos. Após alguns segundos, tirou-as novamente.

Grace sentiu calor e frio ao mesmo tempo.

«Está bem?», perguntou ele. «Está magoada em algum lugar?»

Grace esperou e pensou antes de responder. Ela queria que a sua resposta fosse sucinta, mas não brusca. Como ela se sentia não importava! O que ela queria saber era por que estava ali. O que ela queria saber era quem ele era.

«A minha cabeça dói mais. É como se tudo doesse ao mesmo tempo, se é que isso faz sentido. E você?»

Ele abriu um sorriso, revelando dentes brancos e perfeitos. Grace achou que os dentes dele deveriam vir com um aviso: ÓCULOS

DE SOL OBRIGATÓRIOS. Ele passou os dedos pelo cabelo e os seus olhos se encontraram.

Grace sentiu uma energia vinda dele que a atingiu diretamente no peito primeiro e depois pareceu ricochetear nas paredes. Se ela já não estivesse deitada, teria caído no chão. Ela estava apaixonada. Disso ela tinha certeza. Mas ele estava agindo de forma estranha. Como se não soubesse o que dizer ou o que fazer. Era como se ele quisesse se aproximar, mas não soubesse como. «Estou bem, obrigado», disse ele. Parecia o Ursinho Pooh com a mão presa no pote de mel.

Grace caiu para trás no travesseiro mais uma vez, sem quebrar o contato visual com o rapaz. Ela queria fazer perguntas, muitas perguntas, mas por onde começar? Deveria simplesmente soltar tudo? Ele parecia tão desconfortável. Por quê?

Ela ajustou a sua posição na cama. Agora, inclinando-se um pouco em direção a ele, com a cabeça apoiada em um braço — tanto quanto é possível quando se está conectado a máquinas —, ela acenou para que ele se aproximasse.

Ele parou e olhou para os sapatos. Então, ele se arrastou para a frente. Ela sabia que ele não iria oferecer nenhuma informação, ela sentiu isso, mas precisava saber. O tempo estava a passar. "O que aconteceu comigo?", ela finalmente perguntou.

O rapaz deu um passo para trás, começou a dizer algo e depois parou. Abriu a boca e depois fechou-a novamente, como um peixe.

Grace tentou ajudar com perguntas mais diretas. "O que estou a fazer neste hospital? Como cheguei aqui?"

Ele permaneceu em silêncio, passando os dedos pelo cabelo.

Grace continuou, sem se intimidar: "E quem é você?"

CAPÍTULO 5

O RAPAZ PARECEU ANGUSTIADO com a primeira pergunta e preocupado com a segunda e a terceira. A quarta pergunta causou a reação mais surpreendente.

Todos sabiam quem era Vincente Marino, e Grace Greenway sabia especialmente bem. Ele a viu fazendo olhos de cachorrinho para ele. Às vezes, quando ela achava que ele não estava a ver, ela seguia-o pela escola. Ela até fazia isso às vezes quando ele estava com a namorada, Missy Malone. Então, ela estava a brincar com ele?

Vincente tinha quase a certeza de que ela estava a brincar com ele.

Ele deu um passo em direção a ela e olhou nos seus olhos castanhos, olhando diretamente para a sua alma. Ele precisava de saber o que ela estava a tramar. Para ver se ela estava a brincar ou a pregar uma partida nele, mas Grace não pestanejou nem revelou nada.

Grace não fazia ideia de quem ele era.

Quando o rapaz olhou nos seus olhos, Grace se perguntou se ela tinha entendido tudo errado. Talvez ele também não soubesse quem era? Afinal, ele era loiro.

"Sou Vincente", disse ele, enquanto olhava para o rosto de Grace em busca de um sinal de reconhecimento. Quando isso não aconteceu, ele repetiu o seu nome novamente. Na verdade, ele quase cantou: "Vincente Marino".

Grace sentiu arrepios nos braços e estremeceu. Ela não reconhecia o nome dele, mas algo dentro dela se mexeu. Talvez fosse o tom de voz dele.

Ela repetiu o nome dele em voz alta. Nada despertou nenhuma memória. Os arrepios começaram a desaparecer. Ela tentou soletrar o nome dele, rolando cada letra na língua como se estivesse tateando no escuro:

"V-I-N-C-E-N-T."

"O meu nome se escreve com um e no final", disse Vincente. Ele explicou que recebeu o nome de um dos navegadores de Cristóvão Colombo. Seus pais originalmente queriam chamá-lo de Cristóvão. Quando sua mãe contou à tia, sem saber que ela também estava grávida, a tia roubou o nome. Seus pais escolheram outro nome para ele, Vicente, em homenagem a Vicente Pinzón.

Quando o viram, mudaram de ideias e chamaram-no Vincente.

«Isso é interessante», disse ela. «Mas, na verdade, quem é você para mim?»

«Não está a brincar?», perguntou Vincente. «Não se lembra mesmo de mim?»

«Não tenho a certeza. Sinto algo em relação a si, mas... nem me lembro do meu próprio nome.»

«É Grace. Você é Grace.»

«Mas há pouco, chamou-me Gracie.»

«Sim, chamei.»

«Porquê? Se o meu nome é Grace..., por que me chamou Gracie? Não gosto disso.»

«Ok, então não vou mais chamá-la de Gracie.»

Ele recuou, passando os dedos pelos cabelos loiros novamente. Ele continuou a fazer isso.

Provavelmente um hábito nervoso. A Grace também queria passar os dedos pelo cabelo dele. Por que estava a ter pensamentos assim? Ela estava a tentar entender o que estava a sentir. As ondas de calor e frio. Tentando dar sentido a tudo isso. Para encontrar uma memória guardada em algum lugar dentro da sua cabeça. No entanto, cada vez que ele fazia isso, passava os dedos pelo cabelo, distraía-a, fazia os seus joelhos tremerem como gelatina.

«Vamos, Grace! Você deve se lembrar de mim! Se não se lembra, para provar isso, jure com a mão no peito.»

«Acho que essa é uma escolha estranha de palavras. Considerando que estou no hospital e tudo mais.»

«Ah, desculpe. Não pensei nisso. Por favor, tente se lembrar de quem eu sou, está bem? Você está me preocupando. Talvez eu deva sair e chamar alguém?»

«Você está preocupado? Estou com medo! Se você diz que eu deveria conhecê-lo, então deve haver uma memória sua guardada em algum lugar aqui." Ela bateu na cabeça com o punho fechado. "Por que não consigo encontrá-lo aqui?"

Ele agarrou a mão dela, impedindo-a de se bater novamente. Puxou uma cadeira para o lado da cama e sentou-se. Decidiu contar tudo a ela. Explicar por que ela estava ali, como tudo era por causa dele. Como a feriu e depois a levou ao hospital.

Como ficou ao lado dela durante dias enquanto ela estava inconsciente. Esperando. Rezando. "Eu sou a razão pela qual você está aqui."

"Você me machucou?"

"Sim, eu a machuquei."

Ela fez uma careta. "Você me machucou!"

"Sim, mas foi um acidente. Eu jogo críquete. Você estava na partida.

Três dias atrás."

"Há três dias?"

"Sim. Há três dias, eu bati uma bola e ela acertou a sua cabeça. Você está aqui desde então. Eu tenho estado ao seu lado. Esperando."

"Você me acertou? Na cabeça? E agora eu perdi a memória?"

"Parece que sim."

"E depois?"

"Eu a carreguei até a enfermaria da escola. Uma ambulância a trouxe para cá."

Grace examinou o seu corpo. Com a sua forma, não conseguia imaginá-lo a carregá-la. Ele estava em forma, vestia um uniforme, sim, mas carregá-la? Impossível. «Você carregou-me?»

«Sim.»

Ela teve uma vontade irresistível de lhe bater e abraçá-lo ao mesmo tempo. Mas a sua cabeça doía ainda mais.

«Sinto muito, muito mesmo», disse ele.

O impulso de abraçá-lo superou o impulso de bater nele. "Foi um acidente, então não tem nada pelo que se desculpar."

"Obrigado", disse ele, inclinando a cabeça. Grace estendeu a mão para acariciá-lo como se fosse um cãozinho obediente.

Uma mulher estranha entrou na sala empurrando as portas giratórias como um furacão. Ela avançou em direção a eles. De estatura pequena, mas com uma energia avassaladora, ela se aproximou deles. As suas calças de ganga azuis justas faziam barulho e os saltos das suas botas batiam no chão antisséptico do hospital.

A mulher olhou para Vincente como se ele fosse uma ferida a precisar de ser tratada.

Ele falou numa voz visivelmente baixa. Ofereceu-se para deixar os dois a sós. Antes que eles tivessem tempo de responder, levantou-se e saiu.

"Não vá", implorou Grace, mas era tarde demais. Grace ficou a olhar para a porta por um momento, na esperança de que ele voltasse. Ele não voltou. Ela voltou a sua atenção para a mulher estranha. Ela se perguntou que tipo de hospital era aquele que permitia que os seus funcionários usassem jeans e botas.

"E como você está, minha querida?", perguntou a mulher, e então ela se inclinou e colocou os lábios na testa de Grace.

Grace considerou isso um gesto de familiaridade excessiva e disse isso. «Não faça isso!», exclamou ela, «Quem pensa que é?», perguntou, enquanto limpava os germes do local onde a mulher a tinha tocado com os lábios.

«O que quer dizer com "quem sou eu"?»

«Também não sabe?», perguntou Grace, ofendida com a falta de decoro e profissionalismo da mulher.

«Quem sou eu?»

«Há eco aqui?» perguntou Grace.

«Então você realmente não sabe quem eu sou?»

Grace encolheu os ombros. A mulher virou-se e saiu apressadamente da sala. Ela corria rápido para uma mulher baixa usando botas de salto alto.

Quando ela estava a sair, Vincente estava a entrar. Ela quase o derrubou. Grace ficou horrorizada ao ouvir a mulher gritando como uma louca no corredor.

Grace achou que as portas deveriam ser giratórias e disse isso.

Vincente sorriu para ela, o que mais uma vez fez seu coração bater mais forte.

Grace se perguntou em que tipo de hospital ela estava. Uma ala psiquiátrica?

"Quem era aquela mulher louca?"

"Aquela não era uma mulher louca. Era a sua mãe."

✳✳✳

«A minha mãe? Como é que ela poderia estar?» Grace fez uma pausa e olhou para as suas mãos. Não conseguia parar de olhar para elas. O que era aquilo? Havia algo escondido ali. Algo importante. Ela precisava de se lembrar do que quer que fosse, pois sentia que era algo profundamente sério.

Então aconteceu. Ela estava a voar pelo ar, indo rápido nos braços de um anjo. Olhou para cima, para o rosto acima dela, e o sol brilhava atrás do anjo, criando uma auréola natural. Esforçou os olhos para revelar a sua identidade, mas o rosto estava desfocado. Perguntou-se se seria possível determinar as características de um anjo. Pensou que as características de um anjo talvez não fossem distinguíveis para os vivos. Era isso! Grace decidiu que devia ter tido uma experiência de quase morte.

Ela segurava algo na mão enquanto voava para a frente, e eles entraram num túnel. Por um segundo, ficou escuro, ou ela fechou os olhos. Então ela olhou para cima e a identidade do seu anjo foi revelada. Na verdade, não era um anjo — era o rapaz que estava ao lado dela. Ela sussurrou o nome dele repetidamente. Era como música, um zumbido. Uma batida dentro da sua cabeça.

«Está bem?», perguntou Vincente.

Grace sorriu.

Ele perguntou novamente: «Está bem, Grace? Quer que eu chame alguém?»

«Estou grata», disse ela. «Por quê?»

«Pela você, é claro. Pela você, meu anjo.»

Vincente olhou para os seus pés. Colocou os punhos nos bolsos. Parecia muito preocupado, como se achasse que ela realmente tinha enlouquecido.

Ele achava que já tinha visto ela se afastar dele antes — não fisicamente, mas espiritualmente. Ela tinha viajado para muito longe em sua mente. Dava para perceber quando alguém estava «ausente», porque os olhos ficavam vidrados e sonhadores.

Vincente desejava que a mãe de Grace Greenway voltasse, para que ele pudesse dar o fora dali. Ela estava a começar a assustá-lo.

Então, do nada, Grace soltou: "Vincente, você é meu namorado?"

"Não!", exclamou ele, num tom de voz que não podia ser mal interpretado. Por via das dúvidas, ele recuou ainda mais, até que suas costas ficaram encostadas na parede.

Ele parecia absolutamente, completamente mortificado. Grace ficou confusa. A sua negação, aquela única palavra, atingiu-a com toda a força no peito. O ponto de exclamação parecia o bico de um corvo perfurando o seu coração. Ela sentiu-se ferida, mas a sua confusão era avassaladora. Ela observou-o e esperou que ele fizesse alguma coisa, dissesse alguma coisa. Qualquer coisa.

«Olhe, Grace, você precisa saber que eu não sou seu namorado. Só a trouxe aqui porque fui eu quem a magoou.»

«Então, você normalmente é muito frio para falar comigo?»

«Grace, você me ajudou com meu dever de matemática e me ajudou a permanecer na equipa. Sou grato pela sua ajuda, mas...»

"Grato..." Ela recostou-se na almofada e fechou os olhos.

Ela queria desaparecer na almofada de penas.

Ele queria desaparecer do quarto.

Eles permaneceram juntos, partilhando o mesmo espaço, embora cada um deles se sentisse como uma ilha.

"Vou buscar a sua mãe, está bem? Acho que você deve estar com a família." Ele virou-se e saiu do quarto.

Grace sentiu-se uma tola. Ela não sabia quem ele era, mas, no fundo do seu coração, sabia que o amava. Que tolice da sua parte ter deixado escapar aquilo. Talvez ela o amasse à distância? Talvez ele estivesse apaixonado por outra pessoa e agora ela tinha-se envergonhado ao dizer-lhe o que sentia.

Ela virou o rosto para o travesseiro e chorou.

****

GRACE DESEJAVA CORRER ATRÁS de Vincente Marino. Ela puxou as máquinas numa tentativa infrutífera de soltá-las quando a cavalaria chegou.

«O que está a fazer, Grace?», perguntou Helen Greenway.

«Quase arrancou isso, sua menina tola», repreendeu a enfermeira.

Vincente, que havia retornado, não disse nada. Ele arrastou os pés e enfiou os punhos nos bolsos, como se estivesse à procura de trocos.

«Eu estava...», começou Grace.

Ela não conseguiu terminar porque a enfermeira começou a inclinar e ajustar a cama. Grace perdeu o equilíbrio e caiu de lado, prestes a bater no chão. Teria batido no chão, se Vincente não tivesse tirado os punhos dos bolsos e a tivesse apanhado.

Ele segurou-a nos braços mais uma vez, como na sua memória. Ele era um presente, um presente de algum lugar acima, e mais uma vez, as memórias de Grace voltaram. As memórias vieram como flashbacks. Vincente no autocarro escolar. Vincente a jogar críquete no campo. Vincente a sorrir para ela, pegando o seu trabalho de casa. Vincente, Vincente, Vincente. Uma enxurrada de memórias inundou-a e, a partir delas, Grace soube duas coisas com ce rteza.

Primeiro: ela amava Vincente Marino. Segundo: ele não a amava.

Ela olhou nos olhos dele. Eram poças vazias de luz, inclinando-se para ela, querendo salvá-la do perigo, ser um herói. Mas por trás daqueles olhos azuis escuros não havia amor. Nenhum amor por e la.

Grace era o sol, estendendo os seus raios, procurando a lua: o lado escuro da lua. Eles estavam em lados opostos, girando longe um do outro.

«Ahem», Helen limpou a garganta, fazendo com que Grace e Vincente piscassem os olhos.

«Veja, enfermeira, ela está completamente fora de controlo. Ela não percebe a gravidade da sua situação. O quão doente ela realmente está.» Helen começou a chorar. Não eram lágrimas pequenas. Não, era quase uma torrente de soluços que sacudiam o c orpo.

«Tudo bem, mãe», disse Grace, enquanto estendia a mão para pegar a mão da mãe.

"Você se lembra de mim?"

"Claro", disse Grace, mentindo. Ela não a conhecia nem tinha qualquer memória dela; não mais do que da enfermeira que ainda estava de boca aberta.

"O médico está a caminho", anunciou a enfermeira. Ela levantou o braço de Grace e começou a medir o seu pulso. "Os seus sinais vitais estão excelentes, mas você precisa descansar. Talvez seja hora da sua amiga ir para casa.

Ele também precisa descansar.»

Ela olhou para Vincente.

A subtileza da sua apreensão não passou despercebida por ele.

«Sim, acho que devo ir», disse Vincente. Ele afastou-se alguns passos da cama. Passou os dedos pelo cabelo. Voltou a aproximar-se da cama, como se estivesse à espera da aprovação de Grace. «Ou posso ficar, se quiser.»

«Só se quiser», disse Grace com um lampejo de esperança na voz. Ela percebeu que ele só estava a ficar por culpa, mas decidiu que aceitaria qualquer forma de consentimento dele. «Talvez só até eu adormecer?»

Helen conversou com a enfermeira como se fossem amigas de longa data enquanto saíam do quarto.

«Ela vai adormecer em alguns minutos», disse a enfermeira. «Dei-lhe sedativos suficientes para garantir que ela tenha uma boa noite de sono.»

Helen olhou para as duas e mandou um beijo para a filha.

Grace achava que era difícil para a mãe deixá-la sozinha com uma quase desconhecida. A mãe não reclamou. Ela aceitou isso como uma cicatriz de batalha.

✳ ✳ ✳

G RACE NÃO DEMOROU MUITO para adormecer.

Vincente aproveitou a oportunidade para ligar o telemóvel e contactar a sua mãe. Ele tinha-lhe enviado mensagens com atualizações sobre o estado de Grace. Recusou-se a sair do lado dela até ter a certeza de que ela estava fora de perigo. Precisava de ir para casa tomar um banho, sem mencionar que finalmente poderia trocar o seu uniforme de críquete.

Logo, Grace estava num sono profundo, no qual imaginava vozes ao seu redor. Vozes sussurrantes. Então, as vozes ficaram cada vez mais altas. Elas encheram a sua mente com risadas. Risadas diabolicamente altas, seguidas de gritos e arranhões, como se alguém tivesse sido enterrado vivo. As vozes estavam presas. Elas gritavam e arranhavam, gritavam e arranhavam.

Grace acordou assustada, com suor escorrendo pela testa. Os lençóis estavam húmidos e frios. Ela estava desorientada. Com medo de abrir os olhos. Perguntou-se se o que quer que fosse que ela ouvira nos seus sonhos estava no quarto com ela agora. Se ela abrisse os olhos, veria, e se visse, precisaria fugir. Ela ouviu atentamente. Os únicos sons eram o tique-taque e o barulho de equipamentos médicos.

Ela abriu os olhos, repetindo para si mesma: um deslize, dois deslizes, três tics, quatro toques. Grace estava sozinha. Começou a tremer no quarto frio. Precisava de trocar de roupa. Não conseguia chegar onde precisava, então apertou o botão de pânico. Em segundos, a enfermeira chegou e a ajudou a vestir uma bata limpa.

"Tem de... ir?", perguntou a enfermeira.

Esta era mais pequena e mais simpática do que a outra, e sorriu gentilmente. Grace corou quando a enfermeira colocou o penico debaixo dela.

Depois, Grace perguntou se podia aproximar-se da janela. A enfermeira empurrou a cama para a frente, mantendo o equipamento intacto. Ela abriu as cortinas, deixando entrar a luz do dia. A intensidade repentina da luz cegou Grace. Ela olhou para a relva fina que se curvava com a brisa. Olhou para o céu azul profundo e sem nuvens. Depois de tanto tempo no hospital, sentiu-se viva.

«Se precisar de mais alguma coisa, avise-me», disse a enfermeira.

Grace pegou na sua mão e disse: «Obrigada».

Mais uma vez, estava sozinha, mas desta vez olhou mais além ao longo do caminho. Avistou um pequeno jardim de flores e, logo atrás dele, uma árvore. Ao lado dela, viu um pedaço de papel a flutuar para cima, zombando enquanto subia. Passando pelas flores imóveis, quase como se dissesse: «Olhe para mim! Você pode ter pétalas bonitas e cores vibrantes, mas eu posso fazer algo que você não pode. Você está acorrentada, mas eu posso voar. Veja-me voar!»

O pedaço de papel continuou a sua jornada. Grace seguiu-o enquanto ele voava alto, mais alto e ainda mais alto, até que ela não conseguiu mais vê-lo. Grace riu. Era como assistir a magia.

"O que você está fazendo?" exclamou a mãe de Grace quando viu a filha quase em pé. Helen Greenway empurrou a filha de volta para o travesseiro e empurrou a cama contra a parede. Em seguida, cobriu a filha na cama. Grace apreciou os mimos. Ela pensou que isso poderia evocar uma memória — uma memória dessa mulher em pé à sua frente. Mas, mais uma vez, nenhuma memória veio.

CAPÍTULO 6

«ESPERO QUE ESTEJA DISPOSTA a receber a visita do Dr. Christiansson», disse Helen. «Ele virá em breve para conversar sobre o seu estado.»

«Tenho algum problema?», perguntou Grace.

«Sim, Grace.»

Grace ficou preocupada quando o médico entrou. Ele cumprimentou-as e puxou uma cadeira. Sentou-se por um momento e depois levantou-se. Ele mediu o pulso de Grace. Ele sentiu a testa de Grace. "Hmmm. Como está a sentir-se, Gracie?"

"Por favor, chame-me Grace."

"Oh, desculpe. Grace, então. Como está a sentir-se hoje?"

"Estou a sentir-me melhor. A dor de cabeça não está tão forte agora, mas, doutor, não consigo lembrar-me de nada."

«Nada?»

Grace parecia envergonhada. Ela não queria que a mãe soubesse que não se lembrava dela. Ela hesitou. «Tenho flashes de memórias.»

«Flash?»

«Sim.»

«Conte-me mais», disse ele enquanto fazia anotações numa prancheta.

«Flash, principalmente sobre um rapaz. Vincente Marino», disse Grace.

O médico olhou para Helen com uma sobrancelha levantada.

«O rapaz. Aquele que a atingiu com a bola», disse Helen.

«Ah, sim. Isso é normal, já que ele foi a última pessoa que viu antes de perder a consciência.» Ele hesitou, rabiscou algo. «Então lembra-se da sua mãe, certo?»

Grace esperava e rezava para que ele não lhe perguntasse isso. Devia continuar a mentir, para manter a mãe feliz? Ela sabia que tinha de dizer ao médico a verdade, toda a verdade e nada mais que a verdade, para que ele pudesse ajudá-la. Ela abanou a cabeça. Helen começou a soluçar.

O médico deu uma palmadinha na mão de Helen e, em seguida, concentrou a sua atenção na paciente. «Grace, sofreu o que chamamos de traumatismo craniano. O que acha que isso significa?»

«Não sei.»

«Bem, deixe-me tentar explicar-lhe», disse o médico. «Você foi atingida por uma bola de críquete.» Ele hesitou e então olhou para Helen. Ela estava a soluçar tanto que o seu peito tremia. Era evidente que ela estava a tentar controlar as suas emoções.

Grace queria que ele fosse direto ao ponto.

«O impacto inicial da bola ao atingi-la, a força bruta do golpe, foi suficiente para causar a lesão. Há complicações. Complicações graves.»

Primeiro, uma condição. Agora, complicações. O que mais estava a acontecer? A sua vida estava em perigo?

«Sim, complicações na forma de coágulos sanguíneos ou aneurismas perto do cérebro. A pressão dos aneurismas pode estar a causar a sua perda de memória. Esperamos que seja apenas uma condição temporária.»

"Temporária?"

"Sim. Se fizermos a cirurgia e os removemos, esperamos que todas as suas memórias voltem. Mas a operação é extremamente perigosa."

"Quer dizer que eu posso morrer?"

O choro de Helen ficou mais alto.

"Para ser franco, sim. Você pode morrer se fizermos a cirurgia, Grace. Mas eis o problema: você também pode morrer se não fizermos a cirurgia."

"Há?"

"Os coágulos estão a crescer, causando-lhe dor e perda de memória. Eles são perigosos. Mais podem se formar, embora não saibamos quando. Infelizmente, eles não desaparecerão, a menos que se rompam, se fragmentem e entrem na sua corrente sanguínea."

"Então, como faço para me livrar deles?", perguntou Grace, tentando não chorar.

"Nós lhe daremos anticoagulantes. Eventualmente, faremos a cirurgia. Hoje. Ou amanhã. Assim que você der o seu consentimento.

Faremos o nosso melhor para nos livrarmos de todos eles. Temos especialistas à sua disposição. A cirurgia é a sua melhor chance de sobrevivência e recuperação completa.»

«E se eu disser não?»

«Tem dezasseis anos, então a sua mãe pode assinar os papéis por si. Achamos mesmo que deve tomar a decisão e concordar com ela. Será melhor para todos. É por isso que estou a dizer-lhe a verdade, sem rodeios. "

"Tenho mesmo escolha?"

"Se recusar, os coágulos continuarão a se romper quando estiverem prontos para isso. O resultado pode ser fatal e sem aviso prévio."

"Por que não podemos esperar e operar mais tarde? Se for necessário."

"Podemos. A decisão é sua. Pode esperar. É muito provável que fique mais forte a cada dia, mais saudável. Mas estaríamos a correr um risco. Se tiver uma recaída, ficar mais fraca, as suas hipóteses de uma recuperação total também podem diminuir."

"Então, quanto mais cedo melhor?"

"Grace, está a levar isto com muita calma", disse Helen, ainda a soluçar. "Minha menina forte. Tão corajosa." Ela abraçou-a.

"Não quero morrer. Tenho apenas dezasseis anos."

"Faremos tudo ao nosso alcance para ajudá-la a superar isso", disse o médico.

"Como saberemos quando as coisas ficarem mais urgentes?", perguntou Grace.

"Quando os coágulos se romperem, você passará para a nossa lista de casos críticos. A levaremos para a sala de cirurgia imediatamente. Nesse momento, será uma situação de vida ou morte."

Grace lutava para conter as lágrimas. Ela queria viver. Não queria morrer, não assim. Precisava de tempo, mas o tempo não estava do seu lado. Queria ficar sozinha. Queria tempo para si mesma. Tempo para refletir. Tempo para pensar.

"Dei-lhe muito em que pensar, Grace. É muito para um adulto lidar, quanto mais para uma adolescente. Converse com a sua família e os seus amigos. Você precisará do apoio e do amor deles. Ah, e mais uma coisa. A sua condição, os coágulos, podem estar assim há algum tempo. Talvez adormecidos há meses, até anos. Eles podem ter afetado você emocionalmente. Fazendo você se sentir cansada, dando-lhe dores de cabeça. Até aquele menino acertar você com a bola, não sabíamos disso. Agora que sabemos, temos que considerar aquele acidente um catalisador de sorte para ajudar você a ficar bem novamente."

Grace não tinha pensado nisso dessa forma. Ela acenou com a cabeça.

"Você entende que é imperativo tomar uma atitude?"

"O senhor deixou isso bem claro, doutor."

"Boa menina", disse ele. "Converse com a sua mãe. Ela ama-a muito. Depois descanse um pouco. Pense nisso. Voltarei amanhã para responder a quaisquer perguntas que possa ter."

Grace acenou com a cabeça. Helen aproximou-se da filha. "E você, Helen, descanse um pouco. A Grace vai precisar da sua força. Quando foi a última vez que dormiu?"

"Não tenho dormido muito bem ultimamente", admitiu Helen.

"Vou pedir a uma das enfermeiras para lhe dar algo para ajudá-la a dormir. Tem de descansar, comer e cuidar de si, não só por si, mas também pela Grace."

«Sim, eu entendo. Obrigada, Dr. Christiansson», disse Helen.

Ele virou-se e saiu. A mãe de Grace ficou ao lado da cama, perdida nos seus próprios pensamentos.

«Mãe, eu gostaria de ficar sozinha por um tempo, para poder pensar.»

«Mas você não está sozinha. Não precisa tomar essa decisão sozinha.»

«Eu sei, mãe, e obrigada.»

Helen beijou a filha na testa e saiu do quarto.

Finalmente sozinha, as lágrimas de Grace transbordaram. Ela abraçou-se com força. Deixou-se soluçar.

$$***$$

O AR DA NOITE estava gelado. Soprando à sua volta. Cortando a sua camisa de dormir, que ondulava atrás dela como um véu. Grace escondeu o rosto no peito de Vincente. Continuaram a voar para cima. Cada vez mais alto. Para a escuridão. Deixando tudo para trás.

Grace estremeceu.

Vincente puxou-a para perto. Os seus braços envolveram-na. Ele segurou-a. Ela sentiu-se segura.

Era agora. Agora ou nunca.

Ela afastou a camisola de gola alta do pescoço e desamarrou o laço de renda vermelha. Ela inclinou-se para trás e esperou por ele. Esperou pela dor e pelo prazer.

Vincente mostrou os dentes e então ela começou a cair. Flutuando.

Para baixo. Batendo. Para baixo.

Ela podia senti-lo profundamente, profundamente sob a sua pele enquanto caía em direção ao pavimento que a esperava.

Ela abriu os olhos e gritou.

CAPÍTULO 7

Q UANDO GRACE RECUPEROU A consciência, alguém estava a cobrir-lhe o pescoço com o cobertor. Sentiu uma mão fria a tocar-lhe na bochecha. O homem perguntou: «Está acordada?»

Grace pestanejou, tentando focar a visão. Conseguiu distinguir os olhos dele — profundos, castanhos. As bochechas dele chamaram-lhe a atenção, porque quando ele sorria, elas alargavam-se como as de uma criança. Tentou esfregar os olhos, mas o homem tinha-lhe prendido os braços. Não conseguia tirá-los de debaixo dos cobertores. Sentiu-se presa. Não sentiu medo.

«Grace», disse ele.

«Não consigo tirar os braços.»

«Oh, desculpe. Apertei demais», disse ele, puxando os cobertores para baixo, permitindo que Grace esfregasse os olhos e focasse a visão. Agora ela percebeu um segundo homem mais jovem a aproximar-se dela. Ele tinha os braços cruzados sobre o peito.

"Obrigada."

"Grace, gostaria de beber água?"

"Sim, seria ótimo", disse ela, enquanto o homem servia um pouco e colocava o copo em sua mão trémula. Ele segurou-o, como um pai segurando a mão de uma criança quando ela aprende a beber sozinha pela primeira vez. Depois que ela bebeu todo o conteúdo, ele pegou o copo e o colocou na mesa de cabeceira. Ele esperou.

Grace olhou ao redor do quarto, sabendo muito bem que deveria saber quem eram essas duas pessoas. Eles esperavam que ela soubesse.

"Eu sou o seu pai", disse o homem sorridente, "e este é o seu irmão mais velho, Daryl".

Grace agora conseguia ver: a semelhança familiar, os olhos castanhos.

Sim, ela tinha os olhos do pai.

«A sua mãe mencionou que talvez não se lembrasse de nós», disse ele. Ele deu um tapinha na mão da filha. Daryl aproximou-se, ao lado da cama. Ele estendeu a mão para Grace.

«Você está com boa aparência, minha menina», disse Benjamin Greenway.

Grace sentiu-se desconfortável e confortada ao mesmo tempo. «Obrigada.»

«Ficámos muito preocupados consigo quando soubemos.» O pai dela enxugou uma lágrima. «Desculpe-me por não ter conseguido chegar aqui mais cedo. Estava em viagem de negócios, como sabe.»

«Eu compreendo.»

«No entanto, nada é bom demais para a minha menina, e vamos trazer os melhores especialistas para cá. Faremos tudo o que pudermos para que volte a ser normal.»

«Normal?»

«Como você era, sabe... antes.»

«Uh, obrigada», disse Grace, e então ela mexeu os pés debaixo das cobertas, acordando-os de um sono profundo. Tinha sido assim ultimamente. Parte do seu corpo estava acordada, enquanto outras partes dormiam profundamente.

«Queremos que você volte a ser como era antes», disse o seu irmão. Ele se inclinou e beijou-lhe a testa.

Os lábios dele estavam frios, como se tivesse acabado de beber um refrigerante.

"Estou bem", disse Grace. "Só cansada... e, claro, há toda essa coisa de não ter memória."

"Sim, é uma chatice não conseguir lembrar de ninguém nem de nada", respondeu Daryl. Então, ele cantarolou um pouco e riu.

Que constrangedor.

Grace fechou os olhos por um segundo e depois abriu-os novamente.

O pai e o irmão pareciam um pouco cautelosos. Ela tentou novamente evocar uma memória, qualquer memória, mas não conseguiu.

«Então, decidiu fazer a cirurgia?», perguntou o pai.

«Ainda não decidi nada.»

«Tudo a seu tempo, minha querida, tudo a seu tempo», disse ele. Estendeu a mão para tocar a mão de Grace.

Quando as suas peles se tocaram, ela esperava sentir calor, mas a pele dele estava fria.

"Falei com o médico ontem", disse o pai dela. "Eu disse-lhe para fazer tudo o que fosse possível. Eu disse-lhe que o dinheiro não era problema. Eu disse-lhe para trazer os melhores especialistas. Para fazer qualquer coisa para trazer a minha menina de volta."

"Estou aqui, pai", disse ela, quando Vincente enfiou a cabeça pela porta do quarto dela.

«Entre, Vincente», convidou ela, «não está a interromper nada.»

Ele olhou à volta do quarto e caminhou na direção dela. Passou os dedos pelo cabelo. Enfiou as mãos nos bolsos das calças Levi's pretas.

«Gostaria de lhe apresentar o meu pai e o meu irmão, Daryl.»

«O seu pai e o seu irmão?»

«Sim.»

«É por isso que não entrei logo. Eu achei que estava a ouvir você a falar com alguém.»

Grace achou que ele estava a agir de forma muito estranha, quase rude.

«Gostaria que eu chamasse alguém? O seu médico? Uma das enfermeiras? Precisa de ajuda?»

«O que quer dizer?» Grace ficou muito irritada com ele, mas sorriu.

"Pai, este é Vincente Marino, o rapaz que me trouxe ao hospital. Daryl, este é Vincente Marino. Vincente, meu pai e meu irmão."

Vincente olhou à sua volta. Não havia ninguém na sala. Nem uma única alma. Mas a pobre Grace, iludida, pensava que havia. Deveria ele alinhar nas ilusões dela? Fingir? Estender a mão? Apertar uma mão imaginária em troca? Vincente não era um profissional médico. Não fazia ideia para onde olhar ou o que fazer. Não queria assumir a responsabilidade de levar Grace Greenway ao limite. Já tinha feito o suficiente por ela.

«Vou chamar o médico para si, está bem?» disse Vincente, passando os dedos pelo cabelo.

«Porquê? Porque estou a apresentá-lo à minha família? Não é como se eu estivesse a pedir-lhe em casamento ou algo assim!"

"Grace? E se eu lhe dissesse..."

"Sim?"

"E se eu lhe dissesse que não há ninguém nesta sala além de você e eu?"

Grace olhou nos olhos do pai e depois do irmão. Eles acenaram com a cabeça em reconhecimento.

"O que você quer dizer? Eles estão bem aqui!"

"Grace, ouve-me agora. Por favor. O teu pai e o teu irmão morreram num acidente de carro. Foi uma colisão frontal. Houve uma cerimónia fúnebre na escola."

"Eles não podem ter morrido", disse Grace. "A menos que, a menos que... eu esteja a ver pessoas mortas!"

"Tenho a certeza de que há uma explicação perfeitamente inocente, Grace. Provavelmente é apenas um efeito colateral do analgésico. Por favor, deixe-me chamar ajuda.»

Grace estendeu a mão para o pai. Ele recuou. Ela estendeu a mão para Daryl. Ele também recuou.

«Querida, precisamos mesmo de ir agora... agora que o Vincente está aqui. Voltaremos noutra altura. Noutra altura, quando estiver sozinha», disse o pai. Ele e Darryl recuaram contra a parede. Desapareceram.

Grace cobriu os olhos e começou a gritar. E gritou e gritou.

$$***$$

QUANDO A EQUIPA MÉDICA finalmente chegou, já era tarde demais. Grace já havia retirado alguns dos tubos.

Depois de lhe administrarem um sedativo, ela acalmou-se imediatamente. Em pouco tempo, adormeceu.

Vincente permaneceu ao lado de Grace até Helen chegar. Ele explicou o que havia ocorrido.

Helen ficou chateada por não ter estado presente. Ela se perguntou o que tudo isso significava. A sua filha estava a perder a razão? Ela precisava conversar com o médico sobre transferi-la para um tipo diferente de hospital? Um onde ela fosse monitorada 24 horas por dia, 7 dias por semana? Ela estremeceu com o pensamento.

Vincente tentou tranquilizá-la, dizendo que Grace não estava louca. Ao mesmo tempo, ele também tentava convencer-se disso.

Ele olhou pela janela e viu um saco plástico voando ao vento como um fantasma diurno. Pensou nos livros que havia lido sobre pessoas mortas que voltavam para reclamar os vivos. Seria possível haver uma explicação sobrenatural?

Helen contemplou a figura adormecida da sua filha. Ela parecia uma alma tão inocente ali descansando. Helen cruzou os braços ao redor do corpo. Fazia muito tempo que elas não conversavam, conversavam de verdade. Ela olhou para o rapaz ao seu lado e se perguntou se ele conhecia a sua filha melhor do que ela. Ela detestava a ideia de que um dia ela e a sua filha pudessem se afastar.

Grace se mexeu durante o sono. Então começou a contar em voz alta.

Helen ouviu até Grace chegar quase a cem. Então a sua filha parou de contar. Ela sempre parava no número cem. Grace sempre amou números. Ela encontrava conforto nos números.

Helen refletiu sobre isso. Embora a sua filha tivesse perdido a memória, ela ainda fazia coisas normais, como contar durante o sono. Helen acreditava que isso era um bom sinal. Ela quase partilhou isso com o rapaz Marino. Ele estava ocupado a olhar pela janela, então ela decidiu tomar uma chávena de chá.

Vincente garantiu a Helen que permaneceria na sala até ela voltar. Helen ficou grata pela ajuda dele.

Vincente folheou uma revista e continuou a olhar pela janela.

Grace gritou: «Por favor, não me leve. Por favor, não!»

Vincente levantou-a e segurou-a. Ela ainda estava a dormir profundamente, apenas tendo um pesadelo. Quando o corpo dela relaxou, ele colocou a cabeça dela no travesseiro.

«Por favor, não morra», sussurrou Vincente. Ele abriu a porta e olhou para fora, procurando Helen. Ele queria seriamente ser resgatado daquela situação. Onde estava Helen Greenway? Ele olhou para Grace, que se mexeu novamente durante o sono. Suspirando, ele fechou a porta e voltou ao seu posto.

CAPÍTULO 8

G RACE ACORDOU SENTINDO-SE TOTALMENTE desorientada. Ela teve uma noite repleta de sonhos aterrorizantes.

Sonhou que recebeu duas visitas: o seu pai e o seu irmão falecidos. O quarto estava completamente escuro e, quando ela abriu os olhos, sentiu um cheiro distinto de sabão e antisséptico no ar. Ela se perguntou há quanto tempo estava a dormir.

Grace tocou a sua testa e percebeu que estava extremamente quente. Estava com febre alta e precisava trocar de roupa novamente. Esticou-se na cama, apertou a campainha e esperou. Nada aconteceu.

Tentou servir-se de um copo de água, mas descobriu que o jarro estava vazio. Esperou que a enfermeira viesse ao quarto, mas ninguém apareceu. Apertou a campainha novamente. A sua sede estava a aumentar. Tocou na testa novamente e inclinou-se sobre a campainha.

Sentou-se e viu Vincente. Ele estava a dormir profundamente, recostado em duas cadeiras debaixo da janela. Os pés e as pernas estavam numa cadeira. A parte superior do corpo estava na outra. O problema era que o meio do corpo estava a cair para baixo, a inclinar-se. Ele ia cair no chão em breve. A única maneira de impedir isso era acordá-lo.

Grace chamou pelo nome dele. Assustado, o corpo dele afastou as cadeiras. O meio do corpo bateu no chão.

Ele levantou-se de um salto. «O quê? Onde?»

Grace não conseguiu evitar rir.

Ele olhou na direção dela por um momento e, em seguida, alisou as roupas com as mãos. Por fim, passou os dedos pelo cabelo. Olhou para ela por mais um ou dois segundos, esfregou os olhos e percebeu onde estava. Passou as mãos pelo cabelo mais uma vez, aproximou-se de Grace e disse: «Uau, desculpe. Devo ter adormecido.»

«Tudo bem. Eu esperava impedir que caísse, mas, desculpe, só piorei as coisas.»

«Não houve problema», disse Vincente. Ele fez alguns polichinelos, tentando acordar.

«Já é muito tarde! Por que não me chamaram? A sua mãe deveria ter assumido. Agora, só familiares podem visitar depois das dez. Regras do hospital.»

«Estou a chamar uma enfermeira há algum tempo», disse Grace, «mas até agora, nada. Deixe-me tentar novamente.» Ela apertou a campainha e esperou.

Vincente podia ouvir o som ecoando pelo corredor. Estranho. Ele decidiu ir ver o que estava a acontecer. Onde diabos estava

Helen? Vincente tinha mencionado especificamente a Helen Greenway que precisava sair dali às dez em ponto.

Ela tinha prometido acordá-lo. A mãe dele iria buscá-lo e ele tinha um jogo de críquete no dia seguinte. Precisava de uma boa noite de sono. Ela estava a subestimá-lo. A tratá-lo como família. Mas o que...? Vincente ficava cada vez mais irritado enquanto vagava pelo corredor. A princípio, tudo parecia normal, mas a ausência de todos os funcionários do hospital o alarmou. Ele enfiou a mão no bolso e tirou o telemóvel.

Ligou-o e esperou que o 4G funcionasse, mas o sinal estava fraco, apenas uma barra. Verificou se tinha mensagens de texto e e-mails, mas não havia nenhum. Olhou para o relógio no final do corredor. Eram 2h30 da manhã. O que diabos?

Curioso, abriu um dos quartos do hospital, preparado para se desculpar pela intrusão, mas estava vazio. Ele continuou a abrir porta após porta, e o resultado foi o mesmo todas as vezes: vazias.

Ele entrou no elevador. Desceu um andar: a mesma coisa. Para onde todos tinham ido? Isso estava a começar a ficar estranho. Ele desceu de elevador até o térreo. Lá era a mesma coisa. Até a recepção estava vazia. Não havia pacientes ou familiares na sala de espera ou na área de emergência.

Saiu e respirou fundo. O ar tinha um cheiro estranho, uma mistura de fumo de carro e eucalipto. Tudo o que conseguia ouvir era um zumbido incessante.

À distância, os seus olhos se conectaram com a lua cheia, cujo brilho iluminava o céu noturno. As estrelas estavam em plena força. Ele refletiu sobre essas coisas por alguns momentos, porque eram o que esperava ver, ou seja, normal.

Alguns segundos depois, o zumbido trouxe-o de volta à realidade e os seus olhos examinaram o estacionamento. Ele tossiu enquanto se dirigia para o veículo mais próximo, que tinha fumo a sair do tubo de escape.

A porta dianteira do lado do motorista estava aberta, então ele inclinou-se para dentro, mas encontrou o carro vazio. Ele verificou o banco de trás e também estava vazio.

Desligou a ignição, mas o carro voltou a ligar imediatamente. Finalmente, retirou a chave, e isso pareceu resolver o problema.

Dirigiu-se ao carro seguinte, também vazio, com o motor ainda a funcionar. Ficou parado no meio do estacionamento. Todos os veículos estavam a funcionar, mas não havia nenhum motorista ou passageiro à vista. Vincente estremeceu e correu de volta para dentro para procurar Grace.

***

G RACE AINDA ESTAVA SENTADA onde ele a havia deixado. Ele nunca ficou tão feliz em ver alguém em toda a sua vida. Ele mordeu o lábio superior ao entrar na sala, questionando-se se deveria contar a ela o que estava a acontecer. Por outro lado, ele não sabia o que estava a acontecer, de qualquer forma. Ele repassou os fatos em sua mente:

Fato: o hospital estava deserto.

Fato: o estacionamento estava deserto.

Esses eram os fatos frios e concretos.

Vincente questionou-se sobre como deveria transmitir a situação. Deveria amenizá-la para ela? Ou deveria contar tudo a Grace? Não conseguia deixar de se questionar sobre o seu estado mental atual. Ela parecia tão perto do limite há pouco tempo. Não queria ser ele a empurrá-la para o abismo. Já lhe tinha causado danos suficientes.

Vincente percebeu que Grace estava a transpirar muito. Ela já parecia preocupada e ansiosa, e ele ainda nem lhe tinha contado nada... por enquanto. Ele perguntou se ela queria beber água fria, e ela disse que sim.

Ele encheu o pequeno jarro de água e serviu um copo. Grace, pensando que era para ela, estendeu a mão para pegá-lo. Mas Vincente parecia estar em seu próprio mundo e, em vez de entregá-lo a ela, ele mesmo bebeu o copo. Em seguida, repetiu todo o processo e bebeu até a última gota do segundo copo também.

Quando ele voltou à realidade, Grace estava começando a ficar cada vez mais assustada. Algo estava definitivamente errado. Vincente tinha visto algo e estava com medo de contar a ela. Era algo muito grave.

Os olhos de Vincente encontraram os de Grace. Ele serviu um copo de água e colocou-o na mão dela, que o aguardava. Ela bebeu, observando as expressões faciais de Vincente mudarem a cada momento.

Grace não aguentava mais. Ela queria que Vincente saísse daquele estado. «Eu... preciso muito de ir à casa de banho.» Ela inclinou-se novamente sobre a campainha. Esperava que uma das enfermeiras estivesse na sala num segundo.

Vincente estava a ficar sem tempo. Ele observou Grace. Ela estava à espera que uma enfermeira viesse ajudá-la, embora não houvesse nenhuma enfermeira por perto. O que ele iria fazer? Ela estava numa crise de saúde grave e precisava de medicamentos. Ele não era médico e não tinha ideia de como iria cuidar dela.

Então, teve uma ideia: iria levá-la a outro hospital.

Sim, era isso que faria.

"Desculpe pelo que aconteceu ontem. Refiro-me à parte de ver pessoas mortas", disse Grace.

"Tudo bem."

Ele teria que contar a ela. Quanto antes, melhor.

✳ ✳ ✳

"Aquela enfermeira deveria ser demitida!", exclamou Grace. Ela realmente precisava ir à casa de banho!

"Quando foi a última vez que tomou os seus medicamentos?", perguntou Vincente.

"Não sei. Estou a dormir tanto que às vezes é difícil saber se é dia ou noite."

"Agora é noite. Já passou muito do horário de visitas."

"Então, deixaram-no ficar até tarde novamente?"

"Acho que não. A sua mãe deveria ter-me acordado. Ela ia passar a noite com você. Considerando..."

"Considerando o quê? Ela acha que estou a enlouquecer?"

"Mais ou menos. Quero dizer, ela só quer ficar de olho em você."

"Bem, então ela deveria garantir que eu receba os meus medicamentos", disse Grace.

«Para evitar que o sangue coagule, precisa dos seus medicamentos.»

«Eu sei», disse Grace, irritada, «eles sempre registam tudo na ficha ao pé da cama. Dê uma olhada. Deve ter tudo o que precisa saber.»

«Boa ideia», disse Vincente, enquanto pegava na prancheta. Havia abreviaturas que pareciam um código secreto. Ele conseguiu entender o essencial.

Grace não via ninguém — enfermeira ou médico — há mais de vinte e quatro horas.

Ela precisava mesmo de ir à casa de banho. O pingar-pingar-pingar da máquina ao lado dela não ajudava. Ela tentou não pensar nisso. Tentou não pensar na versão vampira de Vincente Marino. E tentou não pensar em ver pessoas mortas, mas era difícil não pensar em nada disso.

Especialmente quando a sua bexiga estava cheia.

Vincente decidiu que era agora ou nunca. Ele precisava de lhe contar. Precisava de lhe contar a verdade. Precisava de tirá-los daquele hospital, levá-los para outro lugar. Para um lugar onde Grace pudesse receber os cuidados de que precisava.

Ele caminhou até à janela e abriu as cortinas. Decidiu que não podia adiar mais. Precisava de lhe contar... agora.

$$* * *$$

«Grace, estamos sozinhos aqui no hospital», disse Vincente. Brutal, pensou ele. Absolutamente brutal.

«O quê?»

«Eles foram todos... embora.»

«Isso é impossível! Enfermeira! Enfermeira!», gritou ela, enquanto pressionava novamente o botão de emergência.

«Verifiquei há alguns minutos e este hospital está deserto. Totalmente.»

"Está a tentar assustar-me?"

"Sim. Quer dizer, não, mas acho que devemos sair daqui."

"Mas lá fora... Quero dizer, fora do hospital, viu pessoas?" perguntou Grace.

"Não. Não encontrei ninguém aqui dentro nem fora do prédio. Precisamos ir. Sair daqui. Ir para a cidade. Vi carros lá fora, com os motores ligados, mas não há ninguém ao volante. Nenhum passageiro. Muitos carros vazios."

"Mas não posso sair do hospital. E a minha condição?", exclamou Grace. Ela olhou para Vincente e, por um momento, perguntou-se se estava a sonhar novamente. Fechou os olhos e depois abriu-os. Não, estava bem acordada. Talvez fosse Vincente quem estivesse a dormir e ela estivesse no sonho dele? Ou pior: talvez o que ela tivesse fosse contagioso? Talvez estivessem a perder a cabeça?

"Se partirmos agora, podemos encontrar as nossas famílias. Elas saberão o que fazer."

"Mas estou ligada a isto", disse ela, apontando para as máquinas e os fios.

"Não há problema, eu desligo-a", disse Vincente.

"Sabe o que fazer?"

"Parece óbvio, mas terá de confiar em mim."

CAPÍTULO 9

G RACE CONSIDEROU AS SUAS opções. Se Vincente estivesse certo, e por que ele mentiria? Então, todos dentro e ao redor do hospital haviam desaparecido no ar. Mesmo depois de reconhecer isso, Grace ainda questionava a sua própria sanidade. Primeiro, ela acreditou que Vincente poderia ser um vampiro. Depois, acreditou que o seu irmão e o seu pai a haviam visitado, mesmo estando mortos. E agora, havia isso.

"É claro que confio em si, Vincente. Mas estou assustada. Não compreendo o que está a acontecer comigo.»

«Isso não está a acontecer só com você. Está a acontecer comigo também. Você e eu estamos nisto juntos. Não há mais ninguém aqui além de nós dois.»

«Mas estou a sonhar? Tem a certeza de que isto não é um sonho, Vincente? Diga-me que não é um sonho! Acho que estou a enlouquecer!»

Vincente puxou Grace para perto dele e abraçou-a. A sua respiração quente fazia-lhe cócegas na orelha. Ele sussurrou: «Não está a enlouquecer. Isto é real. Nós dois estamos nisto juntos... e temos que sair daqui.»

«E se o coágulo rebentar? E se...?» Grace começou.

«Então lidaremos com isso. Levá-la-ei para outro hospital. Noutro lugar.»

Grace acenou com a cabeça, enquanto Vincente desligava o monitor cardíaco. "Estou com medo", confessou ela.

"E eu tenho medo do que acontecerá se ficarmos aqui", disse Vincente. Ele removeu a última fixação de velcro, fazendo com que a máquina emitisse um sinal sonoro violento. A máquina apitou e piscou até Vincente puxar o plugue da tomada.

Então, houve silêncio na sala.

«Agora vem a parte difícil», disse Vincente. «Preciso de remover a agulha da sua mão, e isso vai doer.»

«Fale comigo. Distraia-me.»

«Está bem. Eu disse-lhe que tinha um grande jogo para jogar? Eu estava tão ansioso para jogar. Parece que já faz muito tempo desde o meu último jogo.» Vincente hesitou. «Tudo pronto.»

"Não doeu nada. Obrigada", disse Grace, balançando as pernas para fora da cama. Eram pernas nuas, que até então estavam escondidas debaixo dos cobertores.

Vincente desviou o olhar quando ela desceu para o chão frio de linóleo. O frio fez com que um arrepio involuntário tomasse conta do seu corpo enfraquecido. Vincente a segurou e a apoiou. Ela olhou para a porta do banheiro. Ela dirigiu-se para lá. Ele apoiou-a até ela estar em segurança lá dentro.

Grace esvaziou a bexiga. Puxou o autoclismo e dirigiu-se ao lavatório para lavar as mãos. Olhou para o seu reflexo no espelho e suspirou. O seu cabelo estava despenteado e a sua tez estava pálida. Parecia muito doente — o que era verdade. Grace escovou os dentes e penteou o cabelo. Abriu a porta e viu Vincente a revirar o quarto.

Antes que ela tivesse a oportunidade de dizer alguma coisa, ele perguntou: «Onde estão as suas roupas?»

«Não faço ideia. Talvez a minha mãe as tenha levado para casa para lavar?» Ela voltou para a cama. «Estava a pensar que talvez devêssemos ficar aqui e esperar que eles voltassem. Certamente eles vão voltar. Ou talvez eu acorde, ou você acorde, e então tudo volte ao normal?»

«Não, Grace. Precisamos sair daqui... agora. Você não está a sonhar e não está a enlouquecer — a menos que eu também esteja a enlouquecer! Não se preocupe com as roupas. A sua bata de hospital servirá até encontrarmos outra coisa para você vestir.»

Ela estremeceu novamente. Vincente enrolou um cobertor em seus ombros.

"Vamos, Grace. Vamos parar de falar sobre o que foi e pensar em nós aqui e agora. Precisamos sair daqui."

"Talvez você devesse simplesmente me deixar. Eu só vou atrasar você."

"Não vou te deixar, Grace. Precisamos ficar juntos. Estamos nisso juntos agora. Vamos."

"Mas Vincente, talvez se eu deitar aqui na cama e dormir um pouco, você possa procurar ajuda sozinho. Estou muito cansada." Ela se dirigiu para a cama e começou a subir nela.

Vincente estendeu a mão e a puxou para si. Colocou as mãos nos ombros dela. "Grace, você não confia em mim?"

«Confio, mas...» Grace ficou ali tremendo, enquanto olhava nos olhos escuros de Vincente. Ela estava com medo. Tinha medo de ficar acordada. Tinha medo de dormir. Queria se distrair e queria saber mais sobre ele, mais sobre a sua vida. Queria se conter, para ter certeza de que ele era o verdadeiro Vincente Marino. Ela começou a questionar tudo.

«Onde você morava antes de se mudar para cá?»

«A minha família mudava-se com frequência», disse Vincente. «Estamos aqui em Sydney há quase cinco anos, e cinco anos é muito tempo para a minha família ficar no mesmo lugar.»

Surpreendentemente, Grace lembrou-se da primeira vez que Vincente veio à escola. Era uma lembrança preciosa. Ela deixou que fluísse para a sua consciência e reviveu a cena. Ela assistiu repetidamente em sua mente.

«Está bem, Grace?»

Ela estava tão envolvida em lembrar-se. Esqueceu-se que o verdadeiro Vincente estava ali mesmo à sua frente. Grace hesitou em revelar-lhe o sonho. Queria que fosse só para ela, e apenas para ela. Mas finalmente decidiu que não havia nada a temer.

«Estava a lembrar-me do primeiro dia em que veio à nossa escola. Foi como se um raio de luz atravessasse o meu coração, perfurando a minha alma. Não conseguia respirar.»

Vincente não sabia o que dizer a essa confissão, então não disse nada.

Grace tinha certeza de que ele não se lembrava de tê-la visto no seu primeiro dia na escola. Por que ele se lembraria?

"Eu me lembro de você", disse ele.

"Você só está dizendo isso para me convencer a ir com você", disse Grace.

"Por que eu mentiria? Foi na grama, em frente à escola. Você estava sentada. Lendo um livro. Estava debaixo de uma árvore, sozinha.»

«Sim. Estava a ler O Morro dos Ventos Uivantes.»

«E eu passei por si e fingi tropeçar. Deixei cair uma caneta perto de si.»

«Eu apanhei-a e devolvi-lhe.»

«Sim, mas Grace, olhou para mim como se eu fosse uma criatura de outro planeta.»

«Sim, todo aquele despertar do meu coração e da minha alma. Fiquei sem palavras.»

"Mas você nem me conhecia."

"Eu conhecia-te, Vincente. Sempre te conheci."

"Grace, pense no que acabou de me dizer. Você tem memórias específicas armazenadas no seu cérebro, sobre mim. Acho que isso é um sinal incrivelmente positivo. Um sinal de que está a melhorar."

Ela pensou sobre isso e então sorriu de orelha a orelha. "Ok", disse ela, "agora vamos sair daqui."

"Não vou deixar-te, Grace. Temos que ficar juntos. Estamos nisto juntos. Vamos."

O telefone ao lado da cama de Grace começou a tocar. Grace estendeu a mão para pegar o auscultador. Vincente impediu-a de atender porque outro telefone no quarto também começou a tocar. Então, outro tocou no quarto ao lado. Depois outro tocou, e depois outro. O toque dos telefones ecoava pelos corredores. O som era ensurdecedor.

"Vamos embora!", gritou Vincente ao entrarem no corredor. O toque reverberava e ficava cada vez mais alto.

Eles taparam os ouvidos e chegaram ao elevador. As portas abriram e fecharam, depois abriram e fecharam. Era muito arriscado entrar. Eles dirigiram-se para a escada.

O som diminuiu enquanto desciam as escadas. Quando chegaram ao rés-do-chão e abriram a porta, o som estava mais alto do que nunca.

«Vamos!», gritou Vincente enquanto saíam pela porta da frente. Encontraram um carro. Ele colocou o cinto de segurança em Grace no banco do passageiro.

Pisou no acelerador e partiram a toda a velocidade na noite silenciosa e escura.

$$* * *$$

VINCENTE CANTOU UMA MÚSICA sobre dirigir para um destino desconhecido. Eles passaram pelo interior oeste de Sydney. Ele percebeu que Grace estava silenciosa e tinha adormecido. Ele considerou que isso provavelmente era uma coisa boa, já que precisava de tempo para pensar. Para fazer um plano.

Os carros estavam alinhados, pára-choques com pára-choques, em todos os lugares, bloqueando a via principal. Ele teve que ziguezaguear. Às vezes, precisava subir na calçada para conseguir passar.

Ao longo do caminho, ele viu muitos veículos abandonados e em movimento. Havia também camiões de transporte, táxis, carros da polícia e ambulâncias. Todos estavam parados na rua — até aviões e helicópteros. O ar estava cheio de fumo. Era como algo saído de um romance de Stephen King, um apocalipse absoluto.

No início, Vincente parava nas passagens de peões, atento às crianças, adultos e até cães que atravessavam. Não vendo nada, ele desistiu disso.

Parecia que não havia mais ninguém. Ainda assim, Vincente esperava encontrar a sua família e amigos à sua espera nos subúrbios. Tentou ligar para a sua mãe no telemóvel, mas não obteve resposta. Deixou uma mensagem. Fez o mesmo na casa dos seus avós.

Grace acordou e perguntou: «Onde estamos?»

«Estamos apenas a passear por Sydney agora. A avaliar a situação. Enquanto dormia, fui ao Royal Hospital e verifiquei.»

«Devia ter-me acordado.»

«Não, não havia necessidade. Eu também conseguia ouvir os telefones a tocar lá. Sabia que o hospital estava vazio sem sequer entrar.» Vincente dirigiu-se a um cruzamento. Grace agarrou-lhe o braço e disse-lhe para parar.

Ele pisou no travão. Esperaram, pois era uma passagem para peões, mas não havia ninguém para atravessar.

Grace mencionou a roupa a balançar ao vento, roupa que estava pendurada há quem sabe quanto tempo. Ela reparou que não havia pássaros visíveis no céu. Nenhum cão a ladrar. Ela viu que as lojas ainda estavam abertas, mas não havia funcionários a trabalhar nem clientes para comprar nada.

Havia também veículos queimados.

«A cidade está totalmente deserta», disse Vincente.

«É desesperador», resmungou Grace.

«Nunca perca a esperança.»

$$* * *$$

«Tudo vai ficar bem», assegurou Vincente, ao estender a mão e tocar a mão de Grace. Ela sentiu um choque quando a pele dele tocou a dela.

«O que vamos fazer?», perguntou Grace.

«Bem, vamos continuar com o Plano A», disse Vincente.

«Temos um Plano A?»

«Enquanto dormia, Grace, eu elaborei o Plano A. Ele envolve verificar o outro hospital e os subúrbios familiares.

Pensei que, se alguém precisasse da nossa ajuda, provavelmente os encontraríamos.“

”Era um bom plano.“

”Até agora, nada foi avistado, nem vivo nem morto.“

”Para onde foram os pássaros?“, perguntou Grace.

”Provavelmente em direção à água. Eles querem fugir dos carros barulhentos que poluem o ar", disse Vincente.

Ele percebeu que o tanque estava quase vazio. Encheu-o num posto de gasolina. Depois, comprou algumas coisas na loja de conveniência. Vincente atirou uma barra de chocolate para Grace e abriu uma barra Mars. "Deixei o dinheiro no balcão."

"Deixou dinheiro?" Grace ficou realmente surpreendida.

"Sim. Não posso simplesmente pegar gasolina sem pagar. Seria o fim da civilização como a conhecemos se simplesmente pegássemos o que quiséssemos!

Além disso, o dono daquele posto conhece a minha família desde que nos mudámos para cá. Ele ajudou a minha mãe algumas vezes quando ela teve problemas com o carro e o meu pai estava fora da cidade.»

«Gosto da sua lógica.»

«Sim, não queremos anarquia agora, queremos?» Ele riu.

Grace estava ainda mais impressionada com Vincente do que antes. Ela admirava a sua atitude de assumir o comando. A sua honestidade. Por alguma razão, o destino os uniu. Ela e Vincente estavam numa aventura. Era emocionante, assustador e estranho, tudo ao mesmo tempo.

Vincente fez uma curva rápida para uma casa que parecia de conto de fadas. "Chegámos", disse ele.

CAPÍTULO 10

Esta é a casa dos meus avós. Eu sempre fico aqui durante as férias escolares e quando os meus pais estão fora a trabalho. Como a minha família se mudava com frequência, esta sempre foi a minha segunda casa.

Enquanto sentia o aroma de eucalipto no ar, Grace disse: «É muito cedo. Acha que eles vão se importar?»

«Tentei ligar ontem à noite, mas não houve resposta.

Deixei uma mensagem. Se estiverem a dormir, não se importarão. Podemos simplesmente entrar, pois tenho a minha própria chave. Além disso, isto é uma espécie de emergência."

Vincente abriu a porta.

Grace ainda estava a olhar para o jardim, concentrando-se numa árvore enorme no meio do quintal. A árvore estava inclinada e tinha a maior parte das raízes expostas. Ela estremeceu e cruzou os braços à volta do corpo.

Vincente, que já estava dentro, gritou: «Entre!»

Agora dentro, Grace tentou se sentir em casa. De repente, uma rajada de vento entrou pela porta aberta e soprou a parte de trás do seu roupão de hospital. Ela sentiu um frio que a penetrou até os ossos e tremeu novamente.

Vincente estendeu a mão por cima do sofá e pegou uma manta multicolorida feita à mão pela sua avó. Ele colocou-a sobre os ombros dela.

Grace aconchegou-se nela e respirou o aroma agradável.

"Espere aqui", disse Vincente. "Vou subir e ver como eles estão."

"Tudo bem", disse Grace, observando Vincente subir as escadas e contornar o topo do corredor.

Quando ele desapareceu de vista, Grace foi até a janela e espreitou por entre as cortinas. As raízes da árvore pareciam se mover. Os galhos começaram a balançar. Ela estremeceu novamente e fechou as cortinas.

Ela olhou ao redor sem ser muito intrometida. A casa era um santuário dedicado a Vincente. Havia fotos dele por toda a parte. Vincente quando era bebé. Vincente quando era criança. Vincente com os seus uniformes desportivos. Vincente com os seus pais. Vincente com os seus troféus. As fotos continuavam sem fim. Ela reparou num tipo específico de foto que não viu entre as outras, ou seja, Vincente e uma namorada. Isso era um bom sinal.

Vincente voltou para baixo. Ela percebeu pela sua expressão e pressa que os avós não estavam em casa.

«Eles não estão aqui e não há sinais de que tenham estado aqui ontem à noite. A cama não foi usada e não há nada no cesto da roupa suja. A avó era sempre muito rigorosa em colocar a roupa suja no cesto antes de irmos para a cama.»

Ele sentou-se, passou os dedos pelo cabelo e colocou as mãos na cabeça, com os dedos entrelaçados. Sentar-se nessa posição ajudava-o a concentrar-se. Ele fazia isso frequentemente quando precisava bloquear a multidão em um dos seus jogos.

Grace ficou parada perto dele, silenciosa como um rato.

Vincente saiu do seu transe e disse: «Ah!», antes de se levantar e se mover rapidamente pela casa.

Grace seguiu-o pelo corredor, passando pela cozinha e pela casa de banho, até uma pequena sala no final do corredor. Era um escritório.

Ele verificou se o computador estava ligado e a funcionar. Não estava — o fio tinha sido desconectado da tomada. «O avô deve ter estado a economizar eletricidade novamente», disse ele.

«Vai demorar alguns minutos para reiniciar, então podemos comer um lanche e tomar um café enquanto isso. Venha.»

Grace e Vincente foram até a cozinha, que tinha eletrodomésticos verde-abacate. Os panos de prato tinham estampas de frutas e legumes. No centro da mesa, saleiros e pimenteiros em forma de coelhos sorriam maliciosamente para eles.

«A avó mantém sempre o frigorífico bem abastecido», disse Vincente ao abrir a porta. Ele atirou uma coxa de frango para Grace e começou a mastigar a outra enquanto colocava a chaleira ao lume. Em seguida, pegou em café, açúcar, leite em pó e duas canecas. Quando a água estava quente, serviu-lhes e depois voltaram para o corredor em direção à sala do computador.

Uma vez lá dentro, Vincente sentou-se e começou a clicar no teclado. Quando o Facebook apareceu, ele entrou no seu perfil para atualizá-lo e, em seguida, verificou se algum dos seus amigos estava online. Nenhum estava.

Ele clicou algumas vezes e verificou o feed de notícias. Nenhum dos seus amigos tinha feito publicações ou atualizações em mais de vinte e quatro horas.

«Não acredito que ninguém esteve aqui. Nem mesmo a Liz, minha prima nos EUA, que atualiza o perfil pelo menos cinco vezes por dia. Receio que isso não esteja a acontecer apenas conosco aqui em Sydney. Pode estar a acontecer em todos os lugares.»

Grace cobriu a boca, tentando conter um grito, mas ele escapou e encheu a sala silenciosa. «Talvez estejam todos juntos em algum lugar? No subsolo ou em algum lugar seguro, sem computadores, esperando.»

"O mundo inteiro, no subsolo e à espera? Isso sim seria incrível", disse Vincente enquanto saía do Facebook. "Vou verificar o meu e-mail", explicou.

"Tem uma mensagem nova!", anunciou o navegador. Era uma mensagem curta da sua avó a perguntar sobre o jogo de críquete.

"Então, o que devemos fazer agora? Onde mais devemos verificar?", perguntou Grace.

«Eu não sei», disse Vincente, e novamente colocou as mãos na cabeça e a cabeça entre os joelhos.

Grace estendeu a mão e colocou-a no ombro dele. Ele pegou a mão dela, aceitando o conforto com gratidão. «Eu sei que é de manhã cedo e tudo mais», disse ela, «mas estou exausta. Talvez devêssemos tirar uma soneca, descansar um pouco aqui. Quando acordarmos, as coisas podem ter mudado, ou podemos ter uma ótima ideia sobre o que fazer a seguir.»

«Sim, também estou exausta, e você está certo, talvez um e-mail tenha chegado, ou alguém possa entrar no Facebook entre agora e então. Quem sabe? Não temos nada a perder.

"Deixe-me tentar mais uma coisa", disse Vincente, enquanto pegava o telemóvel. Ele enviou uma mensagem de texto em grupo para todos em sua agenda de contatos. 'Pronto', disse ele. "Se alguém tiver o telemóvel, vai responder. Agora podemos descansar um pouco. Eles não vão responder se ficarmos sentados, olhando para o computador e o telemóvel." Ele conectou o telemóvel para recarregar e caminhou em direção à escada.

"Onde devo dormir?", perguntou Grace.

"Venha até o andar de cima, vou lhe mostrar o lugar."

Vincente e Grace subiram as escadas e entraram num quarto com uma cama de dossel. "Este é o quarto dos meus avós, e você pode dormir aqui. Tenho meu próprio quarto no fim do corredor. Duas portas adiante."

Para ser sincera, Grace sentia-se um pouco assustada e não queria ficar sozinha no quarto.

Mas o que poderia fazer? Pedir a Vincente para dormir na cadeira ao lado da cama ou partilhar a mesma cama com ela? Ela acenou com a cabeça e, grata pela cama macia à sua frente, deitou-se e adormeceu imediatamente. Vincente percebeu o quanto Grace estava cansada, mas ele não estava cansado o suficiente para dormir imediatamente. Para remediar isso, ele vagou pela casa e comeu algumas sanduíches de Vegemite.

Voltou para o computador, na esperança de que as coisas tivessem mudado. Não tinham.

Ele ligou a televisão, na esperança de se distrair um pouco. Todos os canais estavam fora do ar e cheios de estática branca. A mesma coisa aconteceu quando ele tentou ouvir rádio: apenas estática. Começou a pensar que o mundo tinha acabado para todos — todos, exceto para ele e Grace Greenway.

Que estranho isso acontecer com duas pessoas que mal se conheciam. Ser colocadas numa situação tão estranha. Ela era uma jovem doce e ele gostava dela, mas ela não era o seu tipo. Ele se perguntou se, sabendo o que ela sentia por ele, poderia causar-lhe mais danos ao dar-lhe esperanças. Ele sabia que Grace tinha uma paixão por ele há algum tempo. Embora tivessem a mesma idade, eram mundos à parte em seus círculos sociais e experiências.

Vincente pensou na aula de matemática. Grace estava sempre à frente de todos, incluindo o professor. Ela estava destinada a ser matemática — disso não havia dúvida. Ele estava destinado a ser atleta profissional — disso também não havia dúvida. O que os dois fariam, ou seriam, se fossem os únicos restantes no planeta? O que o futuro lhes reservaria?

Ele balançou a cabeça e condenou-se por pensamentos tão negativos.

Subiu as escadas e foi ver Grace. Ela estava a dormir profundamente. Dirigiu-se para o seu quarto.

Foi até à cômoda para procurar as suas roupas, mas o seu pijama não estava lá. Estranho. Ele tinha dormido com as suas roupas a noite toda e estava pronto para vestir outra coisa. Verificou a outra gaveta e encontrou uma cueca preta e um par de meias. Vestiu as duas coisas e deitou-se na cama. Logo estava a dormir profundamente.

✳✳✳

«Vincente! Vincente!», chamou Grace e, momentos depois, ele estava de volta ao seu lado.

«Está bem?», perguntou ele.

«Esqueci-me de onde estava», disse Grace. Ela afastou-se da cama e abraçou-o com força. Em breve, estavam num abraço inesperado e vigoroso. Ao perceber isso, ela afastou-se e pediu desculpa.

«Não precisa de se desculpar», disse ele.

Ele olhou para baixo e percebeu que estava praticamente nu.

Ela também percebeu. Corou profundamente. «Vou vestir-me agora, se não se importar.»

Quando Vincente começou a afastar-se, as luzes acima deles começaram a tremer. As luminárias fixadas no teto começaram a tremer, piscando intermitentemente. O quarto dos avós dele parecia um quarto de motel decadente com luz estroboscópica.

Os objetos na cômoda começaram a tremer e balançar em uma dança rítmica — então o chão se juntou a eles.

"Acho que é um terremoto!", gritou Vincente. "Vamos! Não é seguro ficar aqui em cima."

Os dois subiram a escada e, de repente, ela começou a se mover. Ela balançava de um lado para o outro em um ritmo de dois passos. Grace tentou segurar-se no corrimão, mas estava com dificuldade para avançar. Vincente agarrou a mão dela e ela desceu as escadas.

Assim que chegaram ao piso térreo, o tremor parou. A escada estava desalinhada e sua destruição era iminente.

"Certamente haverá um tremor secundário", disse Vincente. "Vamos ficar perto da porta da frente, por precaução."

Um segundo tremor ocorreu. Só que, desta vez, foi mais grave. A escada transformou-se numa escada rolante. Os degraus caíram no chão, formando uma pilha enorme.

Vasos e quadros voaram pela sala. As cadeiras começaram a balançar. Um espelho se partiu, fazendo um barulho ensurdecedor. Grace gritou.

Eles correram para a porta da frente.

* * *

Antes que Vincente conseguisse abrir a porta da frente, ela se abriu sozinha, empurrada por uma forte rajada de vento.

Os adolescentes se seguraram uns aos outros enquanto saíam para a varanda.

Bem à sua frente, a árvore gigante, aquela que Grace havia notado antes, estava a torcer-se e a girar. Os seus galhos se estendiam como dedos velhos e artríticos. Ela mantinha uma postura assustadora enquanto se esticava em todas as direções. As suas raízes moviam-se como cobras.

À frente deles, objetos inanimados que não deveriam voar passavam zunindo. Guarda-chuvas, caixotes do lixo, churrasqueiras e varal de roupa voavam por todos os lados. Batendo em tudo. Uma pá voadora bateu na lateral da árvore, e um gemido quase humano encheu o ar.

"É só o vento", Vincente acalmou, puxando Grace de volta para dentro de casa. «Não podemos sair — é muito perigoso. É como uma tempestade de granizo de objetos da Home Depot!»

Com o vento a empurrar a parte de trás da porta, foi preciso o peso combinado dos dois para fechá-la. Eles ficaram de costas firmemente encostados nela. Ela se movia e empurrava as costas deles. Vincente e Grace mantiveram-se firmes.

«Então, o que fazemos agora?», perguntou Grace. Ela estava a tremer. Os joelhos já não a sustentavam. Mesmo assim, ela permaneceu ao lado de Vincente.

"Bem, eu li sobre terramotos, e eles geralmente pioram antes de melhorarem. Geralmente há alguns tremores de aviso e, em seguida, ocorre um grande. Acho que temos que decidir se esse foi o grande ou se devemos sair daqui enquanto é tempo."

"Acho que vai piorar."

"Então vamos seguir nossos instintos, porque o meu está me dizendo exatamente a mesma coisa. Primeiro, pegue a lista telefónica para que possamos verificar o endereço e o número de telefone da sua casa. Você pode ligar para a sua mãe assim que tivermos essas informações. Ok, agora vamos sair daqui!", gritou Vincente, quando outro tremor atingiu o local.

Este teve uma força fenomenal. Foi seguido por um estrondo, um estalo e um barulho de algo a partir-se. Então, a grande árvore caiu sobre a casa, perfurando o telhado. Os dois ficaram olhando para a árvore, agora firmemente implantada na sala de estar. Parecia irónico que a porta que estavam a proteger ainda estivesse intacta, enquanto o teto agora era o céu.

"Vamos!" gritou Vincente enquanto corriam para a porta da frente.

Os objetos voavam ao redor deles enquanto se dirigiam para a segurança do carro. Quando Vincente se moveu para abrir a porta, Grace percebeu que o anel em seu dedo brilhava e reluzia como um terceiro olho. Parecia estar absorvendo a luz do céu.

Pensamentos estranhos passavam pela cabeça de Grace, enquanto objetos se espalhavam e se chocavam ao seu redor. Ela olhou para Vincente e considerou que, se ele fosse um vampiro, então seria imortal.

Ele poderia transformá-la em vampira também. Se isso acontecesse, nenhum dos dois ficaria sozinho novamente. Ela sabia que aquele pensamento era loucura.

Então, algo estranho, mas distinto, passou pela sua mente. Uma memória distante sobre matar vampiros com estacas de madeira. Ela olhou para Vincente enquanto um galho de árvore voava em direção a eles. Ele perfuraria as costas de Vincente se ela não fizesse algo.

«Entre!», gritou ela. «Cuidado nas costas!»

Ele saltou para dentro a tempo, quando o pedaço de madeira atingiu e amolgou o carro.

«Obrigado! Foi por pouco!», exclamou Vincente.

Uma vez dentro, um redemoinho na forma de um guarda-chuva de metal passou voando, bem diante dos seus olhos.

Um estrondo ensurdecedor. Tão alto que tiveram que tapar os ouvidos. Seguiu-se outro estrondo. A terra começou a abrir-se diante deles como um coco partido. A fissura na terra movia-se ao longo da estrada, aproximando-se perigosamente deles. Coisas caíam dentro dela, como casas inteiras, árvores e carros.

"Vão!" gritou Grace, enquanto o estrondo devastador se aproximava deles.

Vincente deu ré e, em seguida, acelerou. Os pescoços deles voaram para trás como elásticos, enquanto se afastavam numa nuvem de poeira.

«Não olhem para trás!», gritou Vincente.

Ele conduziu como nunca tinha conduzido antes. Desviou-se de carros abandonados e detritos como um piloto de corridas profissional. Continuou a conduzir; manteve-os em segurança e fora do caminho mortal de destruição do terramoto.

Conduziram e conduziram, e conduziram, sem olhar para trás.

✳ ✳ ✳

D EMOROU ALGUM TEMPO ATÉ que parassem. Até que a respiração deles voltasse ao normal.

«Podemos voltar, quando for seguro», disse Grace.

«Receio que não tenha sentido», disse Vincente, enquanto respirava fundo. «A casa certamente está no buraco. Desapareceu. Tudo desapareceu.»

«Sinto muito, Vincente.»

«Não faz mal, tenho boas recordações daquela casa. Estão aqui.» Ele apontou para o coração. «E aqui.» Ele apontou para a cabeça. «Ninguém me pode tirar isso.»

Grace pensou na sua situação atual. Como as suas recordações lhe tinham sido tiradas. Uma lágrima solitária escorreu-lhe pela bochecha.

«Lamento, Grace. Não queria dizer...»

«Eu sei que não foi sua intenção, mas é verdade. As minhas foram-me tiradas.»

«Mas vai recuperá-las. Eu sei que vai.»

«Obrigada por dizer isso, mas ninguém sabe ao certo se vou ou não, especialmente sem nenhum médico por perto.»

«Eu sei que as memórias ainda estão lá em algum lugar, dentro de si. Não estão completamente perdidas. Só precisa encontrar uma maneira de acessá-las.»

Grace concordou. Gostou da ideia de aceder às suas memórias.

«E por falar nisso», disse Vincente. «Porque não folheia as Páginas Brancas e procura o número de telefone e a morada da sua família? Depois, podemos ligar para a sua mãe.»

Grace sorriu e começou a folhear as páginas com os dedos, parando quando encontrou Greenway. Vincente deu-lhe o seu telemóvel e ela começou a marcar o número. Quando ouviu uma voz do outro lado da linha — a voz da sua mãe —, sorriu. Começou a falar, mas foi instruída a deixar uma mensagem após o sinal.

«É apenas uma máquina.»

«Era o mesmo na minha casa. Não faz mal. Temos a morada, por isso agora podemos ir lá e verificar.»

«Parece que temos um plano C.»

CAPÍTULO 11

"OH, MEU DEUS!" EXCLAMOU Grace. "Cuidado!"

Vincente voltou a sua atenção para a estrada. Grace esticou-se e agarrou o volante. O veículo desviou-se bruscamente para a direita. Vincente tentou manter o controlo do carro, mas com as mãos de Grace agarradas às suas, não conseguiu.

"Cuidado!" gritou ela novamente.

Vincente lutou com Grace. Ele recuperou o controlo do carro. Mas já era tarde demais para parar — o rumo já estava traçado. Os pneus começaram a derrapar e, em seguida, o carro parou completamente ao colidir com o tronco de uma árvore.

"Você está louca?" gritou Vincente.

"Eu..." disse Grace.

"O que você pensa que está fazendo?" Ele balançou a cabeça de um lado para o outro, como se tivesse acabado de sair do chuveiro. "Mal escapamos com vida da outra situação e agora, droga, Grace! O que..."

"Eu..." disse Grace.

"Por que você fez isso?"

"Você gostaria que eu respondesse agora?" disse Grace, com muita calma.

«Claro que sim», disse Vincente. «Quase nos mataste. M-A-T-A-R-A-S!»

«Eu sei soletrar matar, muito obrigada. Quer que eu me explique ou não?»

«Sim», disse Vincente, exasperado. Ele tentava acalmar-se respirando fundo.

«Primeiro», disse ela, «preciso de voltar lá e ver se consigo encontrá-la. Depois explico.»

«A quem?»

«À menina», explicou ela.

E logo estava a correr. A bata do hospital esvoaçava ao vento, mas ela não se importava. Tudo o que lhe importava era a menina.

Vincente correu atrás dela. Ele estava logo atrás dela. Ele achava que ela tinha perdido a cabeça. Uma menina? Ele não tinha visto ninguém. Grace devia ter imaginado.

Grace parou. Ela girou em círculos, procurando a menina em cada arbusto, em cada esconderijo possível. Grace, sem fôlego e incapaz de encontrá-la, parou. Imóvel, ela ouviu atentamente.

«Era uma criança, vestida com uma camisa de dormir branca com rendas nas bordas e um laço vermelho no colarinho. Tinha cabelos longos e escuros que caíam sobre os ombros e os maiores olhos verdes avelã em forma de amêndoa.»

Vincente estava ao lado dela, ouvindo a sua descrição. Ele prestava atenção e tentava entender, mas não conseguia.

«Ela estava bem aqui. Nós... você... quase a atropelamos.»

«Uma menina?»

«Sim.»

«Grace, não havia nenhuma menina aqui.»

«Ela estava lá! Eu vi-a! Parada bem no meio da estrada. Ela era linda.»

«Grace, eu não a vi. Ela não era real.»

«Ela era real, tão real quanto você está aqui agora.»

«Está a dizer que ela só apareceu para si?» Vincente perguntou, na esperança de a tirar daquele estado.

«Não sei. Não tinha pensado nisso.»

Vincente não queria fazer isso, mas tinha de os trazer de volta à realidade. Ele hesitou. «Real — como o seu pai e o seu irmão eram?»

«Isso é um golpe baixo e você sabe disso!», disse Grace, enquanto corria pela estrada, através das árvores. Para longe.

Vincente tinha ainda mais certeza de que ela estava a enlouquecer.

Grace tentou salvar uma menina do perigo. Ela viu a menina claramente, parada ali. O que ela deveria ter feito — deixar que ele a agredisse? Ela queria tanto agredi-lo, e com força. Em vez disso, continuou a correr. Correr para qualquer lugar. Qualquer lugar longe dali.

✳ ✳ ✳

Q UANDO ELE FINALMENTE A alcançou, Grace estava na relva de um campo, observando as nuvens passando no céu.

«Posso me juntar a si?», ele perguntou.

«Claro.»

Ele sentiu a relva macia e inalou o seu aroma. Eles ficaram em silêncio por um momento.

«Conte-me novamente o que viu na estrada com a menina.»

Ela permaneceu em silêncio.

«Prometo que ouvirei o que tem a dizer.»

«Olhe para as nuvens lá em cima, continuando como se nada estivesse a acontecer. Elas são tão bonitas, altas no céu, flutuando sem peso.»

«Grace, conte-me.»

Ela respirou fundo, olhou para Vincente e, em seguida, olhou novamente para o céu e disse: «Havia uma menina. Ela me viu. Ela me reconheceu. Ela fez um sinal assim para mim.» Ela levantou a mão, fazendo o sinal de «pare» em linguagem gestual.

«Quando é que aprendeu linguagem gestual?» Vincente franziu a testa, percebendo que ela não se lembraria de quando ou por que a tinha aprendido. «Desculpe, pergunta idiota.»

Grace ficou em silêncio, observando as nuvens, dando-lhes toda a sua atenção.

«Espere um minuto, não se lembra do seu número de telefone, mas lembra-se de linguagem gestual?»

«Acho que sim.»

«Não percebe o que isso significa, Grace?»

Ela permaneceu em silêncio.

«Significa que eu estava certo. Você consegue acessar, explorar as suas memórias quando quer», disse Vincente com entusiasmo na voz.

«Acho que fiz isso com o meu pai e o meu irmão.»

«E agora, com esta menina. Quem era ela? O que ela significava para si?»

"Não sei, mas agora estou a pensar em como nos coloquei em tal perigo. Poderíamos ter morrido quando colidimos com aquela árvore."

"Sim."

Grace levantou-se, sentindo-se esperançosa novamente. Perguntando-se se a criança estaria escondida, com medo. Ela gritou: "Menina, onde quer que esteja, saia e fale comigo. Não vamos magoá-la. Estará segura. Podemos ajudá-la."

Apenas o som das folhas a mexer e o assobio do vento enchiam o ar. Grace colocou as mãos na cintura. Ela tinha a forte sensação de que a menina não poderia ter desaparecido no ar. Ela tinha de estar ali em algum lugar.

Vincente ainda estava cético. Ele tentou tocar Grace, mas ela o afastou como se fosse um inseto.

Ela continuou a chamar a menina para sair. Grace estava totalmente concentrada na tarefa, gritando até ficar rouca.

***

Toda a energia de Grace estava agora esgotada. Ainda não havia sinal da menina. Era hora de desistir, então ela voltou para o carro. Vincente seguiu atrás dela em silêncio. A sua linguagem corporal dizia tudo o que havia para dizer: ela agora compreendia a verdade. A menina tinha sido uma ilusão. A questão era: porquê?

Vincente chutou o pneu do carro e então olhou para Grace. Ela estava exausta e envergonhada.

Ela nem conseguia olhar nos olhos dele. No entanto, apesar disso, ele a achava extremamente atraente ali parada. Ela parecia tão sem esperança e tão sozinha. Como se precisasse ser salva. Ele caminhou em direção a ela e pegou uma mecha do seu cabelo entre os dedos. Ele a enrolou várias vezes, puxando Grace cada vez mais para perto dele. Então, ele a beijou. Gentilmente, suavemente.

Um beijo pequeno, suficiente para deixá-la a desejar mais. Ela respondeu no início, e então ele afastou-se. «Desculpe.»

«Eu não», disse Grace, sorrindo por dentro e por fora. «Mas da próxima vez que eu lhe pedir para parar o carro, pare, está bem?»

«Eu prometo.»

«Mesmo que não veja ninguém?»

«Mesmo que eu não veja ninguém.»

«Está bem.»

«Está bem.»

«Acho que talvez devêssemos ficar aqui um pouco mais, caso ela volte.»

«Grace, ela não vai voltar. Por favor, entre no carro.»

O motor ligou imediatamente. Eles partiram. Grace tentou não olhar para trás, mas o impulso era irresistível.

CAPÍTULO 12

Enquanto o carro continuava a acelerar, Grace concentrou-se no presente. Ela abriu a janela e estendeu o braço. Deixou a brisa fazer cócegas nos pelos do antebraço, causando arrepios. Sentiu-se viva. Como se talvez ela e Vincente agora tivessem a oportunidade de ser o que ela sonhava que pudessem ser. Ainda assim, tinha receio de pensar muito nisso, de se concentrar demasiado nisso, porque não queria dar azar.

Grace riu enquanto o vento passava por seus dedos. Por um segundo, ela se lembrou daquele momento. O momento do beijo: o primeiro beijo deles. Tinha sido bom, gentil, caloroso, pegajoso, e ela podia sentir o desejo dele por ela pressionando-a.

Era estranho dirigir ao lado de uma onda de veículos parados. Ninguém buzinava. Sem sirenes a tocar. Ninguém a gritar. Ela não sentia falta desses sons. Os sons, dos quais ela tinha apenas uma vaga memória, eram geralmente irritantes. No entanto, ela sentia falta do canto dos pássaros. Sentia falta da sua atividade, das canções, do voar de árvore em árvore. Sentia falta do zumbido das abelhas. Perguntava-se como a Natureza iria prover, como a polinização iria ocorrer agora. A Natureza era adaptável a muitas mudanças. A Mãe Natureza encontraria uma maneira de s obreviver.

Grace olhou para Vincente. Ele estava concentrado na condução.

Parecia pensativo.

Vincente estava preocupado e zangado consigo mesmo. Primeiro, disse a si mesmo para não a iludir. Sabia que ela não era o seu tipo. Não era mesmo o seu tipo. Ela era Grace Greenway: um fenómeno matemático inteligente. Ela pensava em números.

Raios, ela provavelmente sonhava em números.

Ele tentou não pensar no beijo, o primeiro beijo deles. Decidiu que o primeiro beijo deles seria o último. Mesmo que tivesse sido inesperadamente agradável. Doce. Inocente. Ela não esperava por isso, e então houve... Ugh, ele não queria pensar em como se sentiu quando ela o beijou. Como ele se excitou tão rapidamente, com apenas um simples beijo.

Provavelmente era porque ele estava no mundo, a vaguear em roupa interior. O seu desejo por ela era provavelmente apenas um impulso incontrolável, uma reação natural. Não era algo que ele desejasse que acontecesse.

Ele parou por um momento, sentindo os olhos dela sobre si, e ajustou a sua pegada no volante. Tentou pensar noutras coisas para se distrair de pensar nela. Pensou em filmes. Jogos de vídeo. Comida.

Enquanto isso, Grace pensava no mundo. O grande mundo lá fora, que era deles, dela e de Vincente para compartilhar. Ela pensou no seu passado, em como se sentia incompleta sem todas as suas memórias à sua disposição. Ela também pensou que isso era algo bom, em vez de negativo. Era uma forma de se recriar.

Ao mesmo tempo, ela sabia que nunca estaria completa sem a maior parte de si mesma restaurada. A parte que era a sua natureza matemática: o estado matemático de Grace. Ela tentou lembrar-se de tudo o que sabia sobre Pitágoras. Ela costumava saber tudo sobre a vida dele e as suas teorias matemáticas. Agora, os factos e os números estavam todos confusos na sua mente. Ela tentou lembrar-se dos números de Fibonacci, mas eles também não estavam mais claros na sua mente.

Ela decidiu ir a uma biblioteca e ler sobre esses dois, além de outros, incluindo Einstein e Galileu. Ela ensinaria a si mesma tudo o que sabia e, ao fazer isso, esperava abrir o seu banco de memórias para acessá-lo.

"Eu vi esse filme há muito tempo", disse Vicente. "Era sobre alienígenas que vieram à Terra e atacaram em suas naves espaciais."

Grace ficou surpreendida. Ela havia-se acostumado ao silêncio confortável que compartilhavam. Ela o encorajou a contar-lhe mais sobre o filme. "Parece intrigante."

"Era exatamente isso. Mas ainda não contei a parte mais fascinante."

"Bem, não me deixe em suspense."

"No filme, restavam apenas dois sobreviventes, um homem e uma mulher."

"Não acredito!"

«E por que é que os alienígenas não os mataram?», perguntou Vincente. Grace encolheu os ombros. «Porque queriam observá-los. Estudá-los.» Ele parou e esperou, observando Grace pelo canto do olho. «E então, colocaram os dois humanos numa jaula, como num zoológico. Para vê-los procriar.»

«E se eles não quisessem procriar?», disse Grace, com a voz trémula.

«Eles obrigaram-nos.»

«Como é que eles os poderiam forçar a fazer isso?»

«Eles não queriam morrer e precisavam de comida para sobreviver. Então, fizeram o que tinham de fazer, e os alienígenas observaram-nos, observando o que motivava os humanos.»

«Nojento.»

«Bem, se pensares bem, os humanos colocam animais em jaulas há séculos. Observando-os procriar. Estudando-os, às vezes até usando-os para experiências, para avançar a medicina e outras coisas. Então, eles seriam realmente piores?"

"Não, acho que não, não quando você coloca dessa forma. Mas você e eu temos aqui uma oportunidade de mudar as coisas. Não podemos mudar o passado."

"É verdade. Se somos os dois últimos sobreviventes", concluiu Vincente, "então podemos viver da maneira que quisermos."

"O que aconteceu... quero dizer, no final do filme?"

"Nunca vi o final. Estava a dormir na casa de um amigo. Éramos crianças e não devíamos ter ficado acordados até tão tarde. Quando os pais dele descobriram, corremos para o quarto dele. Nunca mais encontrei aquele filme."

"O que os alienígenas fizeram a todos os outros habitantes da Terra, se eles eram os únicos dois que restavam?"

"Isso eu sei. Eles os destruíram! É um pouco irónico, quando se pensa nisso, porque no filme, os alienígenas os mataram com armas laser — puf! — e então eles simplesmente desapareceram. Nada ficou para trás, nenhum vestígio. Quero dizer, nenhum osso, nenhum corpo e nenhuma cinza. Era como se eles nunca tivessem existido."

Grace cruzou os braços, percebendo tarde demais que isso a estava a deixar nervosa. Ela esperava que ele tivesse terminado, para que pudesse voltar aos seus pensamentos agradáveis sobre o futuro, o futuro deles, juntos.

Vincente interrompeu a sua felicidade com mais conversa sobre cinema. "Outro que me lembro era sobre alienígenas que vieram à Terra e incineraram todos. Tudo o que restou foi uma pilha de pó no lugar de cada ser humano. Era a única evidência daqueles que haviam vivido. Evidência de que antes havia pessoas." Ele fez uma pausa. Ela não comentou. Ela esperava que ele tivesse terminado. "Depois, havia outro, em que eles acediam às mentes de todos os humanos colocando um chip nos seus cérebros e controlando-os. Esses filmes ficavam cada vez mais assustadores."

"Não se esqueça do E.T.", disse Grace.

"O quê?", exclamou Vincente, fascinado, esperando que Grace percebesse que, sem saber, tinha acedido a uma memória.

"Sabe, 'E.T. phone home'?"

«Sim, eu sei», disse ele, e sorriu um sorriso tão grande que, por um momento, Grace se perguntou por que ele estava a sorrir.

Então ela percebeu. Ela tinha desbloqueado uma memória. É verdade que não era a informação mais fascinante, mas ainda assim era uma memória. Ela sorriu de volta para ele.

Ele estava tão orgulhoso que estendeu a mão e segurou a dela por um momento, depois ficaram em silêncio novamente.

$$* * *$$

Q UANDO VINCENTE PRECISAVA FAZER uma curva ou uma rotunda, ele soltava a mão de Grace. Os seus olhos se encontravam por um segundo, depois ele voltava a concentrar-se na estrada.

Ele estava orgulhoso dela.

Grace estava a sentir-se extremamente orgulhosa da sua pequena pausa na memória. Ela visualizou o interior da sua mente como uma biblioteca. Ela estava a caminhar pelas prateleiras, procurando por memórias. Alcançando as prateleiras, ela as pegava, examinando-as individualmente. Selecionou um livro grosso com capa vermelha, na esperança de encontrar algo sobre si mesma nele, mas nada aconteceu. Ela não iria desistir dessa técnica. Pretendia continuar tentando.

Vincente pensava nos avanços da tecnologia ao longo dos anos. Tantas invenções criadas, algumas boas e outras nem tanto. Olhando ao redor, com apenas os dois para cuidar, ele se perguntou para que realmente tinha servido todo aquele trabalho árduo.

À distância, ouviu-se o som de um sino. O som ficou cada vez mais alto à medida que paravam em frente a um edifício. «Reconhece?», perguntou ele.

Grace leu a placa: «Queen Victoria's High School, a escola onde os seus sonhos se tornam realidade». Ela não se lembrava.

«É a nossa escola secundária», disse ele.

«Achei que poderia ser, mas não tinha a certeza», disse Grace. Ela olhou ao redor do campus e finalmente encontrou o campo de críquete nos fundos: o campo onde ela se feriu no seu último dia de escola. «Para que servia aquele sino?», perguntou Grace.

«Estava a pensar nisso também. Provavelmente era apenas um temporizador automático. Automático. Mas há uma possibilidade de alguém estar preso lá dentro e precisar de ajuda, então eu gostaria de ir verificar. Você quer ficar aqui?"

"Não, eu quero ir com você."

"Tudo bem, mas fique atrás de mim. Não sabemos o que esperar. Provavelmente não é nada, mas nunca se sabe", disse Vincente. Ele imaginou alguém preso lá dentro, com medo de sair.

Grace imaginava os alienígenas, como nos filmes, à espera para capturar e aprisionar as duas últimas pessoas na Terra. Ela estremeceu quando Vincente abriu as portas e eles entraram no longo corredor. Estava muito silencioso; os únicos sons eram os seus passos batendo no chão frio de linóleo.

Vincente lembrou-se de como se divertia dentro daquelas paredes. Como sempre fora um pouco herói desportivo, por falta de uma palavra melhor. Chegou ao seu cacifo, abriu-o e tirou o seu saco de ginástica. Vestiu um par de calções de críquete por cima da roupa interior preta e vestiu a camisola. Ainda se podia ver a sua roupa interior preta através dos calções. Grace riu-se.

«Não é como se nunca os tivesses visto antes», disse Vincente, embora também se tenha rido.

A maioria das portas dos armários estava aberta, com o conteúdo espalhado por todo o lado. «Provavelmente foi por causa do terramoto», supôs Vincente.

Grace ainda tremia.

«Respire fundo», disse ele, tentando acalmá-la e tranquilizá-la.

O coração de Grace batia cada vez mais rápido. Ela tinha um mau pressentimento sobre o lugar.

Vincente perguntou em voz alta: «Olá, está alguém aqui?»

A sua voz ecoou pelos corredores, sem resposta. Então, o sino da escola tocou novamente. Como estavam dentro do prédio, o som ressoou.

Mais adiante no corredor, Vincente empurrou as portas e entrou no ginásio. Ele havia sido preparado para um jogo de basquetebol. As arquibancadas vazias e a quadra pareciam um pouco tristes.

"Você também era bom em basquetebol?", perguntou Grace.

«Eu era surpreendentemente bom na maioria dos desportos. Adorava a emoção. A torcida da multidão. A adrenalina que sentia quando fazia uma cesta ou quando ganhávamos um jogo. Era muito emocionante.»

«Sim, eu entendo. Parece uma droga poderosa.»

«Às vezes parecia uma droga, mas isso é só o ensino médio, ter uma chance num jogo importante, sabe? Tornar-se profissional... isso era só um sonho.»

«Queria tornar-se profissional?»

«Sim, mas agora parece um pouco ridículo.»

«Os sonhos nunca são ridículos», disse Grace com seriedade.

«É o tipo de coisa que a minha mãe e o meu pai me diriam.»

«Gostaria de os ter conhecido», disse Grace. «Um dia irá conhecê-los.»

Eles sobressaltaram-se quando o sino tocou mais uma vez.

"Vamos sair daqui, isto está a dar-me arrepios", disse Grace.

"Não, primeiro vamos verificar os escritórios, ao fundo do corredor. Certifique-se de que estão todos vazios e, depois, podemos ir."

Grace seguiu Vincente para fora do ginásio. A sensação desagradável no estômago de Grace passou de um ronco para um rugido.

✳ ✳ ✳

Oh não! Oh não! Oh não! eram as palavras que passavam pela mente de Grace. Ela não tinha controlo sobre isso enquanto continuava a caminhar atrás de Vincente.

"Este é o escritório da secretária. Ali é o escritório do conselheiro." Ele olhou para dentro, já que a porta estava aberta, confirmando que estava vazio. "Este é o gabinete do vice-diretor. E este é o gabinete do diretor." Ele tentou abrir a porta. Estava trancada. "Olá!", ele chamou.

Eles ouviram algo. Era um barulho de batidas. Fracas, mas constantes. Vinham de dentro do gabinete do diretor.

Vincente bateu na porta. "Há alguém aí?"

Nenhuma resposta.

"Os alienígenas provavelmente não falam inglês", disse Grace.

Vincente empurrou a porta com o ombro, mas ela não se moveu.

O barulho parou. Eles esperaram, prendendo a respiração. Ele recomeçou.

Fosse o que fosse, estava a ficar sem energia. Eles precisavam entrar lá. O tempo estava a acabar.

$$* * *$$

"Pense! Pense!" Vincente disse em voz alta para se motivar enquanto andava de um lado para o outro. Alguns segundos depois, ele disse: "Ok, já sei. Siga-me."

Grace fez o que lhe foi pedido. Em breve, estavam de volta ao interior do ginásio. Vincente disse a Grace para ficar atrás das bancadas enquanto ele empurrava um dos cestos de basquetebol. Começaram a arrastá-lo pelo corredor.

Vincente explicou que a base estava cheia de areia. Assim que a levassem para o escritório, poderiam usá-la para arrombar a porta.

"Que plano excelente!", disse Grace. "Acho que pode funcionar."

"Temos de usar a força máxima. Quero dizer, dar tudo o que temos."

Quando passavam pelo banheiro feminino, Grace percebeu que precisava ir ao banheiro há algum tempo e hesitou antes de tentar abrir a porta.

"De jeito nenhum!", gritou Vincente, "Você não vai entrar lá sem que eu verifique primeiro."

"Vai ficar tudo bem."

"Você provavelmente não se lembra, mas a maioria das coisas ruins em filmes de terror acontecem no banheiro feminino. Vou dar uma olhada e, se estiver tudo bem, você pode entrar depois de mim. Então, fique aqui. Quero dizer, não se mexa."

"Ok, chefe", disse Grace.

Houve uma descarga e, em seguida, Vincente voltou, dizendo a Grace que estava tudo bem.

Ela entrou, mas agora descobriu que não conseguia ir, embora soubesse que precisava. Começou a abrir uma, duas, depois três torneiras até que os seus rins responderam. Depois de se aliviar e dar descarga, saiu do banheiro.

Eles continuaram, com a sua arma atlética a reboque. De volta ao exterior do escritório, os dois pararam e reavaliaram o método de entrada.

«Primeiro, vamos trocar de lado», disse Vincente. Ele achou que seria melhor ficar com a parte de trás, a parte mais pesada da arma, para obter o máximo resultado no alvo: a porta do escritório. Quando estavam em posição, Vincente continuou a explicar o que tinha em mente.

«Quando eu contar até três, empurrem com toda a força que puderem. Depois parem.

Vou contar até três novamente e empurraremos mais uma vez. E assim por diante, até conseguirmos arrombar.»

"Parece um bom plano", disse Grace, segurando bem a parte da frente do aparelho.

Vincente contou e o primeiro golpe foi certeiro, mas não abalou a porta. No segundo golpe, ela se moveu na moldura e eles sentiram uma das dobradiças na parte superior estalar. Tentaram novamente, com mais força, e na quarta vez, a porta desmoronou para dentro, caindo sobre a secretária do diretor com um estrondo. A dupla agora enfrentava um novo problema: a porta estava meio aberta e meio fechada, verticalmente. Não estavam mais perto de entrar.

"Tem alguém aí?", perguntou Vincente.

O silêncio foi a única resposta.

✳ ✳ ✳

D E PÉ LADO A lado, espreitando pela abertura, ambos hesitaram em subir na porta e entrar.

Do corredor, avistaram um galho de árvore. Ele havia quebrado a janela e estava posicionado em cima da secretária do diretor. Também observaram uma grande quantidade de cacos de vidro espalhados pelo chão.

Um pensamento ocorreu a ambos simultaneamente. Como a janela estava totalmente quebrada, se alguém estivesse preso lá dentro, já teria saído. A menos que estivesse ferido. Não parecia haver sangue por perto. Talvez ele ou ela estivesse inconsciente, debaixo da secretária?

Vincente decidiu usar a porta como uma prancha. Afinal, ela estava presa na outra extremidade, pela secretária.

«Vou entrar», gritou Vincente. Ele pisou na porta e avançou lentamente. «Não acredito!», exclamou, enquanto conduzia Grace para dentro do escritório.

Era um corvo preto. Ele olhava diretamente para eles enquanto balançava para frente e para trás na ponta do galho. O seu bico batia contra a secretária num padrão violento.

«Que estranho», disse Vincente.

"Muito ao estilo de Edgar Allan Poe."

Nesse momento, o vento pareceu aumentar. Isso fez com que o galho balançasse. A cabeça do pássaro bateu na secretária várias vezes, fazendo um barulho ainda mais alto.

Vincente e Grace estremeceram com o som.

Grace, querendo fugir, preparou-se para sair do escritório. Quando ela se moveu para trás, Vincente a impediu com a mão nas suas costas.

Ela se virou.

O galho estava a levantar-se, com a ajuda do vento. Levantar? Sim, estranhamente, estava a subir, cada vez mais alto, quase ao nível da janela aberta.

Ele observou o galho a levar o pássaro para cima. De repente, o galho saiu completamente pela janela. A rajada continuou a levá-lo para o céu.

"Venha cá, Grace, tem que ver isto!", sussurrou ele.

O galho roçou a janela quebrada em sua trajetória para fora. Ele levou o pássaro cada vez mais alto.

Os dois olharam pela janela, imaginando para onde a árvore estava levando o corvo morto.

Grace não conseguia tirar os olhos dos olhos do pássaro morto. Eles captavam os raios do sol e os refletiam de volta. Era como uma máscara — uma máscara da morte.

"Temos que sair daqui!"

disse Grace.

"Não, espere. Eu quero..." Vincente começou a dizer, e então o vento soprou ao redor do galho.

Os outros galhos de repente ganharam vida. Eles se moveram para cima por vontade própria. Seguindo de perto o galho com o pássaro morto preso a ele.

O som de todos os galhos, movendo-se juntos, balançando com o vento, subindo para cima, criou uma cacofonia assustadora. Parecia o som de ossos sendo esmagados.

Grace cruzou os braços ao redor do corpo, enquanto arrepios se formavam em sua pele exposta. Quando o som ficou insuportável, ela cobriu os ouvidos. Mesmo assim, não conseguia desviar o olhar dos olhos mortos do corvo.

O pássaro morto continuava balançando para frente e para trás, para frente e para trás, como uma canção de ninar. Tudo isso enquanto permanecia espetado na ponta do galho como um espeto de churrasco.

Grace prendeu a respiração. Com todas as suas forças, ela queria fugir.

No entanto, não conseguia parar de olhar para os olhos da ave. Estava paralisada. Envolvida.

Tal como Vicente.

Ficaram parados no tempo.

À espera para ver o que aconteceria a seguir.

✳✳✳

OS GALHOS CONTINUARAM A subir. Havia um silêncio sinistro no escritório enquanto o pássaro prosseguia a sua viagem. Ele ainda estava rodeado por galhos, que o cercavam e o levantavam como se fosse leve. Então, usando os seus dedos artríticos, semelhantes aos de uma anciã, os galhos começaram a embalar o pássaro e a balançá-lo, para a frente e para trás, para a frente e para trás.

A visão era tão terrível que Grace queria gritar. Em vez disso, começou a balançar para a frente e para trás, assim como Vincente. Era uma beleza em movimento, a subida. O balanço. O balanço e a subida.

Eles precisavam avançar, aproximar-se da janela para ver agora. Tiveram o cuidado de não pisar nos cacos de vidro que cobriam o chão ao seu redor enquanto esticavam o pescoço através do vidro partido e para fora da janela.

Cada vez mais alto, o pássaro ainda balançava suavemente, sendo levado para o céu.

Então tudo parou, no ar.

O silêncio tomou conta da cena.

O tronco da árvore se moveu.

Foi um pequeno movimento no início.

Quase imperceptível.

Ele tremeu, como alguém que acabara de acordar.

Ele tossiu. Ele espirrou.

Ele balançou e convulsionou.

E então bocejou com uma cara grotesca. Uma cara com uma boca enorme e aberta, na qual o corvo morto caiu.

Houve sons de estalos. Ruídos horríveis, como ossos a partir-se, a ranger.

Ele arrotou. Algumas penas pretas voaram da sua boca. Uma delas flutuou para baixo, pousando no parapeito da janela onde Grace e Vincente estavam, boquiabertos.

Então os galhos retomaram o movimento. Mudaram de direção. Apontaram para baixo.

***

«Corra!», exclamou Vincente.

Atrás deles, ouviam a árvore a mover-se rapidamente. À medida que os ramos voltavam a entrar pela janela, mais fragmentos de vidro caíam no chão.

De mãos dadas, Vincente puxou Grace pelo corredor. Eles correram, quase como se o espírito do corvo tivesse entrado nos seus corpos.

Os dedos artríticos e rígidos tateavam o caminho pelo corredor, seguindo, batendo, destruindo e arranhando tudo ao seu alcance.

Assim que Vincente e Grace saíram da escola, ele tirou as chaves do bolso e atirou-as para ela. Ele disse-lhe para abrir a porta, ligar o carro e que ele voltaria com ela em um instante. Se não, ela deveria ir embora.

"Não sei conduzir."

"Você aprenderá rápido!"

Uma vez dentro do carro, ela viu-o tirar a camisa. Viu-o amarrar a camisola nas maçanetas das portas. Ele entrelaçou-a tantas vezes quanto pôde, na esperança de ganhar algum tempo.

Quando os galhos contornaram a esquina no final do corredor, Vincente virou-se e correu. Ele saltou para dentro do carro, bateu a porta e acelerou.

O carro arrancou quando os galhos esmagaram as portas.

"Uau! Foi por pouco", disse Grace, quando já estavam a alguns quarteirões da escola. Ela ainda respirava com dificuldade, sem conseguir recuperar o fôlego.

"Sem brincadeira! Tudo aquilo foi uma loucura!"

"Que tipo de árvore era aquela, afinal?", perguntou Grace.

"Acho que era uma oliveira. A questão é: por que ela se alimentava de pássaros?

Por que tinha uma boca quase humana e a necessidade de comer carne?"

"Já ouvi falar de pássaros a fazer ninhos em árvores, mas nunca de árvores a comer pássaros!"

"Sim, bem, estamos num mundo completamente diferente agora, Grace, e acho que talvez devêssemos procurar algumas armas. Quem sabe o que mais existe por aí? Precisamos pensar em nos proteger. Quanto antes, melhor."

"Onde conseguiríamos armas?"

"Conheço um lugar na cidade onde podemos experimentar armas, facas, o que precisarmos. Na verdade, não há momento melhor do que o presente. Estou abalado o suficiente para conseguir as armas agora."

"Estou exausta, mas não acho que vou conseguir dormir tão cedo", disse Grace, cruzando os braços sobre o peito.

Enquanto conduziam pelas ruas arborizadas, agora tinham um medo nos seus corações que nunca tinham sentido antes: árvores! Árvores devoradoras de carne.

"Sempre achei que as oliveiras fossem simbólicas, representassem a paz. E lembro-me de histórias sobre oliveiras na Bíblia e na mitologia", disse Vincente.

"Elas são nativas da Austrália?"

"Definitivamente não. Mas por que isso importaria?"

Nenhum dos dois sabia ao certo. Nem sabiam por que razão a árvore carnívora tinha adquirido uma característica tão incomum.

Tentaram não pensar nisso enquanto se dirigiam para a loja de armas no centro de Sydney.

CAPÍTULO 13

Um letreiro luminoso na frente exibia as palavras: «Armas! Armas! Armas!». Em letras pequenas, lia-se: Licença exigida pela lei estadual de NSW.

Como viviam num mundo totalmente novo, essas regras legais não eram mais a lei do país.

Vincente Marino e Grace Greenway não tinham licença. Não tinham 18 anos de idade. Não tinham identificação nem dinheiro.

Mas isso não importava. Eles estavam ali para se protegerem. Nada os impediria.

Vincente empurrou a porta e eles entraram. Grace ficou atrás de Vincente, sentindo-se impressionada com todas as armas. Ela olhou em volta, tentando entrar no clima, mas era algo além da sua imaginação.

"Esta é boa", disse Vincente. "Pode carregá-la com muitas balas, então não precisará recarregar com tanta frequência. Seria boa para uma batalha. Pode perfurar facilmente o tronco de qualquer árvore."

"Hmmm", disse Grace sem se comprometer, porque não conseguia pensar em mais nada para dizer.

Então Vincente seguiu em frente e pegou outra arma. "Agora, esta também é boa porque é pequena e fácil de esconder. Veja, posso colocá-la na frente das minhas calças e ninguém saberia que estou a usá-la."

"Mas isso não é perigoso? Para si, quero dizer. Não poderia disparar acidentalmente?"

Vincente sorriu: "Eu deixaria a segurança ativada. Não gostaria de atirar em nada."

Grace sorriu e corou. Ela não conseguia acreditar que estavam a ter essa conversa enquanto Vincente colocava a arma na palma da sua mão. "Ela também é pequena o suficiente para você colocar na sua bolsa."

Ela sentiu a arma. Não tinha peso algum e cabia perfeitamente na palma da sua mão. Ela ficou surpresa por não parecer tão estranha para ela, mas não era muito assustadora, provavelmente porque parecia um brinquedo.

"Não está carregada", disse Vincente. "Na verdade, nenhuma das armas está carregada. Não tenha medo de pegá-las e dar uma olhada mais de perto."

"Experimentar antes de comprar?"

"Sim, muito engraçado. Vamos continuar procurando."

Ele observou Grace abrir a mente, aceitando o facto de que a nova realidade deles exigia armas.

Grace pegou uma cesta de plástico e começou a examinar as facas. Havia facas de todos os tamanhos e formatos, e também havia espadas. Intrigada, ela pegou algumas facas em estojos de metal e as colocou na cesta. Ela poderia usá-las para cortar cenouras e cebolas, se o pior acontecesse.

"Uau, essa beleza", Vincente apontou para uma das facas que Grace tinha na cesta, "provavelmente poderia cortar um tronco ao meio. Ótima escolha."

Grace sorriu. Vincente empilhou várias armas num baú de aparência militar. Ele carregava vários alvos portáteis grandes debaixo do braço.

"Vou ensinar-lhe a usar as armas assim que sairmos da cidade. Também terei que fazer um curso de reciclagem com armas reais, já que toda a minha experiência com armas vem de jogos de computador."

"Poderíamos dar um tiro na George Street e ninguém ouviria", disse Grace.

"É verdade, mas seria muito estranho. Incivilizado, se é que me entende?"

"Sim, entendo", disse Grace. "Afinal, Sydney é o nosso lar. Temos que tratá-la com o respeito que ela merece."

"Sim, é a nossa cidade, a nossa Sydney, e não consigo pensar em uma cidade mais bonita para ficar preso com você, Grace."

Ela corou quando ele se aproximou dela. Ele pegou o recipiente plástico com as facas e se dirigiu para o carro. Ela nunca o amou tanto. Quanto mais ele assumia o controle, mais exalava sensualidade e testosterona. Ela queria poder correr até ele e beijá-lo abertamente. Ele provavelmente pensaria que ela era muito atrevida e tinha perdido a cabeça — de novo.

Vincente pensava em como Grace estava sexy, segurando a arma na palma da mão. Ele achava que ela ficaria ainda mais sexy se ele a ensinasse a atirar. Ele se conteve. Grace não era o seu tipo. Ela tinha sido muito corajosa na sala do diretor. Ela permaneceu calma quando muitos outros teriam perdido totalmente o controle. Ainda assim, ele estava preocupado, principalmente porque pensava demais nela. Por quê? Eles já passavam 24 horas por dia, 7 dias por semana juntos. Por que não ansiava por algum tempo sozinho?

Com Missy Malone, após algumas horas — se não estivessem a namorar —, ele ficava entediado. Queria praticar desporto ou sair com os amigos. Ela era o seu tipo: bonita e popular. Não era a pessoa mais inteligente, mas isso não importava, desde que fossem compatíveis.

A realidade era que Missy provavelmente já tinha partido, tal como todas as outras. Ele sentia a falta dela e questionava-se se, caso fossem os últimos que restavam, as coisas seriam diferentes. Diferentes do que eram agora entre ele e Grace. Ele sentia-se confortável com Grace, e ela não era exigente.

«Estamos prontos para partir agora?», perguntou Grace, fazendo-o voltar à realidade.

«Sim, desculpe. Apenas me distraí por um segundo.»

«Está a escurecer. Talvez devêssemos encontrar um lugar para passar a noite?»

«Sim. Conheço o lugar certo. Vamos ficar no porto de Sydney. Podemos relaxar lá e fingir que somos turistas.»

«Parece perfeito.»

Dirigiram-se para The Quay e pararam em frente ao Marriott. Entraram, prepararam algo para comer na cozinha vazia do hotel e subiram para a suíte da cobertura, com vários quartos.

Nos seus quartos separados, adormeceram e sonharam com árvores carnívoras.

E beijando-se.

CAPÍTULO 14

Na manhã seguinte, Vincente estava na varanda. Ele olhou para a Ponte da Baía de Sydney e, em seguida, observou o horizonte, contemplando a Ópera. Tudo parecia normal, igual ao que era antes. A maioria das balsas no porto estava ancorada no cais, sendo balançada pelas ondas. Aguardando passageiros. De perto, tudo parecia como ele se lembrava. Então, ele ampliou o seu campo de visão e percebeu que algumas balsas haviam colidido com a costa. Estavam metade na água e metade em terra.

Grace chamou por ele. Quando ele respondeu, ela entrou no seu quarto e juntou-se a ele na varanda. Ele preparou uma chávena de café para ambos. Sentaram-se do lado de fora.

Grace já tinha tomado banho. «Acho que precisamos mesmo de comprar roupas novas hoje.»

«Sim, concordo. Devíamos ter pensado nisso ontem.»

«Vamos dar um passeio, comprar algumas coisas e, depois, podemos tentar aproveitar um pouco o dia e o sol.»

«É um bom plano para a manhã. À tarde, deixo-a aqui e talvez possa comprar um livro, ou podemos procurar um computador portátil para si.»

«Acho que prefiro ficar com você.»

«Ah, então deve estar a sentir-se muito melhor esta manhã», observou Vincente.

«Sim, estou. Sinto-me... Bem, sinto-me extremamente feliz hoje.»

«Vamos tomar o pequeno-almoço e depois fazer algumas compras.»

«Vamos lá!»

✳✳✳

OS ADOLESCENTES EXPERIMENTARAM VÁRIAS roupas, tanto peças elegantes quanto mais práticas, mas as compras não eram as mesmas quando se podia ter tudo o que se desejava. Após algum tempo, eles se cansaram e levaram apenas o que precisavam.

De volta ao quarto, Grace vestiu um par de jeans skinny azuis, um top azul-celeste e um par de ténis Nike. Ela também encontrou umas sandálias vermelhas confortáveis.

Vincente vestiu um par de calças de ganga Levi's pretas, uma t-shirt branca e um par de ténis Reebok Pumps.

No carro, eles estavam visivelmente calados enquanto dirigiam pelas ruas arborizadas. Eles notaram todos os tipos de árvores mortas, que pareciam zombar deles durante a viagem. Os esqueletos das árvores, moribundas ou já mortas, deixaram-nos um pouco menos esperançosos.

Os dedos longos e ossudos dos galhos estendiam-se, provocando-os.

Parecia que a natureza estava a virar-se contra eles. Uma árvore devoradora de carne. As árvores mortas ou moribundas. Sem mais maçãs. Sem laranjas. Sem peras. Sem limões. Sem limas. Sem azeitonas. Sem árvores de Natal. Sem carvalhos majestosos balançando com a brisa.

Ao lado da estrada, encontraram a estrutura de madeira mais curvada e retorcida que já tinham visto. Os seus galhos atormentados e em decomposição estendiam-se para o céu, como se estivessem a alcançar o que não podiam ter, para a eternidade.

Grace estremeceu e então avistou uma única árvore à distância. Esta árvore era diferente das outras. Os seus galhos estendiam-se pelo tronco, em forma de cruz.

Vincente parou o carro. «A minha mãe é artista», disse Vincente. «Acho que me lembro de uma pintura de alguém, talvez Delacroix, com árvores semelhantes e Jacob lutando contra um anjo.»

«Acha que é um sinal?»

«Se for um sinal, não sei como interpretá-lo.»

«Talvez tenha simplesmente crescido assim.»

«Talvez.»

Grace reparou noutra coisa. Era um conjunto de arbustos. Arbustos de rosas. Na ponta de um ramo, crescia uma única rosa vermelha. Era a última. Talvez a última flor de sempre.

Grace inclinou-se ao lado dela, como se estivesse a ajoelhar-se. A rezar para ela.

Vincente observava, sem saber o que fazer ou dizer.

Grace cheirou o seu perfume fragrante, acalentando-a. Protegendo-a da brisa. Grace pensou que gostaria de se deitar ao lado dela, para permanecer ali, à vista dessa bela e única rosa vermelha.

"Vamos, Grace", Vincente interrompeu os seus pensamentos. "Está ficando cada vez mais escuro agora."

"Eu quero ficar aqui."

"Não podemos ficar aqui. Não podemos fazer o tempo parar."

"Eu sei disso! Não sou louca. Só quero ficar aqui, segurando esta rosa.» Ela acariciou-a. «Quero fazer parte de algo realmente belo. Quero segurar algo que cresceu da terra; da terra que conhecíamos. Quero substituir a memória daquela árvore sanguinária pela memória desta rosa. Uma coisa bela...»

«... é uma alegria para sempre», disse Vincente. «Aula de inglês. John Keats.»

Grace continuava hipnotizada pela rosa.

Vincente estava a ficar preocupado, pois já estava muito escuro e eles estavam num campo rodeado por todos os tipos de árvores e arbustos.

E se algum deles fosse como aquela outra árvore, que eles pensavam ser uma oliveira? E se fossem todos assim? Ele queria sair dali, tirar os dois dali. Fora do perigo iminente.

"Grace», disse ele, agachando-se ao lado dela, «essa flor cairá quando estiver pronta. Pode colhê-la agora e levá-la consigo. Assim, ela permanecerá consigo. A beleza permanecerá consigo por alguns dias. Ou pode deixá-la ao destino, ao acaso, à natureza ou a Deus, se é que existe, e simplesmente ir embora.»

O vento estava a ganhar força e Grace começou a tremer.

"Há uma tempestade a formar-se, Vincente. Olhe para as nuvens lá em cima. Elas estão a acumular-se, quase como se estivessem a tentar empurrar-se umas às outras para fora do céu."

Ele olhou para cima, mas tudo o que conseguia ver era escuridão.

"Não consegue sentir?", perguntou ela. Ela tremeu novamente e os seus dentes começaram a bater. Ela cruzou os braços à volta do corpo, soltando a rosa.

Juntos, ficaram no campo, até que o céu noturno começou a agitar-se, girar e enrolar-se. Então, a chuva começou a cair em gotas pretas como tinta, fazendo com que escondessem os rostos e corressem para se proteger.

Feixes de luz eram lançados do céu escuro em forma de lanças em Z em direção à terra, atingindo aleatoriamente onde quer que fossem direcionados.

Ao redor deles, raios atingiam árvores e casas, incendiando-as. A chuva caiu mais forte e os relâmpagos voltaram a cair.

"Tinha que aprender a lutar por si mesma, para sobreviver", disse Grace. Ela se referia à rosa, mas sabia que eles também precisavam lutar e que a própria natureza iria travar a luta da sua vida.

"Lá se vão as nossas roupas novas", disse Vincente.

Eles fugiram daquele lugar, enquanto brincavam de dodgem com os relâmpagos.

CAPÍTULO 15

Quando o céu noturno finalmente se acalmou após os relâmpagos e a chuva, Grace e Vincente pararam o carro à beira da estrada. Juntos, observaram o sol nascer no horizonte.

«É um novo dia», disse Grace.

«Sim, e hoje é o dia em que acho que devemos fazer uma viagem até à casa da sua mãe, a sua casa.»

"A sério? É um pouco assustador. Acha que talvez seja muito cedo para eu voltar lá, para reviver a minha casa? E se...?"

"Hoje não há 'e se'. Vamos simplesmente e veremos o que encontramos quando chegarmos lá, está bem?"

"A que distância fica?"

"Não muito longe de onde estávamos antes, perto da escola."

Grace pensou na sua casa por um momento. Imaginou a sua mãe na porta da frente, abrindo-a. Cumprimentando-a com um grande abraço. Feliz por vê-la. Grace sentiu uma lágrima escorrer pela sua bochecha e enxugou-a com a palma da mão, esperando que Vincente não tivesse notado.

«Não faz mal pensar na sua mãe. Não deve ter medo de se lembrar.»

«É que... estou a imaginar coisas, a inventá-las, em vez de ter memórias reais para viver. Parece-me uma mentira.»

«Ei, não é a primeira pessoa a mentir para si mesma, e não será a última! Quando era criança, sonhava em ser artista, como a minha mãe, e olhe para mim agora: sou atleta.

E se eu fosse artístico em vez de atlético, acha que eu teria sido popular? Teria sido aceite?”

“Por que isso é tão importante para si? Quero dizer, ser aceite por outras pessoas, algumas das quais você provavelmente nem conhece?”

“Eu... eu nunca tinha pensado nisso antes”, disse Vincente. Agora ele estava a mentir para si mesmo e também para Grace. Não podia dizer-lhe que era, de facto, um artista por direito próprio, porque nunca tinha contado a ninguém nem mostrado o seu trabalho a ninguém. Mantinha-o sempre escondido no seu quarto. Ninguém sabia, exceto os seus pais e os seus avós.

Olhou para ela. Grace Greenway, a rapariga que outrora fez os trabalhos de casa de matemática por ele. Grace Greenway, a rapariga cuja capacidade de formular equações matemáticas estava muito além da sua idade.

E ali estava ele, Vincente Marino, o rapaz desportista, aquele que era reverenciado e adorado, aquele que dependia da ajuda dela para manter as suas notas altas o suficiente para poder continuar a jogar. Porque, se não jogasse desporto, ele não era nada e não era ninguém. Foi Grace quem lhe permitiu continuar a jogar, e ela nem sequer pediu o seu agradecimento ou apreço em troca. Na verdade, ela nunca o recusou, mesmo quando ele se juntou ao grupo e nem sempre era o mais simpático com ela. Ou seja, ele nunca a apoiou abertamente, mesmo quando os outros rapazes gozavam com o peso dela e com a sua mente calculista superior.

No entanto, ele agora apreciava-a mais do que ela imaginava e estava determinado a não cair na mesma armadilha de antes. Ele já não queria ser o tipo de rapaz que tomava Grace Greenway como garantida.

«É aqui», disse Vincente, ao entrar na garagem da Wheat Field Lane, 15.

«Antes de entrarmos, preciso dizer uma coisa.» Grace hesitou e depois continuou: «Lá atrás, sentiu que algo estava a sofrer? Aquelas gotas de chuva pretas, quero dizer, gotas de chuva pretas!? Ainda consigo sentir, mas não é tão forte. É como se algo estivesse a borbulhar sob a superfície, à espera de vingança — embora eu não saiba contra quem. É como se a própria natureza estivesse a sofrer e a clamar por ajuda.

"Grace, acho que você pode estar certa, e é algo em que precisamos pensar. Pensar seriamente e talvez até pesquisar sobre essas gotas de chuva. Elas foram apenas temporárias e saíram facilmente das nossas roupas. Mas, por enquanto, vamos nos concentrar no presente. Você está em casa, e o que quer que estivesse acontecendo lá fora agora está calmo. Vamos aproveitar o novo dia.»

«Vou tentar», disse Grace, «mas seja lá o que for que esteja lá fora, acho que precisamos estar preparados.»

«Estamos preparados. Temos armas. Acima de tudo, temos um ao outro. Nenhum de nós está sozinho nisto. Agora somos uma equipa.»

«Uma equipa», repetiu Grace ao sair do carro e olhar para a sua casa pela primeira vez. Passou a mão pelos tijolos amarelo-avermelhados até chegar à porta da frente.

Parou por um momento, contemplando a sua beleza. Esperava lembrar-se de uma porta da frente tão significativa, mas nenhuma memória veio à sua mente.

"É uma..." disse Grace, admirando o vitral, que tinha a forma de um pássaro em voo. Grace passou os dedos pelas bordas externas, na esperança de encontrar uma conexão com ele.

"Fênix", observou Vincente. "De acordo com a lenda, ela se incendeia e depois renasce."

"Um pássaro combustível. Os meus pais têm um pássaro combustível na nossa porta da frente?"

"Parece que sim.

Acho isso muito legal. Também é um símbolo de paz e verdade. Acho que essa é outra razão pela qual eles podem ter escolhido isso.»

«Sim, parece um pássaro legal para guardar a sua casa.» Grace pisou cuidadosamente no gramado, observando tudo.

«Não tente se forçar demais, Grace. Apenas abra a sua mente para as memórias. Deixe-as saber que você está pronta para recebê-las.»

«Estou pronta para recebê-las desde o dia em que acordei!», exclamou Grace, mas ela compreendeu perfeitamente o que ele queria dizer. Ela não queria reforçar dúvidas e barreiras desnecessárias. Ela queria ser como um rio, um rio no qual as suas memórias pudessem fluir livremente de volta para ela.

«Deixe os seus sentimentos guiá-la», disse Vincente. «Deixe os seus sentidos assumirem o controlo.»

«Está bem, está bem», disse Grace.

"Você faz parecer tão fácil, mas não é. Sinto-me como uma tela em branco, e não deveria sentir-me assim. Não quando estou em casa."

"Dê tempo ao tempo. Seja paciente. Agora vamos entrar. Talvez lá dentro..." Grace sabia exatamente o que ele estava a pensar. Ela estendeu a mão para a maçaneta. Ela não se movia. Ela bateu na porta e tocou a campainha, mas estava claro que não havia ninguém em casa.

«Talvez haja uma chave algures aqui fora», sugeriu Vincente. «Tente pensar: onde é que a sua mãe deixaria uma chave?»

«Não faço ideia», disse Grace. Embora tivesse uma ideia, uma inclinação de que a sua mãe a tivesse deixado na caixa de correio. Ela seguiu o impulso, abriu a aba, mas a busca foi infrutífera.

«Está a ir muito bem!», disse Vincente.

Grace sabia que ele estava a tentar encorajá-la. Ela apenas se sentia tão perdida que era difícil apreciar ou aceitar as suas pequenas mensagens de apoio sem sentir que eram condescendentes.

Grace fechou os olhos e tentou imaginar uma chave. Pensou que poderia estar debaixo de um tapete, mas não havia nenhum tapete na porta da frente.

«Vincente, acho que está debaixo de um tapete.»

«É onde a minha mãe sempre deixa a chave para mim. Tem a certeza de que não está a acessar as minhas memórias?», brincou Vincente.

Eles riram.

«Talvez atrás?»

Encontraram um tapete e a chave. Grace Greenway estava finalmente em casa.

CAPÍTULO 16

G RACE HESITOU ANTES DE colocar a chave na fechadura. Ela estava a pensar em como estava grata por terem encontrado a chave. Ela temia o que aconteceria se não encontrassem nenhuma. Teriam de partir uma janela ou arrombar uma porta. Ela entraria na sua própria casa como um intruso, e só de pensar nisso ela tremia, mesmo agora.

«Está quase», disse Vincente, tentando incentivar Grace a abrir a porta. Sabendo muito bem o quanto ela devia estar assustada. Era um mundo novo, sim. Mas ainda era o seu próprio mundo. Se ela não tinha memórias dele, e daí? Certamente, essas memórias voltariam. Com o tempo. Por enquanto, eles lidariam juntos com o que quer que surgisse. «Está pronta?», perguntou ele.

«Estou apenas a pensar em como estou grata por termos encontrado a chave.»

«Não a encontramos, foi você, e isso é um bom sinal, mas não temos pressa. Quando estiver pronta.» Ele sentou-se no degrau superior, dando-lhe espaço para abrir a porta no seu próprio tempo. Uma coisa que tinham de sobra agora era tempo.

Certamente não tinha sido assim antes, quando tinham aulas para assistir, autocarros para apanhar, amigos com quem sair, trabalhos de casa, exames, desportos escolares e também assuntos familiares. Os dias estavam sempre cheios de coisas para fazer. «Ok, aqui vai», disse Grace. Ela girou a chave na fechadura e empurrou a porta para abrir. Convidou Vincente para entrar com ela, e um flash passou pela sua mente novamente, sobre vampiros precisarem de um convite antes de poderem entrar em qualquer casa. Ela sorriu, perguntando-se por que o tema dos vampiros continuava passando pela sua mente nos momentos mais estranhos. Se ele fosse um, um vampiro, como poderia se alimentar? Quando eles eram os únicos dois corpos vivos restantes no mundo? A menos que o que quer que tivesse acontecido tivesse mudado o seu sistema, de modo que ele não precisasse mais de sangue para sobreviver?

Por que ela conseguia se lembrar de todas essas coisas sobre vampiros e nada mais?

Grace balançou a cabeça. Ela tentou fazer com que os pensamentos estranhos sobre vampiros desaparecessem para que pudesse voltar ao momento. O momento em que ela voltou para sua própria casa. Mas, novamente, talvez fosse exatamente isso que ela estivesse tentando evitar pensar.

A parte de trás da casa era um átrio, com muitas plantas e almofadas. Um lugar onde você podia sentar, olhar para o jardim e relaxar. Grace virou-se, reparando num baloiço e num escorrega escondidos atrás do barracão do jardim.

Ela imaginou por um momento deslizar e balançar como uma menina. Tentou lembrar-se da mãe ou do pai a empurrarem-na no baloiço, ou de Daryl e ela a correrem pelo jardim. Ela conseguia imaginar tudo isso, mas era apenas isso: a sua imaginação. Não eram memórias do que realmente aconteceu.

Vincente estava ao lado dela, observando-a e, ao mesmo tempo, não observando-a. Ele achava que ela precisava de espaço e não queria atrapalhar ou deixá-la desconfortável. Ao mesmo tempo, ele queria que ela mostrasse o caminho. Afinal, mesmo que ela não se lembrasse, era a casa dela, e ele não passava de um estranho ali. Ele observava-a silenciosamente, perdida nos seus pensamentos, enquanto os seus olhos examinavam o jardim.

«Eu... eu não me lembro», disse Grace finalmente.

«Vai voltar», disse Vincente. «Vamos entrar e tentar relaxar.»

«Está bem», disse Grace, e seguiu pelo corredor. Ela passou por um quarto com a porta fechada. Curiosa, ela abriu-a e encontrou a lavandaria. Mais adiante, ela entrou na cozinha. Parecia que estava a entrar num raio de sol. A cozinha era toda amarela. Amarelo-canário, incluindo os eletrodomésticos, as cortinas, o papel de parede, a toalha de mesa e os individuais. Grace aproximou-se, reparando em pequenas estampas de girassóis em quase tudo. A sua mãe era claramente uma grande fã do amarelo e uma fã ainda maior de girassóis.

«Girassóis», disse Grace, com um sorriso radiante. Ela tirou os caules secos do vaso, encheu-o na pia e, em seguida, colocou-os de volta na água fresca. Eles reviveram imediatamente. Grace olhou pela janela e descobriu uma fileira de girassóis mortos ao longo da lateral da casa. Os que ela acabara de tocar tinham sido colhidos pela sua mãe. Talvez por ela mesma. Eles foram trazidos para a cozinha e colocados neste mesmo vaso.

«A sua mãe sabia mesmo como trazer o sol para dentro de casa», disse Vincente, tentando tranquilizar Grace, que mais uma vez estava perdida nos seus pensamentos. Ele sentou-se à mesa da sala de jantar, tomando cuidado para não fazer muito barulho ao empurrar a cadeira para trás. Olhou à sua volta e achou que a sala era bonita, mas um pouco exagerada para o seu gosto. Um pouco de sol na casa era bom, mas isto era realmente muito claro. Naquele momento, ele sentiu muita falta dos seus óculos de sol.

Grace passou a mão pela bancada, tentando se reconectar. Ela abriu alguns armários e encontrou uma caneca de café com o seu nome. Havia uma que dizia "Pai nº 1" e outra que dizia "Melhor mãe do mundo", e então uma caneca que dizia apenas uma palavra: Daryl. Esta era a sua casa. Havia evidências. Provas. Por que ela não conseguia se lembrar?

Por favor, deixe-me lembrar, pensou ela, qualquer coisa, qualquer coisa. Por favor.

Vincente achou que Grace já estava perdida nos seus pensamentos há tempo suficiente e decidiu que era hora de uma distração. Ele afastou a cadeira, não silenciosamente desta vez, fazendo um barulho de raspagem enquanto dizia: «Opa, desculpe, mas meu estômago está roncando tanto que eu realmente precisaria de um lanche».

Grace voltou aos pensamentos sobre vampiros por um segundo, depois virou-se e abriu o frigorífico. Não havia muita coisa lá dentro, pois a mãe dela passava a maior parte do tempo no hospital.

Ela abriu o armário de cima, tirou um frasco de café e preparou uma bebida para cada um deles. Colocou um pouco de creme artificial. Eles beberam em silêncio por alguns momentos.

«Se pudesse comer qualquer coisa, qualquer coisa mesmo, o que escolheria?», perguntou Grace. Se ele respondesse uma garrafa de sangue, ela desmaiaria.

«Eu escolheria um bife grande e suculento, mal passado, e uma batata assada com creme azedo e manteiga derretida por cima e, para sobremesa, um Lamington.»

«Vamos fazer um banquete da próxima vez que ficarmos num hotel, está bem?», disse Grace.

«Você é boa cozinheira?»

«Não faço a menor ideia! Mas estou disposta a tentar.»

«Não cozinho muito. Normalmente é a minha mãe que cozinha e, quando ela sai, uso o micro-ondas ou peço comida.»

Eles ficaram em silêncio novamente por alguns momentos. Grace olhou para o corredor, tentando se convencer a dar uma olhada no resto da casa. Ela olhou para o relógio acima da pia e viu que eram pouco mais de seis horas.

Em breve, porém, elas estariam cansadas e precisariam dormir. Em breve escureceria. É verdade que elas poderiam acender as luzes, mas ela preferia dar uma olhada na casa agora, enquanto ainda tinham toda aquela linda luz natural para aproveitar.

«Ok, estou pronta para continuar a exploração», disse Grace. Ela levantou-se e enxaguou as chávenas vazias na pia. Em seguida, saiu da cozinha e continuou pelo corredor.

Vincente seguiu-a silenciosamente, mais uma vez dando-lhe tempo e espaço para explorar livremente. Ele permitiu que ela tivesse a oportunidade de abrir sua mente.

***

O CORREDOR ERA LONGO e não tão iluminado quanto a cozinha. No entanto, a mãe de Grace tinha mesas laterais, espelhos e quadros que faziam companhia enquanto se caminhava em direção à escuridão total da sala de estar. Grace atravessou o chão alcatifado e abriu as cortinas de uma só vez. Ela virou-se para ver o que tinha perdido. Esperava que, ao fazer esse movimento repentino, tudo voltasse à sua memória.

Vincente observou, sem deixar transparecer que o estava a fazer. Não queria aumentar a pressão da situação.

Grace colocou as mãos na cintura e, por alguns momentos, a esperança surgiu no seu coração.

Ela prendeu a respiração.

Vincente também percebeu um vislumbre de esperança e deu um passo em direção a ela.

Ela o deteve com a palma da mão. Começou a andar de um lado para o outro.

Grace parecia um pássaro, procurando comida do alto. Ela girava em círculos pela sala.

Logo, o vislumbre de esperança desapareceu dos seus olhos e ela caiu no chão.

Colocou as mãos sobre o rosto e chorou.

CAPÍTULO 17

Vincente ajoelhou-se diante de Grace. Ele procurou as palavras certas. Não conseguiu encontrá-las porque a sua mente estava a girar e o seu coração batia aceleradamente. Ele estava sem fôlego por se conter — conter o desejo de tomá-la nos seus braços e...

Vincente controlou-se. Conversou consigo mesmo sobre como ela não era o tipo de rapariga por quem ele se sentia atraído. Como realmente não importava o quanto ele estava a ser influenciado pela turbulência emocional dela. Ele era uma pessoa empática às vezes. Não frequentemente, mas às vezes. Quando via notícias sobre pessoas feridas, pessoas mantidas em cativeiro, países devastados pela guerra, crianças ou animais a serem maltratados, chorava.

Agora, observar Grace diante dele, ali e naquele momento, tornou-se como assistir ao noticiário para ele. Ele queria estender a mão e confortá-la da mesma forma que faria com uma criança. Então, por que ele também estava a sentir outra coisa? Algo diferente? E o que era? Ele examinou o seu sentimento por um momento e percebeu exatamente o que era. Ele estava a sentir a necessidade de cuidar de Grace. De protegê-la. Sim, tinha de ser isso! Não podia ser outra coisa. O sentimento que tinha sentido naquele momento. Não podia ser luxúria. Não, não era isso.

Quando Vincente voltou ao presente, Grace estava de pé. Ela passava os dedos pela cornija da lareira e pelas fotografias emolduradas. Quando Grace parou, Vincente foi para ao lado dela.

Depois de ver a fotografia, sorriu e pegou nela. Juntos, examinaram-na mais de perto. Era a Grace. Ela devia ter cerca de quatro ou cinco anos e estava a segurar um ábaco.

«É definitivamente você», disse Vincente. «Consigo ver os seus olhos nos olhos dela.»

Grace sorriu e vasculhou a névoa na sua mente.

«Eu sei que ela sou eu. Consigo ver que ela sou eu. Mas não consigo lembrar-me dela, nem do ábaco.»

Vincente pegou nas mãos fechadas dela e abriu-as uma a uma, como se estivesse a abrir duas rosas. Ele puxou-a para os seus braços.

Ela aconchegou-se ali, ouvindo o coração dele, sentindo um novo tipo de conexão. Ela afastou-se.

«Olhe aqui!», exclamou ela. «É o meu pai e o meu irmão.» Debaixo da fotografia, uma placa dizia: Benjamin Greenway, amado marido de Helen, querido pai de Grace e Daryl. Partiu demasiado cedo, aos 55 anos.

A outra fotografia também tinha uma placa: Daryl Greenway, amado filho de Helen e Benjamin Greenway. Partiu para descansar com o seu pai, aos 21 anos.

Grace respirou fundo, lembrando-se deles no hospital. Ela abanou a cabeça. Eles não a tinham visitado, corrigiu-se, porque ambos estavam mortos. Ela devia ter imaginado isso.

"É tão triste", disse Grace. "Duas pessoas que significavam tudo para mim, e eu não sinto nada. Exceto tristeza por mim mesma, por não me lembrar deles.

Sou uma pessoa tão egoísta!"

"Você não é egoísta! É só que não consegue se lembrar agora, e não é culpa sua."

"Eu quero tanto me lembrar de alguma coisa. Qualquer coisa!"

"E você vai se lembrar, só tenha paciência. Dê tempo ao tempo."

"Acho que isso não vai acontecer, Vincente. Acho que nunca vou me lembrar."

Vincente colocou as mãos na cintura. "Eles voltaram para o visitar no hospital por um motivo. Talvez tenham voltado para o ajudar."

"Como? Fazendo-me pensar que estava a enlouquecer?"

"Não, para provar que ainda os conhecia, mesmo que eles tivessem cruzado para o outro lado. Falou com eles. Teve uma conversa com eles."

"Sim, mas foi sem sentido."

«Porque eu interrompi. Talvez eles ainda não lhe tivessem dito o que precisavam de dizer.»

«Seria interessante se fosse verdade, Vincente. Mas não acho que seja muito credível. No entanto, obrigada», disse Grace. Ela atravessou a sala e parou ao pé da escada.

«Talvez», disse Vincente. Grace virou-se para ele. «Talvez eles estivessem a passar uma mensagem. Levando-a de volta a um momento da sua vida em que tinha os dois com você: um momento mais feliz. Um momento em que tinha um passado para recordar, um presente para viver e um futuro pelo qual ansiar.»

«Dois em três, então», disse Grace.

Vincente riu e começou a cantar e dançar.

«Continue», Grace o incentivou.

Vincente deslizou pelo chão, usando um vaso como microfone e, de joelhos, cantou para Grace, que aplaudiu entusiasticamente.

As bochechas dela ficaram vermelhas enquanto se aproximava dele e o beijava com paixão na boca.

Ele retribuiu o beijo. As mãos dele vagaram, as mãos dela vagaram e as línguas deles se exploraram.

Os dois perceberam o que estava a acontecer ao mesmo tempo e se afastaram simultaneamente.

«O que está a tentar fazer comigo?», perguntou Grace. «Desculpe, desculpe», disse Vincente.

«Fomos nós dois...»

«Sim, foi o momento. Concordo que nós dois...»

«Vamos esquecer que isso aconteceu», disse Grace.

«Boa ideia», concordou Vincente. Ele observou Grace subir as escadas.

Quando ela chegou ao topo, virou-se e sorriu por cima do ombro. «Até logo. Vou apenas encontrar o meu quarto e refrescar-me um pouco.»

«Ótimo!», exclamou Vincente, enquanto passava os dedos pelo cabelo. Quando ela saiu do seu campo de visão, ele voltou à casa de banho e jogou água no rosto. Olhou-se no espelho e perguntou-se quem era aquela pessoa que o olhava de volta.

Quem era aquela pessoa? Quem tinha sentimentos, sentimentos reais, por alguém que, apenas alguns dias antes, não significava nada para ele, além de uma rapariga que o ajudava com os trabalhos de casa de matemática para que ele pudesse permanecer na equipa? Agora, ele tinha-a iludido e ela tinha respondido, abrindo-se para ele. Ele sentia-se tão envergonhado por ter aproveitado-se de Grace, especialmente durante este período em que ela estava tão vulnerável.

Então, ele pensou nos lábios macios dela, em como eles hesitaram e depois se abriram para ele. Ela o beijou como nenhuma outra rapariga o havia beijado antes. Ela estava a se apaixonar ainda mais por ele, e ele sabia disso.

O problema era que ele também estava a se apaixonar por ela.

CAPÍTULO 18

No andar de cima, Grace também jogou água fria no rosto. Ela estava radiante, por dentro e por fora. Por um momento, ela não se importou se se lembrava do seu passado, porque achava que o seu futuro era mais importante. Vincente era mais importante para ela agora do que qualquer memória poderia ser.

Ela caminhou pelo corredor, passando por quartos com portas fechadas. A sua mente voltou ao beijo e à febre que percorreu o seu corpo como fogo, até encontrar o seu quarto. Tinha de ser o dela, porque havia um computador a funcionar, fotos de Einstein e Fibonacci, livros didáticos, um ábaco e... bem, tinha de ser o quarto dela.

Na cômoda, ela descobriu uma pequena caixa de joias. Quando a abriu, uma música começou a tocar.

«Precisa de ajuda?», perguntou Vincente.

Grace voltou ao topo da escada com uma pequena almofada na mão. Atirou-a para ele. Era uma almofada em forma de coração.

De volta ao seu quarto, virou a caixa de joias que identificava a música como uma famosa canção de amor. Deixou a caixa aberta, ouvindo a melodia tocar repetidamente enquanto se dirigia para o chuveiro.

Ela parou por um momento, ouvindo um som estranho. Um murmúrio. Um sussurro. Ela ouviu. Fechou a tampa da caixa de joias. Ouviu novamente. Pensou que devia ser imaginação sua. Deu mais um passo. Ouviu novamente. Parou. Ouviu.

O volume estava a aumentar, mas apenas ligeiramente.

"Está tudo bem aí em cima?", perguntou Vincente, vendo Grace parada, olhando vagamente para o corredor.

Grace acenou com a cabeça. Ela voltou para o quarto. Trocou de roupa bem a tempo, pois Vincente chegou ao topo do patamar.

"Estou bem", disse Grace. "Eu só..." ela hesitou. "Uh, você ouviu alguma coisa?" Ela desviou o rosto, esperando ouvir o barulho novamente.

"Ouvi alguma música", disse Vincente.

«Sim, era a minha caixa de joias, ela toca música. Mas mais alguma coisa?»

«Como o quê?», disse Vincente, olhando para os seus pés.

Grace achou que ele tinha ouvido alguma coisa, mas não queria dizer a ela, caso ela não tivesse ouvido. Mas ela percebeu que ele estava preocupado. «Como um sussurro», disse Grace.

«Sim, ouvi alguma coisa.»

«Pensei que fosse imaginação minha», confessou Grace. «No início. Mas agora...»

«Não, também consigo ouvir. É como se...» Vincente fez uma pausa, ficando imóvel.

«Shhhhh», disse Grace, pois tinha começado novamente. Um pouco mais alto ainda.

Quase como um gemido.

Estava sussurrando o nome dela, Grace, repetidamente, como se fosse o refrão de uma música. "Talvez seja a minha mãe?", sugeriu Grace.

"Talvez."

"Talvez ela esteja ferida."

"Talvez."

"Shhhh."

Uma forte rajada de vento pareceu soprar pela porta da frente e subir as escadas em direção a Grace e Vincente. A sua força era tão grande que os empurrou contra a parede. O conteúdo da casa tremeu e as fundações rangeram.

Outro terramoto?

Decidiram que o último andar não era o melhor lugar para se estarem. Agarraram-se às mãos um do outro e dirigiram-se para a escada.

«Vamos sair daqui!», exclamou Vincente.

Grace sabia que precisavam de o fazer, e imediatamente. No entanto, estava preocupada com a possibilidade de a mãe estar presa na casa. E se ela estivesse ferida?

Quando chegaram à escada, agarraram-se ao corrimão de madeira enquanto os degraus balançavam de um lado para o outro. A casa começou a tremer e a torcer-se, quase como se pretendesse levantar voo. Os degraus começaram a soar como teclas de um piano, partindo-se, levando-os a abandonar o plano de regressar à terra firme.

Mais uma vez, a voz chamou: «Grace».

✳ ✳ ✳

GRACE CAMBALEOU PELO CORREDOR, parecendo seguir o som da voz. Ele vinha de um quarto com a porta fechada no final do corredor.

«Acho que é a minha mãe», disse Grace ao passar por um quarto com a porta ligeiramente entreaberta.

Era o quarto de Daryl, ela percebeu pela coleção de instrumentos musicais, CDs, a cama desarrumada e a cadeira de vime vazia. A cadeira estava posicionada diretamente sob a janela, quase como se estivesse à espera do regresso do irmão. A janela estava aberta e uma nova rajada de vento entrou. Eles impediram que a janela os empurrasse por cima da grade, fechando a porta do quarto bem a tempo.

A voz sussurrou o nome do adolescente repetidamente.

Os adolescentes tremeram e deram as mãos. Juntos, seguiram pelo corredor. Em direção à porta fechada no final do corredor, enquanto a casa gritava e rugia ao seu redor.

✳✳✳

O SOM DE GEMIDOS estava a ficar cada vez mais alto.

O sussurro já não era um sussurro.

Era claramente a voz de uma mulher.

Era a voz de Helen Greenway, a chamar pela sua filha.

«Talvez devesse responder?», sugeriu Vincente.

«Mãe!»

«Grace!»

«Mãe!»

«Grace, Grace!»

Chegaram à porta. Estava quente ao toque e intacta. Ainda nas dobradiças.

A casa tinha parado de tremer e rugir.

Empurraram-na para abrir.

Algo passou por eles, entrando na sala à sua frente.

Era como uma brisa gelada.

Estremeciam enquanto a porta se fechava atrás deles e o mecanismo de fecho encaixava sozinho.

***

OS SEUS DENTES BATIAM enquanto os seus olhos se ajustavam à luz e eles podiam olhar à sua volta. Grace tinha a certeza de que não estavam sozinhos, mas não conseguia ver a sua mãe, e a voz já não chamava nem sussurrava o seu nome.

Sentia-se frio. Frio como a morte.

«Consegue ver alguma coisa, qualquer coisa?» perguntou Vincente.

«Consigo ver o hálito frio. Na forma de flocos de neve Fibonacci.»

«O quê?»

«Vê, ali? Flocos de neve.»

Os flocos de neve caíam à sua volta. Eles tremiam ainda mais e abraçavam-se enquanto a sua pele sentia os flocos molhados e derretidos passarem de um branco cristalino para lágrimas.

«Consigo sentir algo, uma presença aqui connosco. Talvez seja por isso que me lembrei da coisa de Fibonacci.»

«Sim, muito bem, mas é perigoso?», perguntou Vincente. «Quero dizer, vai tentar magoar-nos?»

«Não, não sinto que queira magoar-nos. Mas sinto que quer conhecer-me.»

«O quê?»

«Quer que eu o conforte.»

«Fique aqui, ao meu lado. Não se mexa», disse Vincente.

«Está a tentar chegar até mim, na minha mente. Pensou que, se me trouxesse aqui, se nos trouxesse aqui, seria capaz de obter o que queria de nós, mas agora que estamos aqui, não sabe o que fazer.» Grace parou de falar, levando as mãos à cabeça, em sinal de dor.

«Está a falar com ele? Está a magoá-la?» perguntou Vincente. O corpo inteiro de Grace tremeu em resposta.

«Está a usar uma espécie de ESP para comunicar comigo. Está a escanear o meu cérebro, o meu corpo. A ouvir os meus pensamentos e emoções.»

«Afasta-te dela!», gritou Vincente, enquanto pegava numa cadeira e a atirava contra a parede.

Grace gritou de dor, enquanto Vincente era levantado no ar e atirado violentamente para a cama.

CAPÍTULO 19

G RACE CONTINUOU A OBSERVAR horrorizada enquanto Vincente era sacudido para a frente e para trás como se um demónio o tivesse possuído. Ela não conseguia deixar de se perguntar, através da dor velada que dominava o seu corpo de vez em quando, o que estava a causar isso. Seria uma criatura de outra dimensão? Um lobisomem? Um vampiro? Um fantasma? Um demónio? Grace examinou a sala, procurando uma arma. Não encontrando nenhuma, ela esperou até que o corpo de Vincente se acalmasse. Os seus pés e braços foram então amarrados por um ser invisível e desconhecido.

Vincente permaneceu imóvel agora. Grace tentou correr para o seu lado, mas era como se os seus pés tivessem sido repentinamente cimentados numa laje no chão. A parte superior do seu corpo se inclinou para a frente, como se ela fosse uma aberração de circo, mas as suas pernas simplesmente não se moviam.

«Está bem, Vincente?»

«Já não sinto dor.»

«Isso é bom.»

«E você?»

«Sinto-me normal novamente, mas estou com muito medo, Vincente. Não consigo mover os pés.»

«Sem mencionar que logo vai escurecer aqui. Consegue alcançar a luz?»

Grace esforçou-se para inclinar a parte superior do corpo na direção do interruptor na parede. Ela esticou-se e esticou-se, imaginando que era, na verdade, uma aberração de circo feita de borracha, tocou-o e ouviu o clique, mas nada aconteceu. A energia tinha sido cortada.

"Não funciona, Vincente. Em breve ficará escuro como breu aqui!" Grace cruzou os braços e tentou parar de tremer.

"Ainda consegue sentir a presença ao seu redor?"

Grace tentou expulsar os seus sentimentos, imaginando-os como tentáculos à procura de algo invisível e desconhecido.

"Está tudo calmo agora, Vincente. Talvez tenha conseguido o que queria de nós e agora tenha seguido em frente. Ou talvez não fôssemos o que esperava que fôssemos."

«Sim, pela primeira vez na minha vida, não me importaria de ser uma decepção para essa coisa. Mas vamos tentar pensar. O que poderia querer de nós? O que poderia ser?»

«Um lobisomem?», sugeriu Grace.

«Não é lua cheia, pelo menos não por alguns dias. Mas, ei, não acho que eles possam ser invisíveis.»

«E um vampiro?»

"Sim, eles só saem à noite, não é?", disse Vincente, rindo baixinho. A corda estava muito apertada em torno dos seus membros, e a necessidade de se mover era irresistível. O problema era que, quando ele se movia, as amarras apertavam ainda mais e cortavam a sua pele. Ele podia ver gotas de sangue a acumular-se no lençol, vindas dos seus tornozelos.

Grace também notou o sangue a pingar no lençol. Ela observou o vermelho a manchar o branco, a espalhar-se. Ela ficou confusa com os movimentos que vinham em sua direção debaixo do tapete. Definitivamente movimentos. Semelhantes a uma cobra. Lentos. Deslizando. Vindo em sua direção.

"Vincente!", gritou ela, enquanto a coisa se aproximava lentamente dela.

A parte superior do seu corpo recuou. Para trás, para trás, o mais longe que podia.

Infelizmente para Grace, não foi longe o suficiente.

✳✳✳

«Vincente!» Grace gritou com os olhos quase saltando da cabeça.

Ele percebeu que ela estava aterrorizada, mas não fazia ideia do motivo. Tentou soltar as cordas, mas não havia nada que pudesse fazer. Qualquer esforço apenas fazia com que elas se apertassem ainda mais e se cravassem ainda mais profundamente na sua carne.

A coisa continuou a abrir caminho até Grace.

Vincente conseguiu perceber a existência de algo a mover-se debaixo do tapete. Viu as pernas de Grace a ficarem bambas, à medida que aquilo diminuía a distância entre eles.

Grace manteve-se firme, tentando controlar-se. Queria gritar e gritar, mas, em vez disso, concentrou-se na respiração. À medida que aquilo se aproximava cada vez mais, sentiu que começava a sondá-la.

Uma sensação de calma tomou conta dela, dominando os seus sentidos. Ela sentiu intrinsecamente que aquilo não queria magoá-la.

«Grace!», gritou Vincente, e as cordas cortaram a sua pele. Ele dobrou-se ao meio, parecendo agora um bezerro recém-nascido. Então, uma mordaça surgiu do nada. Ela prendeu-se na boca de Vincente.

Por baixo dela, Grace percebeu que ele estava a gritar, gritando mais alto do que nunca. Mas tudo o que vinha da direção dele era um silêncio doloroso. Gritos silenciosos são os gritos mais assustadores de todos.

Eles mantiveram o olhar um do outro. Estendendo a mão um para o outro com tudo o que tinham, eles mantiveram os olhos fixos quando a coisa chegou aos pés de Grace.

Ela começou a se mover para cima, começando pelos dedos dos pés, avançando cada vez mais.

Foi então que a voz de Grace encheu a casa com um grito eletrizante.

$$*\,*\,*$$

Não lute contra isso, disse Grace para si mesma, sabendo muito bem que Vincente diria exatamente as mesmas palavras para ela, se pudesse.

Relaxe, pensou ela, deixe acontecer o que tiver que acontecer e talvez isso passe.

Ela tentou bloquear tudo, bloquear tudo, exceto Vincente na cama com os olhos abertos mais do que o normal.

De onde estava, ela podia ver uma pequena poça de sangue, que escorria do tornozelo direito dele. Ela observou o peito dele subir e descer.

A coisa a virou e a torceu até que ela sentiu que não era mais ela mesma.

O poder dela estava a aumentar. No início, a dor era suportável, como uma leve sensação de queimadura. Quase como um beijo quente. Era viciante; ela queria outro beijo, e depois outro, e depois outro. Então, transformou-se em algo diferente. Uma queimadura mais definitiva. Como uma marca a ferro quente. Quente. Mais quente. Chisporrogante.

O seu rosto estava corado e ela cerrava os punhos com força. A sua vontade de lutar impunha-se, mas a dor era insuportável.

Quando chegou à sua região pélvica, o chisporrojo aumentou e a temperatura subiu ainda mais. Era como se ela estivesse a arder. Queimando na fogueira. Ela não conseguia pensar. Ela era como um grande nervo — um nervo à flor da pele. A dor era insuportável. Ela não aguentava mais, mas a dor aumentava.

Grace conseguiu manter a consciência enquanto a dor subia em direção aos seus seios. Eles também estavam em chamas, à medida que o calor avançava, sincronizando a dor de forma que ela pulsava por todo o seu corpo.

Até que tudo ficou escuro.

CAPÍTULO 20

QUANDO RECUPEROU OS SENTIDOS, Grace já não estava dentro do seu corpo. Lentamente, compreendeu o que tinha acontecido. A dor tinha fragmentado a sua mente.

De algum lugar acima da cena, ainda conseguia ver-se a contorcer-se, girando num casulo imaginário, enquanto o turbilhão de dor a sacudia, a virava e torcia o seu corpo, ainda se movendo dentro dela. Mantendo-a cativa no seu aperto ardente.

Sentindo a queimadura, cheirando a sua própria carne a chiar, Grace não aguentava mais ver-se, então, em vez disso, voltou a sua atenção para Vincente.

Ele também se contorcia. O seu corpo balançava de um lado para o outro e ele tremia quase como se estivesse no meio de uma crise epiléptica. Ela moveu-se em direção a ele, flutuando. Tocou a sua testa ardente com os lábios.

Os olhos dele se abriram, quase como se ele sentisse a sua presença.

Ela gritou para ele, tentando romper as barreiras, mas os gritos abafados dele não foram ouvidos. A intensidade dos gritos dela, através do corpo do qual ela já não fazia parte, esfriou a sala quente e causou ainda mais angústia a ele. Grace queria matar aquela coisa. Fosse o que fosse, ela queria pegá-la e estrangulá-la até a morte, cortando o espírito. Ela queria que aquilo acabasse. Então ela soube o que tinha de fazer. Ela tinha de voltar para o seu corpo, para enfrentar a terrível criatura de frente. Ela tinha de voltar. Ela não tinha para onde ir. Sim, a coisa tinha o seu corpo, mas não tinha a sua mente e não tinha o seu espírito. O mesmo se aplicava a Vincente. Sim, ambos estavam a ser torturados, por razões desconhecidas. Talvez porque fossem os dois últimos seres humanos na Terra.

Tal como no filme antigo que Vincente mencionara, com os alienígenas a tentarem descobrir o que motivava os humanos. Ou talvez estivessem a tentar matá-los!

Fosse qual fosse a razão, Grace não iria permitir que eles tivessem o que queriam. Não iria permitir que tirassem as suas vidas sem lutar.

Por uma fração de segundo, ela imaginou voar pela janela. Deixar-se a si própria e a Vincente para trás. Mas não conseguiu fazê-lo. Ela amava aquele corpo, apesar das suas falhas. Embora fossem muitas, ainda assim era seu e somente seu. E depois havia o Vincente. Ela amava-o, disso não havia dúvida. Tinha de voltar a si. Tinha de salvá-lo. Talvez salvar ambos.

Fora do quarto, as árvores altas balançavam para a frente e para trás, para a frente e para trás, sob o poder magnético da brisa. Ela e o Vincente eram como aquelas árvores, movendo-se com a dor como se movessem com o vento.

Ela respirou fundo e então voltou para o seu corpo. A dor a atravessou como uma faca. Ela instantaneamente quis se afastar, mas logo percebeu que isso a havia enfraquecido, diminuído o seu controle e poder. A sua essência havia sido alterada. Ela agora entendia que, ao se fragmentar, havia dado àquela coisa poder adicional sobre o seu eu físico. Ela agora estava determinada a recuperar o poder!

Uma vez dentro do seu corpo, o seu lar, reuniu todos os seus pensamentos e energia positivos, além de todo o amor que conseguiu encontrar no seu coração. Ela invocou essas coisas do banco de memórias, armazenadas muito além do seu alcance.

Rejeitando a vontade de se separar novamente, concentrou toda a sua energia não na dor ardente e implacável, mas em criar uma poderosa fonte de luz própria.

Assim que a visualizou, moveu-a como uma bola de sol. Segurou-a na palma da mão até que a bola de luz se parecesse com um coração: os corações combinados de Grace e Vincente.

Ela projetou toda a energia da bola em direção a Vincente. Ela flutuou pela sala, brilhando galantemente. Por alguns segundos, o corpo de Vincente deixou de se contorcer. Ela puxou o coração de volta quando a dor lancinante mais uma vez a dominou e o segurou. Isso deu-lhe força para suportar o que precisava.

E, em algum lugar dentro da sua alma, uma música começou a tocar, uma música que ela não reconhecia. Uma música que era totalmente desconhecida para ela. Enquanto tocava, e enquanto ela cantava, os seus lábios deixaram de arder e os seus olhos procuraram os de Vincente. O seu coração disse ao dele para se juntar à música, para cantar com ela.

Juntos, cantaram nas suas mentes e nas suas almas, e a bola de luz tornou-se cada vez mais forte.

«Nunca o convidei para vir aqui, espírito, ou o que quer que seja. Não tem o direito de invadir o meu corpo. De invadir o corpo da minha amiga. Agora, saia!»

E ele saiu. Foi-se embora.

Grace desabou no chão.

CAPÍTULO 21

Horas depois, Grace sentiu-se desconfortável, o que não era surpreendente, já que não tinha a menor ideia de onde estava.

Quando tentou mover-se, sentiu dores em todo o corpo. Os seus braços e pernas estavam torcidos em posições não naturais, como galhos de árvores mortos ou desarticulados. Tentou recompor-se, mas cada movimento fazia-a contorcer-se de dor.

Ela tentou levantar-se — a palavra-chave é tentar —, mas apenas desabou mais uma vez. Grace olhou para o tapete. Tentou pensar, lembrar-se. O que havia naquele tapete? Ela olhou ao redor do quarto. Encontrou a cama. Encontrou Vincente.

Tudo sobre a provação arrepiante voltou à sua mente.

Ela se esforçou para se levantar, andando como uma criança, pois precisava ensinar ao seu corpo os movimentos novamente. Ela finalmente chegou até Vincente e olhou para o seu corpo imóvel. Para as manchas de sangue, agora marrons. Não se espalhando mais.

Seus olhos se fixaram nos lábios dele. Seus lábios tão beijáveis. Ela se inclinou, mas parou quando os olhos dele se abriram, cada vez mais. Ele não estava feliz em vê-la. Ele estava apavorado.

«O que foi, Vincente? Seja o que for, já se foi. Estamos seguros. Estamos bem. Vai ficar tudo bem.»

Embora Grace continuasse a sussurrar palavras positivas para ele, a expressão aterrorizada de Vincente parecia apenas intensificar-se. Os seus olhos moviam-se rapidamente para a frente e para trás, para trás e para a frente. Ele estava a dizer-lhe algo. A avisá-la?

Ela sussurrou, perguntando se havia algo atrás dela. Ele acenou com a cabeça.

Ela pensou por um momento, estendeu a mão e procurou a coisa, mas não conseguiu encontrá-la. Ela queria correr, fugir, mas sabia que a coisa estava lá por ela. Tinha voltado por ela.

Ou era outra coisa? Uma coisa diferente? Ela temia a ideia de que essa coisa pudesse ser mais forte, mais poderosa, pudesse quebrá-la. Destruí-la.

Os olhos de Vincente permaneceram parados, olhando por cima do ombro dela.

O medo dele era contagiante, e ela tremia e estremecia. Então percebeu que a única maneira de vencerem aquilo era juntos.

Grace se abaixou e começou a desamarrar as cordas que o prendiam com uma mão, enquanto a outra procurava na mesinha de cabeceira por qualquer tipo de arma. Algo que ela pudesse usar. Ela esperava que a sua mãe tivesse algo ali, uma ferramenta que pudesse ajudá-la nessas circunstâncias graves.

Os olhos de Vincente gritavam. Os olhos dele tornaram-se os olhos dela.

Na gaveta, um par de pinças era a única ferramenta útil que encontrou, e Grace começou a cortar as cordas. No entanto, levaria uma eternidade para libertar Vincente a esse ritmo. Ela inclinou-se e começou a morder as cordas com os dentes, fazendo um bom progresso, até que Vincente começou a tremer e a contorcer-se novamente. Os olhos dele encontraram os dela e, então, ele fechou-os.

Ela girou e gritou: "O que você é e o que quer de mim? De nós? Não queremos fazer mal a você. Diga-nos o que você quer e nós lhe daremos! Tentaremos ajudá-lo, mas, por favor, pare de nos machucar. Pare de machucar o meu Vincente. Eu lhe darei qualquer coisa!"

Vincente parou de contorcer-se.

Os seus olhos se abriram quando Grace foi levantada do chão e lançada ao ar.

A força a jogou contra o teto. Em seguida, a bateu contra as paredes. Bum. Bum. Bum.

Por fim, a jogou no chão, onde ela permaneceu sem vida, como uma boneca de pano.

V IDROS A PARTIR-SE. A estilhaçar-se. A voar por todo o lado.
A atingir a sua pele. A perfurar a sua pele.

Grace protegeu-se o melhor que pôde com os braços e as mãos.

Algo a levantou e levou-a para fora da janela. Ela estava nas costas de uma criatura voadora, sentindo o seu odor desagradável. Ela agarrou-se. Era macio. Não era emplumado, mas peludo, com pêlo.

Estava muito escuro, tão escuro que ela não conseguia distinguir a forma da coisa em que estava a ser transportada.

Eles planavam por dentro, por fora e por cima de coisas: habitações terrestres negras, sem forma, sombrias, torres e pontes. Ela sentiu que estavam a ganhar altura, subindo cada vez mais, até que não havia mais nada para evitar colidir. Estavam nas nuvens.

Talvez ela estivesse morta?

✳ ✳ ✳

Grace e a criatura sem perfume voavam no céu noturno. Quando a criatura virou repentinamente para a direita, ela quase perdeu o equilíbrio. A criatura emitiu um som tranquilizador, "Gwap-Gwap", e a jogou de volta para um local seguro. Ela abraçou-a com força.

Planando. Entrando e saindo da consciência, Grace ainda não tinha a certeza se estava morta ou a sonhar. Continuaram, cada vez mais fundo na escuridão da noite.

Grace abriu os olhos e, por alguns segundos, imaginou que estavam envoltos num túnel feito de metal.

Ela cheirou o ar, sentiu o cheiro do mar e então perdeu a consciência.

Parecia que tinham viajado por uma eternidade e agora o sol começava a nascer. Ele refletia a luz como uma nave espacial espelhada enquanto começavam a descer.

O seu estômago revirou quando ricochetearam nas nuvens estranhamente sólidas. Saltando, caindo. Grace não sentiu medo naquele momento. Sentia-se segura. Grata por estar viva.

Então a criatura largou-a.

Ela lutou contra o vento durante a queda.

*** * ***

O SOL ESTAVA ALTO no céu, o que era normal. Onde Grace estava, não era.

Ela estava aninhada nos braços de uma árvore gigantesca, e só de olhar para baixo já sentia o estômago revirar. Ela estava feliz por estar a tocar em algo. Passou a mão pelo galho robusto onde tinha sido colocada.

O sol lançava os seus raios sobre os ombros dela. Ela retirou lascas de vidro da pele e evitou olhar para baixo.

Sem nada para distraí-la, ela seguiu a linha do tronco da árvore. Ele continuava e continuava. A árvore era muito alta, com pelo menos 145 metros.

Grace examinou os arredores, passando os olhos em círculo. Um círculo de árvores. Ela sabia instintivamente, e sem nenhuma razão lógica, que a sua árvore era a árvore Rei. As outras eram Cavaleiros. Ela procurou por uma árvore Rainha, mas não conseguiu identificá-la.

Ela tentou lembrar-se do que podia sobre árvores. Árvore do Conhecimento. Árvores de Fatores. Árvores Binárias. Árvore do

Bem e do Mal. Árvore dos Desejos. Árvore de Natal. Árvore da Sabedoria.

Ela questionou-se sobre a divindade das árvores. Ela imaginou que, se fosse uma menina novamente, esta seria uma árvore que a deixaria maravilhada. Era muito mais do que magnífica. Esta árvore era tão alta que parecia que poderia alcançar o céu, se ele existisse.

Grace abanou a cabeça. Ela estava distraída com a magnificência da árvore quando precisava de uma maneira de descer.

Sem mencionar a árvore carnívora.

Que tipo de árvore era essa?

O pensamento a atormentou por apenas um momento, porque ela se recostou e observou as nuvens passando. Ela sentiu a presença delas dentro de si, como se estivesse flutuando pelo céu em cima de uma delas. Esqueceu tudo o que deveria lembrar enquanto se imaginava pisando em uma forma parecida com um marshmallow, macia como um travesseiro.

Ela estava dentro de uma, flutuando, quando adormeceu novamente.

✳✳✳

O SOL ESTAVA QUASE a desaparecer e o crepúsculo aproximava-se no horizonte. Ela esticou-se e bocejou, sentindo-se reconfortada. Esquecendo-se completamente de onde estava, mas apenas por um segundo.

Abaixo dela, o círculo de árvores — os Cavaleiros — permanecia com os seus galhos ao lado. Eram todas árvores mortas. No entanto, a árvore em que ela estava tinha algumas folhas e estava bem viva.

Ela seguiu o tronco da sua árvore até ao chão. Ela percebeu que a terra tinha sido sacudida na parte inferior. Havia caminhos novos que se afastavam da árvore. Caminhos que levavam às outras árvores, os Cavaleiros. Parecia claro que as outras árvores já tinham estado vivas, mas tinham redirecionado as suas fontes de alimento e energia para salvar o Rei. Elas tinham morrido pela árvore Rei. Fizeram o sacrifício final.

Mas porquê?

Para essa pergunta, Grace não tinha respostas.

Ela olhou para o rosto da lua. O rosto de Albert Einstein refletia-se nela. Ela sorriu para ele, quase esperando que ele vomitasse algumas respostas científicas e matemáticas formulaicas.

Ela estava rodeada de simetria, nos ramos e em todas as outras formas de vida. Era reconfortante sentir a familiaridade da simetria.

Embora não apresentasse respostas, nem a lua Einstein.

✳✳✳

E INSTEIN ESTAVA EMOLDURADO POR estrelas cintilantes. Elas piscavam em reconhecimento ao seu gênio. Ela sentiu-se reconfortada por ele estar a protegê-la.

Abrindo a sua mente para tudo e qualquer coisa ao mesmo tempo.

Sem sentir cansaço, ela procurou respostas nos céus. Se tentasse descer, poderia cair. Ou poderia chegar ao fundo. Poderia descer lentamente.

Ela sem dúvida quebraria o pescoço se saltasse. Ela não estava tão ansiosa por estar em terra firme novamente a ponto de estar morta.

Ela pensou em gritar por socorro, mas quem poderia ajudá-la? Vincente? Não, ele ainda estava preso à cama, pelo que ela sabia.

Ou ela poderia esperar. Talvez a coisa que a trouxera para a árvore pretendesse voltar para buscá-la? Talvez ela a levasse de volta para Vincente? Por outro lado, talvez ela acabasse com ela.

Ela examinou a simetria da árvore; era uma bela obra de arte. Levaria tempo, mas ela poderia usá-la como uma escada.

Ela inspirou o aroma da árvore. Estremeceu ao pensar que poderia ser uma oliveira capaz de devorar um pássaro morto. Uma árvore capaz de espetar presas vivas com os seus galhos. Ela decidiu que preferia cair no chão e encontrar o seu fim, em vez de ser espetada e devorada.

Estava escuro demais para começar a descer. Grace tinha a certeza de que teria mais sorte durante o dia, embora apreciasse a ironia de Einstein estar ali para guiá-la.

Recostou-se nos braços dos galhos e pensou em Vincente. Sentia saudades dele. Tinham passado cada momento de cada dia juntos durante a semana anterior, e ele tinha-se tornado uma parte importante da sua vida.

Descansou os olhos, usou as mãos como almofada e sonhou com um plano: um que envolvia um machado realmente grande.

CAPÍTULO 22

Ao amanhecer de um novo dia, Grace permaneceu imóvel, observando o nascer do sol como se nunca tivesse visto antes. Paralisada por sua perspectiva involuntária, ela parecia um anjo no topo de uma árvore bastante imponente, que não tinha nada a ver com o Natal.

Ela estava acordada há horas, cansada de ficar parada, esperando que uma ideia brilhante surgisse ou que um novo plano de fuga aparecesse em sua mente. Durante toda a noite, ela enviou mensagens telepáticas a todos os matemáticos e cientistas que haviam passado da Terra para outra dimensão. Ela os exortou a enviar ou transmitir uma ideia para ela de onde quer que estivessem, mas nada aconteceu.

Desanimada, Grace percebeu que estava totalmente sozinha. Não tinha ninguém em quem confiar além de si mesma.

Ela olhou para baixo, para baixo, para baixo. Ela balançou o máximo que pôde no galho, que havia demonstrado capacidade para suportar todo o seu peso. Ela recuou.

Era uma longa queda, uma queda terrivelmente longa. A sua imaginação fugiu dela naquele momento. Ela imaginou Vincente chegando de helicóptero para resgatá-la. Ele desceu por uma grande escada no céu e, juntos, eles voltaram para a máquina barulhenta. Eles se beijaram apaixonadamente e então subiram aos céus, onde poderiam viver felizes para sempre.

Grace ficou irritada consigo mesma por ter pensado em fantasias tão infantis. Vincente não estava em posição de resgatá-la. Ele não estava no controle agora! A coisa, fosse ela o que fosse, estava a mantê-lo preso na cama lá atrás, como se ele fosse um escravo sexual.

Ela ficou cada vez mais furiosa e agitou os punhos no ar, para o bem que isso adiantava. Não havia ninguém para vê-la brandindo os punhos.

Ainda assim, em algum lugar no fundo da sua mente, uma parte dela ainda acreditava que Vincente poderia e iria resgatá-la. Tudo o que ela precisava fazer era esperar. Ela sabia que era uma idiotice e sabia que só ela tinha o poder de voltar ao chão, mas não conseguia se motivar o suficiente para começar a descer.

Durante todo o dia, ela observou o sol brincar com as sombras, dançando entre os galhos. As folhas riam, quase como se estivessem a ser fazidas cócegas, e ela desperdiçou um dia inteiro sem fazer absolutamente nada para se ajudar.

As estrelas cintilavam à sua volta enquanto ela adormecia. Na sua mente, uma canção tocava:

"Dorme, Gracie, no topo da árvore,

Quando o vento soprar, o berço balançará,

Quando o galho se partir, o berço cairá,

E Gracie, o berço e tudo mais cairão."

Ela acordou assustada, descobrindo que se tinha movido para a beira do local seguro em que tinha sido colocada. Agarrou-se ao tronco com toda a sua força e voltou à sua posição, enquanto as folhas à sua volta pareciam sussurrar todas as fofocas da árvore que ela tinha perdido.

Ela esperava que tudo tivesse sido um pesadelo. Tentando convencer-se de que Vincente iria chegar e resgatá-la.

CAPÍTULO 23

A POBRE GRACE CHOROU até não poder mais. Ela imaginou como seria se tivesse um par de asas. Poderia voar para fora da árvore. Poderia fugir em segurança. Poderia resgatar Vincente e, juntos, poderiam escapar.

Quando o sol voltou a aparecer, Grace decidiu começar a escalar imediatamente. A árvore parecia estender-se em direção ao sol com os seus galhos desengonçados e, por um momento, Grace imaginou que ela estava realmente a estender-se para ela com dedos de madeira.

A vista do poleiro onde ela estava sentada ainda a deixava sem fôlego. Estendia-se até onde os olhos podiam ver. Tudo estava parado. Nada se movia, exceto com a ajuda da brisa.

Grace sentia-se aquecida e segura, descansando ali na rede de segurança da luz do sol.

Quase como ela imaginava que seria se alguém voltasse ao útero. Ela sentiu-se em harmonia com o mundo: em harmonia com o universo. E, no entanto, ela estava mais sozinha do que nunca em toda a sua vida. Como isso era possível? Grace sentiu-se paralisada pelo seu profundo desejo de acreditar em um poder maior do que ela mesma e, de repente, ela soube o motivo. Antes da física, da ciência e da simetria, deve ter havido a necessidade de uma alma.

A necessidade da sobrevivência da alma: uma única alma. Uma.

Ela abraçou os joelhos contra o peito e deixou o seu espírito tomar conta de todos os seus sentidos. Ela sabia, sem sombra de dúvida, que voltaria a tocar a relva ao pé desta árvore, e também sabia que se afastaria de tudo isto.

Outra coisa que ela sabia com certeza era que Vincente era apenas um rapaz. Ele não tinha nenhum poder ou habilidade especial que alguém teria se fosse imortal. Ele sentia dor. Ele podia se machucar. E, acima de tudo, Grace compreendeu que os homens às vezes precisavam de ajuda. Sim, um rapaz tão atlético e forte como Vincente às vezes precisava da ajuda de uma rapariga.

A ajuda de uma rapariga, num momento como este.

A ajuda de uma rapariga como Grace Greenway.

$$* * *$$

ELA PREPAROU-SE PARA DESCER, esperando que os galhos abaixo suportassem o seu peso. O galho dobrou-se com ela e até rangeu um pouco, mas permaneceu firme.

Ela desceu um pouco mais, percebendo como era estranho para ela descer de uma árvore. Ela tinha a certeza de que, quando era pequena, nunca tinha sido uma escaladora de árvores por natureza. Nota para mim mesma, pensou Grace, se alguma vez tiver uma filha, certifique-se de construir uma casa na árvore para ela quando for pequena, para que possa aprender a escalar corretamente.

Grace imaginou-se como uma trepadeira profissional. Alguém que já tinha subido e descido muitas árvores e o fazia com facilidade. Percebeu que provavelmente não estava a trepar como um trepador profissional treparia. Não, pensou ela, ele ou ela usaria o tronco. A parte grossa da árvore, para ter estabilidade.

E foi exatamente isso que ela fez. Continuou a sua descida, pouco a pouco. Centímetro a centímetro.

Ela estava centrada. Tinha lascas presas nas calças e as mãos sangravam por segurar o peso na casca áspera.

Quando ficou cansada demais para continuar a descer, ela envolveu os braços e as pernas ao redor do tronco da árvore e descansou. Então, a dor e o sangue latejante ressoaram em seu cérebro, mas ela estava cansada demais para ouvir e, assim, adormeceu.

****

«APENAS DEIXE IR», DISSE uma voz suave enquanto ela entrava e saía do sono. «É hora, Grace, de você simplesmente deixar ir.»

Ela agarrou-se com força, ainda mais do que antes. Virou a cabeça, abafando a voz com os braços.

«Deixe-se levar, Grace», disse a voz.

Ela estava a ficar cada vez mais cansada de se agarrar. Os seus braços e pernas estavam a pulsar. Ela evitou olhar para baixo.

Ela escorregou. E caiu.

E uma enorme lasca cravou-se na sua mão e o sangue jorrou, escorrendo pela árvore.

Ela olhou para o sangue jorrando e desceu novamente, sem se deixar intimidar.

✳ ✳ ✳

Continuando na sua missão de descer, ela varreu o sangue, que foi absorvido pelas suas roupas. Ela parou para recuperar o fôlego. Começou a mover-se novamente. Assim que ela voltou à sua descida vermelha e pingante, mais sangue começou a fluir, auxiliado pela gravidade a seguir o seu caminho para baixo.

As gotas de sangue de Grace brilhavam e dançavam à luz do sol, como safiras.

Ela não conseguia descer mais. Ansiava pela segurança do espaço acima, onde poderia descansar. Percebeu que tinha feito um grande progresso ao descer a árvore. Sim, ainda havia um longo caminho a percorrer, mas tinha uma esperança renovada no coração.

Ela conseguiria.

Ela esticou-se ao longo do tronco o máximo que pôde. Descansou as pernas envolvendo-as em torno dos galhos próximos. Parecia um pretzel, mas estava a aguentar-se e estava orgulhosa do seu progresso.

A sua mente começou a divagar e ela percebeu o quanto estava com sede e com fome. Ela agarrou-se com todas as forças e tentou concentrar a sua mente em outras coisas. Imaginou Vincente, como ele estava quando acordou.

Como ele sempre passava os dedos pelo cabelo. Como o seu rosto se iluminava quando sorria. Como os seus olhos azuis cobalto pareciam olhar profundamente na sua alma.

"Vincente!" Ela gritou: "Vincente!"

Ela estava delirando — ou quase — quando gritou para ninguém: "Quando eu sair desta árvore, vou comer apenas casca de árvore — hum, hum!" Ela riu como uma louca.

A exposição constante ao sol tinha cozinhado o seu cérebro. Ela aguentou-se, rindo descontroladamente, até que algo estranho aconteceu ao tronco da árvore: ele respirou.

Ela queria largar-se. Estava a caminhar numa linha tênue. Certamente, estava a perder a cabeça. Pensou que talvez tivesse interpretado mal as ações da árvore. Reavaliou as coisas e decidiu que era mais como um suspiro. A árvore tinha suspirado.

Árvores que serviam outras árvores. Árvores com necessidades carnívoras.

A árvore espirrou.

Foi um espirro curto e rápido, nem muito alto nem muito longo. Grace questionou-se se o coração de uma árvore parava quando ela espirrava. Ela controlou-se, percebendo que as árvores não têm coração.

Abraçando o tronco com toda a força, ela desmaiou.

✳ ✳ ✳

G RACE NÃO TINHA A certeza do que lhe havia ocorrido antes de acordar. Ela podia sentir a árvore pulsando. Podia sentir o seu coração batendo e batendo e batendo através da madeira espessa. Ela compreendeu a necessidade de localizar a sua boca para evitar tornar-se um lanche da árvore.

Ela imaginou a boca na qual o pássaro morto havia sido lançado. Era uma boca excepcionalmente grande, considerando o tamanho daquela árvore em comparação com esta. A sua boca devia ser uma cratera.

Então, teve uma ideia. Sem considerar as implicações, arrancou uma grande lasca da árvore e enfiou-a no braço. O sangue escorreu, descendo pelo tronco da árvore. No início, eram apenas algumas gotas solitárias, mas logo as gotículas se juntaram formando um grande coágulo.

Ela observou enquanto ele descia, descia, descia pela árvore, e então o que ela esperava — e temia — que acontecesse, aconteceu.

Uma coisa enorme, parecida com uma língua preta, projetava-se de um buraco aberto, com a eloquência da língua de uma víbora.

Ela tremia e se contorcia, enquanto lambia e se alimentava do sangue de Grace.

Quando não havia mais sangue, a língua subiu cada vez mais alto no tronco, procurando. Ainda estava com fome.

Grace segurou-se com toda a sua força. Ela não queria cair agora, não enquanto aquilo estava à sua espera.

Ela precisava de um plano B.

CAPÍTULO 24

A GARRADA AO TRONCO DA árvore com toda a força, ela concentrou-se, acalmando a respiração à medida que esta se tornava cada vez mais superficial. Ela estava desesperada para descer. Para sair do perigo. E estava desesperada para se aliviar.

«Grace.»

Desta vez, ela olhou para cima quando ouviu o seu nome ser chamado.

Não me diga, pensou ela, que a árvore também pode falar e que sabe o meu nome. Não me diga isso!

Ela estava desidratada. Estava com fome e exausta. Embora tivesse dormido um pouco, não era o tipo de sono de que precisava.

«Sempre foi uma criança teimosa», disse a voz.

Era a voz de um homem. A voz do homem que a visitara no hospital. A voz do homem que morrera num acidente de carro anos atrás. A voz do seu pai.

Ela estava a enlouquecer. Desta vez, não havia dúvida. Ela estava definitivamente a enlouquecer.

"Grace", ele sussurrou.

Quando ela não reconheceu a sua presença, ele sussurrou o nome dela repetidamente. Ou talvez fosse o vento. Seria apenas o vento a chamar o nome dela?

«Deixe para lá», disse o pai dela. «Isto não é certo para si e para aquele rapaz. Ele também não é certo para si.»

A referência a Vincente chamou a atenção dela.

O pai dela riu. «Grace, ouça-me. Você e Vincente não foram feitos um para o outro. Ele está em outro caminho. Apenas desista. Desista do aqui e agora.“

”Não fale sobre Vincente. Você nem o conhece.“

”Grace, não posso lhe dizer o que sei ou como sei, mas os pagamentos devem ser feitos, e o preço é muito alto para você. Além disso, você está sendo manipulada para consertar o passado."

“O quê?”

“Não posso contar-lhe tudo o que sei. Você descobrirá na hora certa, mas aconselho-a a desistir agora. Peça desculpas agora. Depois, deixe para trás. Você é apenas uma criança, inocente. O passado não é seu para apagar. A restituição não é sua para fazer.”

“Eu... eu não entendo.”

«Vai entender, mas então será tarde demais. Por favor, desista. Deixe isso para trás agora. É a única maneira de se libertar do destino.»

Ela agarrou-se ao tronco da árvore com ainda mais força. Não fazia sentido.

«Desista», sussurrou ele.

Ela continuava agarrada. Dava tudo o que tinha. Não aguentava mais as suas palavras coercivas e manipuladoras.

Ela reuniu todas as suas forças e começou a descer lentamente mais uma vez, centímetro a centímetro. O seu instinto de sobrevivência entrou em ação e ela começou a lutar.

"Grace, não me ouviu? Você é uma rapariga muito tola!"

Algo explodiu dentro da cabeça de Grace e ela mentalmente mandou-o calar a boca. Enquanto isso, ela continuava a reunir forças e avançava cada vez mais ao longo do tronco da árvore.

Ela já não tinha medo. Ela não era fraca. E ela não iria descer sem lutar.

Ignorando o seu pai hipócrita, um plano estava a formar-se na mente de Grace. Ela arrastou os antebraços ao longo dos galhos afiados como lâminas, abrindo ferida após ferida e deixando o sangue escorrer.

O sangue que escorria formou um grande coágulo, que ela sabia que despertaria a boca faminta. Ela pairou logo acima do local onde a tinha visto antes, avaliando as suas opções. Era arriscado, mas resolveria dois problemas ao mesmo tempo. Ela não tinha outra escolha.

Quando as gotas salgadas se aproximaram da língua enegrecida, ela as lambeu avidamente. E então começou a procurar mais acima. Era uma língua muito glutona, ávida pelo sangue de Grace.

Ela deixou um novo grupo de gotas escorrer da ferida, observando e esperando o momento perfeito em que a língua estivesse posicionada na expectativa de receber outra gota — e então ela iria lançar uma bomba sobre ela.

O seu pai ainda a repreendia. Grace continuou a ignorá-lo. "Ele gosta do seu sangue, Grace", sussurrou uma voz bem acima dela.

Não era o pai dela. Era a voz de uma menina.

Grace olhou para cima, reconhecendo a menina. Era ela que estava parada no meio da estrada no outro dia. Grace desviou o carro para evitá-la. Ela estava sentada em segurança no ninho de galhos de onde Grace havia começado esta jornada, enrolando a fita vermelha de sua camisola branca em torno dos dedos.

Grace pestanejou para que a menina desaparecesse novamente, mas desta vez ela permaneceu.

«Ajude-me, Grace», disse ela.

«Quem é você? Qual é o seu nome?»

Ela riu. «Você conhece-me, Grace. Não se lembra?»

Grace abanou a cabeça. Tentou encontrar uma memória.

Então a menina falou muito suavemente. «Eu sou a corda.»

Grace sentiu imediatamente arrependimento, tristeza e amor pela criança, de alguma forma.

A menina balançou na ponta do galho como uma marionete e cantou:

«Eu sou a mulher-desenhista,

Eu sou o choro;

Eu sou a voz secreta,

Eu sou o suspiro;

Eu sou aquilo que se ouve

Baixo no crepúsculo;

Os pássaros respondem com uma nota,

As flores em almíscar;

Eu sou aquela planta dolorosa,

Proferida onde chama

Um pássaro solitário vagando

Por cachoeiras escuras;

Eu sou a mulher-desenhista,

Não me ignore;

Eu sou a voz secreta,

Ouça o meu choro;

Eu sou o poder que a noite

Perde no exterior;

Eu sou a raiz da vida;

Eu sou a corda." ∗

Grace, hipnotizada pela doçura da voz da menina e pela beleza do seu tom, estendeu a mão para ela.

A menina terminou a canção. "Lembre-se, Grace, alguns são dados e outros são levados. Lembre-se." A menina saltou da ponta do galho da árvore.

O grito de Grace foi o único som que se ouviu.

Exceto pelo bater de asas quando a menina se transformou num corvo e voou para longe.

CAPÍTULO 25

INCAPAZ DE DISTINGUIR A realidade da ficção, Grace encontrou consolo no sono. Até que acordou, e tudo voltou à sua mente.

Ela mal conseguia se segurar na árvore e manter o equilíbrio mental.

À direita, algo pequeno e verde balançava e oscilava. Era uma azeitona quase ao seu alcance.

Tudo o que ela precisava fazer era mudar o peso do corpo e se mover levemente, depois esticar o braço como uma mulher elástica de circo faria.

O seu estômago roncou. Ela estava desesperada por alimento.

Ao se mover em direção à azeitona, por um único momento, ela parou. Algo no fundo do seu íntimo sentia desconfiança. A azeitona tinha aparecido de repente ou ela não a tinha notado antes? Que absurdo! Era demais para ela assimilar. Mais uma vez, Grace se perguntou se estava a enlouquecer.

Minha, pensou ela.

Empurrou-se em direção a ela, esticando-se cada vez mais sem comprometer a sua segurança, até que a azeitona estivesse ao seu alcance.

Puxou-a.

Ela quase cedeu, e então a árvore começou a tremer, quase como se estivesse a ter um ataque. Olhou diretamente para baixo, reparando num galho pontiagudo que apontava diretamente para ela. Se caísse agora, seria espetada no galho, assim como aquele pobre corvo tinha sido.

Grace lutou para se segurar. Agarrou-se à árvore convulsa com toda a força que conseguiu reunir nos braços e nas pernas. Agora estava montada na árvore.

De repente, as convulsões transformaram-se noutra coisa. A árvore estava a ter um ataque. Estava no meio de uma fúria gigante. Ou estaria a sentir dor? Grace conhecia a dor. Lembrou-se de como a fazia perder o controlo de tudo, até da sua própria humanidade.

A árvore acalmou-se momentaneamente e depois começou a convulsionar ainda mais violentamente.

Grace pensou nos cinco sentidos. Perguntou-se, já que esta árvore tinha uma boca para comer e uma língua para saborear, que outras características humanas ela possuía? Tinha um coração que batia? Sentia?

Ela inclinou a cabeça para a frente e respirou fundo, soltando o ar sobre o tronco da árvore. Pareceu ajudar, mesmo que apenas por um momento.

Ela tentou outra coisa. Acariciou o ramo mais próximo dela. Aquele que segurava a azeitona. Enquanto acariciava o ramo, pensou em como estava grata por estar viva.

E Grace soube então que a árvore tinha desviado a sua atenção de colher o seu fruto, o seu filho. Era a única coisa pela qual vivia.

Afinal, não era uma árvore do Rei. O Rei enviara as suas torres para salvar esta árvore, a Rainha. Ela era a esperança. Ela era o futuro.

E agora ela também estava a morrer.

Grace desceu cuidadosamente, sem mais interesse na azeitona. «Sinto muito», disse Grace em voz alta. «Sinto muito.»

À medida que as lágrimas rolavam pelas suas bochechas, descendo do seu rosto, elas caíam nos galhos que esperavam abaixo. E logo o galho virou-se para baixo, não sendo mais uma ameaça para ela. Então tudo ficou silencioso. Tudo estava tranquilo. E Grace sabia com certeza que estaria com Vincente novamente, muito em breve.

Grace voltou para o tronco da árvore e descansou. Ela estava exausta, desconfortável e com mais fome do que nunca, mas não tinha arrependimentos.

A árvore começou a tossir. Em seguida, a árvore começou a espirrar. Grace começou a cair. Era como se seus dedos tivessem sido mergulhados em manteiga. Ela não conseguia se segurar.

Ela olhou para as estrelas da noite, para o rosto lunar de Einstein, e estava bem com o que quer que fosse acontecer. Ela estava resignada, porque tinha feito tudo o que podia para garantir sua sobrevivência.

Ela deslizou um pouco mais para perto do chão.

Ela percebeu que os galhos ao seu redor estavam a girar. Rodopiando. Os galhos, que antes estavam voltados para o céu, agora se curvavam, gesticulando em sua direção.

Ela caiu ainda mais, sabendo muito bem que a árvore também estava a morrer.

Enquanto ela se contorcia em espasmos esporádicos, Grace deslizou, deslizou e deslizou, observando o céu infinito e as nuvens rodopiantes acima, que se moviam sem se importar com o mundo.

Os galhos finos e frágeis gemiam e ansiavam pelo fim.

Logo o sol começou a nascer no horizonte e espalhou os seus raios em direção à árvore contorcida, enchendo-a com uma luz delicada e harmoniosa até que os galhos ficassem aquecidos e imóveis.

À medida que a luz do sol beijava a árvore, possivelmente pela última vez, os galhos se curvavam, se inclinavam e se dobravam, criando uma escada. Uma escada que levaria Grace de volta ao chão.

Ela removeu as mãos suadas do tronco da árvore e pisou no primeiro degrau com cuidado. Ele suportou seu peso facilmente. Ela se moveu rapidamente, um degrau após o outro, equilibrando-se conforme necessário, agarrando-se ao tronco da árvore.

Abaixo dela, podia ver a relva. Estava quase lá. Era uma corrida contra os raios de sol: Grace chegaria lá antes que eles tocassem o chão? Quem chegaria primeiro?

Quando Grace desceu, ela e a luz do sol tocaram o chão simultaneamente. Ela riu quando a relva fez cócegas nos seus pés e saboreou o perfume terroso e almiscarado.

Ela ficou de pé, posicionada sob a árvore gigantesca, e apontou para o céu.

No início, ela tinha sido uma hóspede indesejada daquela árvore, e agora era como se estivesse a deixar um amigo há muito perdido. Os seus ramos estavam dobrados e torcidos, e a sua espinha indicava que não ficaria de pé por muito mais tempo.

Houve um rangido alto e, em seguida, um estrondo estrondoso quando as escadas começaram a desabar.

Elas atingiram o chão, saltando como uma criança num trampolim, seguidas por uma chuva de madeira, com lascas espalhando-se por toda parte, como estilhaços.

Grace ficou parada, com medo de se mover, enquanto a Rainha caía no seu lugar de descanso final, aos seus pés.

Uma pequena coisa ainda estava em movimento. Descendo.

Ela pegou a azeitona na mão, colocou-a no bolso e foi procurar Vincente.

Enquanto caminhava em direção a casa, sentia-se desorientada e exausta, mas afortunada por estar viva.

Não demorou muito para perceber que não estava longe de casa. Assim que avistou a sua residência, começou a chorar. Não conseguia parar, enquanto abria a porta da frente e subia, escalando o que restava da escada quebrada. No topo, cheirou-se, percebendo que estava com mau odor.

Tomou um banho rápido, trocou de roupa e limpou os ferimentos.

Então, abriu a porta do quarto (que já não estava trancada) e viu Vincente ainda amarrado à cama. Ele estava exatamente na mesma posição em que ela o havia deixado. A princípio, ela temeu que ele estivesse morto.

Ao encostar a cabeça no peito dele, sentiu a respiração dele na nuca. Podia ouvir o coração dele a bater.

Beijou os olhos, as bochechas, a testa e a boca dele. Estava a acordar o seu belo príncipe. A trazê-lo de volta ao mundo dos vivos. Lágrimas rolaram pelas suas bochechas.

Vincente abriu os olhos. «Estou a sonhar?»

Grace não respondeu. Apenas beijou os seus lábios doces, repetidamente. Depois, subiu para a cama com ele, colocou os braços à volta do pescoço dele e adormeceu.

CAPÍTULO 26

A INDA AGARRADA AO TRONCO da árvore como se fosse a sua vida, Grace acordou. Ainda estava escuro como breu. Com medo de se mexer, agarrou-se ainda mais forte. Então sentiu um hálito quente na sua testa. Estremeceu. Espantou.

O tronco moveu-se.

Ela ouviu o seu batimento cardíaco.

«Eu poderia habituar-me a isto.»

Grace gritou.

«Está bem, Grace? Acorde!» disse Vincente.

Ela recuou e olhou diretamente para o rosto barbudo dele. Embora estivesse escuro, ela podia ver que estava com Vincente. Ela estava de volta a casa e eles estavam juntos novamente.

Ela teve um sonho dentro de um sonho, mas isso era realidade. Ela abraçou-o com força.

«Devo estar com uma aparência horrível», disse Vincente.

«Para mim, você está lindo.»

«Ah, você provavelmente diz isso a todos os homens que encontra amarrados a camas.»

"Sim, eu sempre digo a eles que são muito bonitos, para que me deixem fazer o que quero com eles." Ela riu.

"Precisamos conversar sobre o que aconteceu aqui e sobre o que aconteceu quando você estava... fora."

"Não quero falar sobre isso agora, Vincente. Talvez eu nunca queira falar sobre isso."

"Você decide, Grace, mas espero que um dia você possa me contar."

«Foi horrível e magnífico ao mesmo tempo.»

«Se me desamarrar, talvez eu possa tomar um banho e trocar de roupa. Depois, podemos conversar.»

Ela encontrou uma tesoura na cozinha e cortou as amarras de Vincente. Onde as cordas o prendiam, havia sangue seco, mas os cortes pareciam estar a cicatrizar.

Ela o ajudou a se levantar assim que ele ficou livre, mas as pernas dele se abriram sob o seu peso.

«Eu consigo», disse Vincente, enquanto saía lentamente da sala. Ela seguiu-o, abriu a porta da casa de banho para ele e começou a trepar pelos escombros para chegar ao rés-do-chão novamente.

«A minha mãe guardou todas as roupas do meu irmão. Veja se consegue encontrar alguma coisa que lhe sirva.» Vincente acenou com a cabeça e fechou a porta da casa de banho atrás de si. Ela ouviu o chuveiro a ligar e preparou-se para fazer o pequeno-almoço.

Na cozinha, Grace decidiu preparar um piquenique. Ela escolheu a área do jardim. Em seguida, fez uma cafeteira e pegou algumas canecas e açúcar. Colocou um pouco de pão do congelador na torradeira, pegou marmelada, vegemite, geléia de morango e manteiga da geladeira. Em seguida, preparou alguns ovos mexidos e levou tudo para fora.

Era um piquenique, mas faltavam guardanapos e uma toalha de mesa. Ela vasculhou as gavetas e encontrou os dois. Arrumou tudo para ficar bonito e até colocou um vaso de flores secas no centro da mesa.

Quando viu movimento na cozinha, chamou Vincente: «Estou aqui fora!» E quando ele saiu, gritou: «Surpresa!»

No início, comeram juntos em silêncio.

Vincente olhou para Grace e, pela primeira vez, viu-a sob uma luz completamente diferente. Até recentemente, ele via-a de longe, embora ela estivesse bem ao seu lado. Talvez porque antes ele estivesse cego para ela. Desde então, ela demonstrou força, coragem e uma paixão pela vida que ele nunca tinha visto antes. Ela beijava profundamente, como se estivesse a beijar com o coração, e ele sabia — sempre soube — que ela o amava. No entanto, ele não pensava que sentia o mesmo. Até agora.

"Nunca imaginei que o café pudesse ser tão bom", disse Vincente, tentando mudar o rumo dos seus pensamentos. Mas os seus sentimentos profundos se revelaram, e ele se inclinou sobre o cobertor e beijou Grace gentilmente nos lábios.

O corpo dela rendeu-se a ele, e juntos beijaram-se profundamente e sem hesitação. Vincente afastou o cabelo do rosto de Grace e abraçou-a com força. Ele ouviu o coração dela batendo em sincronia com o seu e foi tomado por um tipo de amor que nunca havia sentido antes.

Vincente olhou nos olhos dela enquanto falava. "Quando você estava longe…"

Ela tentou interrompê-lo, querendo dizer algo. Ele sabia o que ela estava a pensar, que não queria falar sobre o que aconteceu quando estavam separados, mas não era isso que ele queria dizer.

Ele colocou o dedo indicador nos lábios dela e disse-lhe para ficar em silêncio. Ele precisava de lhe contar agora, antes que perdesse a coragem. "Quando você estava longe, percebi algumas coisas, sendo a mais importante de todas que estou apaixonado por você."

Ela suspirou. Era incontrolável.

Ele pediu-lhe que ficasse em silêncio mais uma vez.

«Não faz muito tempo, acertei na sua cabeça com uma bola de críquete e você desmaiou. Fiquei preocupado com você, mas pensei por um segundo: "Quem vai me ajudar com o meu dever de matemática agora?" Fui egoísta, eu sei. Totalmente.»

Mais uma vez, ela quis interrompê-lo. "Então eu observei você, a garotinha boba que sempre me olhava de um jeito estranho, que às vezes me seguia com os olhos. Que estava obviamente apaixonada por mim…"

Ela fez uma careta ao ouvir esse comentário e se sentiu envergonhada. Perguntou-se por que ele não tinha parado em "eu estou apaixonado por você". Teria sido tão perfeito.

Ele continuou: "Você me ajudou com a matemática. Você foi fundamental para eu permanecer na equipa, mas eu não era grato a você. Não realmente. Eu sentia que você me devia isso de alguma forma. Eu sentia que todos me deviam algo. Eu era diferente naquela época. Mas eu mudei. Você me mudou. Agora, quando me olho no espelho, vejo um homem que faria qualquer coisa por você. Um homem que quer estar com você, e não me refiro apenas a hoje ou amanhã, mas sempre, e para sempre. E você pode estar a pensar que eu não sou o seu tipo, e pode estar a pensar que não é boa o suficiente para mim, mas, honestamente, eu não sou bom o suficiente para você! No passado, eu apenas seguia o que era esperado de mim, sem questionar. Namorei a rapariga com quem era esperado que eu namorasse. Eu era o típico atleta, e não tenho orgulho de dizer isso. Você, Grace, me faz pensar no amanhã, no nosso amanhã, no nosso futuro, e mal posso esperar para compartilhar tudo com você.

Grace sentiu lágrimas escorrendo pelo rosto. Ela esperou anos para que Vincente dissesse essas palavras para ela e, agora que as ouvia, duvidou dele e disse: "Mas Vincente, talvez você só se sinta assim porque somos as únicas duas pessoas que restaram? Sabe, como se estivéssemos presos numa ilha deserta e até a rapariga mais feia ficasse bonita depois de um tempo.»

A resposta dela à declaração de amor dele foi como um tapa na cara. Ela queria retirar as palavras, mas era tarde demais. O estrago já estava feito.

«Olhe, Grace, eu sei que está com medo e agora está a afastar-me. Bem, eu também estou com medo, então não tente afastar-me de si com essa história de 'garota mais feia'. Isso menospreza totalmente tudo o que acabei de lhe dizer, e não importa o que você diga ou faça, eu sempre vou amar você. Eu amo você, Grace.“

”Eu também te amo, Vincente."

Eles caíram nos braços um do outro, e desta vez os beijos foram intensos. Beijaram-se como dois alcoólicos que não bebiam há meses. A paixão deles enchia o ar.

Vincente afastou-se primeiro. Não tinha escolha, tinha de se afastar, ou iriam longe demais, demasiado depressa.

«Onde aprendeste a beijar assim?», perguntou ele, enquanto acariciava as costas dela e sentia o calor da pele dela nos seus dedos.

Grace encolheu os ombros. Ela estava apenas a responder ao seu fogo. Tentaram voltar à comida, mas o sabor nos seus lábios, o sabor um do outro, fazia com que tudo o resto parecesse insípido em comparação.

Quando a noite chegou, deitaram-se no cobertor e observaram as estrelas a cintilar acima deles, deram as mãos e beijaram-se. Era um mundo perfeito; um mundo feito apenas para dois.

$$*\,*\,*$$

G RACE OLHOU PARA VINCENTE, que dormia ao seu lado. As suas pernas estavam entrelaçadas e ela não conseguia se soltar sem acordá-lo. Ela sabia que devia estar com mau hálito, mas não podia fazer nada a respeito, então apenas observou-o dormir. O peito dele subia e descia, e ele parecia tranquilo. Ele parecia satisfeito.

Ela sentiu-se eufórica. Nem nos seus sonhos mais loucos ela imaginara que as coisas iriam dar certo dessa maneira. Vincente Marino estava apaixonado por ela, e ela estava apaixonada por ele.

Vincente acordou e bocejou. O seu hálito tocou Grace. Era doce, e ela esperava que o seu também fosse, porque sabia que tinha o gosto dele.

«Há quanto tempo está acordada?», perguntou Vincente.

«Não há muito tempo. Foi uma noite linda, e agora temos um dia incrível pela frente. O que devemos fazer?»

«Primeiro, acho que precisamos de conversar sobre nós», começou Vincente. «Sobre onde queremos chegar e a que ritmo. Ontem à noite, eu queria-te muito, mas não tinha a certeza do ritmo que querias seguir. Pensei muito em nós enquanto estiveste fora. Ansiava por te abraçar. Foi isso que me manteve vivo, sinceramente. Sonhar com nós, conectar-nos.»

«Acho que devemos ir devagar.»

"Concordo, desde que prometa que me dirá quando estiver pronta."

"Quando estiver pronta, será o primeiro a saber!", disse Grace com um sorriso, e eles abraçaram-se e beijaram-se docemente.

Arrumaram o piquenique e foram para dentro.

"Acho que devemos seguir em frente a partir de hoje", disse Vincente. "Sim, acho que precisamos de um novo começo. Mas para onde?"

«Para um lugar especial, e acho que sei exatamente onde.»

«Onde? Diga-me!»

«Não, terá de esperar até chegarmos lá. Enquanto isso, vou arrumar algumas coisas. A menos que queira, sabe...» Ele sorriu enquanto olhava para as escadas.

Ela caminhou em direção a ele, colocou as mãos nos ombros dele e olhou diretamente nos seus olhos. "Vamos deixar uma coisa bem clara, Vincente Marino, estou pronta, disposta e capaz. Mas não quero que seja aqui ou agora. Não neste lugar. Mas algum dia, em breve."

Ele beijou-a e começou a abrir caminho entre os escombros até ao andar superior da casa. Virou-se para ela e disse: «Quando estiver a arrumar as coisas, veja se consegue encontrar um machado grande, para o caso de encontrarmos mais árvores malucas.»

«Vou ver.»

CAPÍTULO 27

"Quando percebeu pela primeira vez que me amava?", perguntou Vincente enquanto seguiam pela Parramatta Road em direção ao centro financeiro de Sydney.

"Eu o amei desde a primeira vez que o vi", ela admitiu.

"Mas não era amor verdadeiro, era? Era uma paixão. Um encantamento. Quero dizer, quando percebeu que realmente me amava, como pessoa? Como uma pessoa real?"

Ele não conseguia imaginar que o amor à primeira vista fosse real. Nunca o tinha sentido. Não conhecia ninguém, fora dos filmes ou das peças de teatro, que tivesse expressado que o amor pudesse ser instantâneo.

Ela colocou a mão sobre a dele, que estava apoiada na caixa de velocidades.

Ele olhou para ela de forma estranha. Ela parecia desconfortável, mas tinha um pescoço branco encantador, quase marfim.

"Não há mais ninguém para mim, Vincente.

Nunca houve. O meu coração está tão cheio de si que simplesmente não poderia haver mais ninguém nele. Eu adoro-o."

Ele parou o carro e aproximou-se do pescoço branco e nu dela. Os seus dentes estavam frios quando a tocaram, e então começaram a arder. O coração dela batia tão rápido que ela pensou que fosse saltar do peito, e sentiu-se quente por todo o corpo, com vontade de devorá-lo.

Após alguns momentos, eles recuperaram a compostura e começaram a dirigir. As ruas estavam cheias de veículos queimados, com exceção de um Land Rover. Vincente parou ao lado dele e os dois deram uma olhada mais de perto. Estava quase novo, com bancos de couro branco e muito espaço na parte de trás para as armas e suprimentos deles.

Vincente girou a chave na ignição e ele ligou na hora. " Acho que este é melhor do que o nosso veículo, muito mais espaçoso e confiável, e devemos... levá-lo."

Grace não gostava da ideia de roubar um veículo, mas fazia sentido para eles adquirirem algo maior e mais adequado às suas necessidades. "Por que será que este não queimou como os outros?", perguntou ela. Vincente deu de ombros e os dois começaram a tirar as suas coisas do outro carro e colocá-las no Land Rover.

Ainda havia um pouco de gasolina, mas não muita. Vincente fez questão de parar no próximo posto e encher o depósito.

Grace entrou com Vincente e compraram uma caixa de água e algumas outras coisas para levar com eles.

"Para onde vamos?", perguntou Grace novamente enquanto atravessavam a Sydney Harbour Bridge.

Vincente sorriu. Ele estava muito satisfeito consigo mesmo por alguma razão. Grace estava muito curiosa e animada.

Vincente mudou de assunto. «Tivemos sorte em encontrar este veículo. Está em muito bom estado e deve levar-nos a qualquer lugar que precisarmos de ir.»

«Temos ainda mais sorte por você ter carta de condução.»

«Bem, tecnicamente, não tenho», afirmou Vincente, olhando para Grace. «Mas quem vai impedir-me?»

Grace pensou na situação deles. Ela achava difícil acreditar que não havia outras pessoas em algum lugar, pelo país ou em outra parte do mundo. Ela não conseguia acreditar que eles fossem realmente as únicas duas pessoas restantes na Terra.

“Você não acha que deve haver outras pessoas em algum lugar?”, perguntou Grace.

“Acho que somos só nós”, disse Vincente.

“Mas e se houver outras pessoas?”

«Então vamos encontrá-los, ou eles vão encontrar-nos. Enquanto isso, não vamos nos preocupar com isso, certo? Estamos quase lá», disse ele ao virar a esquina e entrar numa estrada paralela à orla da praia. A paisagem era de tirar o fôlego. Grace ansiava por sair do carro e correr pela areia branca com os pés descalços.

Vincente parou em frente ao Manly Hotel, à beira-mar. Como crianças pequenas, o casal mal podia esperar para tirar os sapatos e correr na areia branca e quente. Ela beijava os seus pés e se agitava como açúcar no fundo de uma chávena de café, e quando os seus pés tocaram a água fria, eles tremeram e riram.

“Acha que é seguro?”, perguntou Grace.

"Seguro? De quê?"

"Você sabe, como tubarões e águas-vivas."

«Não vemos nenhum ser vivo há dias, nem formigas, nem aranhas, nem mosquitos, nem um único pássaro... E você está preocupado com tubarões e medusas?»

«Sim, bem, as árvores estavam famintas, então quem sabe sobre os...»

Vincente beijou as preocupações dela. Juntos, brincaram na água como duas crianças, espirrando água e perseguindo-se até adormecerem, lado a lado, na areia.

*** * ***

D E MANHÃ, GRACE E Vincente acordaram cobertos de areia e com muita, muita fome.

«Estou pronta», disse ela, lançando-se sobre ele, beijando-o com força nos lábios e empurrando-o para trás, para a marca que tinham deixado na areia.

«Eu… acho que é muito cedo», disse ele, empurrando-a gentilmente para o lado, levantando-se e sacudindo a areia das roupas.

Ela lançou-se sobre ele novamente. «Achei que tivesse dito que eu deveria avisá-lo quando estivesse pronta. Estou pronta, muito pronta», disse ela, enquanto tentava desabotoar a camisa dele.

Ele deu um passo para trás. Sorriu para ela. Grace lançou-se sobre ele novamente. Ele afastou-se.

"Você é tão provocador", ela gritou frustrada, enquanto ele se virava e corria na direção oposta. "Covarde!", ela gritou, seguindo-o. Ela estava ofegante. O coração batia acelerado. Ela não queria nada mais do que rasgar as roupas dele, fazer o que quisesse com ele, sentir o corpo dele contra o seu. Tornar-se uma coisa só com ele.

«Quando for a hora certa, ambos saberemos», disse Vincente enquanto abria a mala do carro e tirava as garrafas de água. Ele entrou no átrio do hotel e Grace seguiu-o. Ela não teve escolha a não ser segui-lo, entrar no elevador, percorrer o corredor e entrar na enorme cobertura.

Uma vez lá dentro, Vincente abriu completamente as cortinas. Da sua posição privilegiada, ele podia pensar em tudo o que tinha mudado desde a última vez que visitara Manly com os seus pais. Tanta coisa tinha mudado.

Antes, havia multidões de pessoas por toda a parte, caminhando pelo calçadão, rindo e se divertindo. Havia barcos, com as velas sopradas pela brisa, como pontos no horizonte. Havia risadas e bebidas. Crianças nadavam, brincavam e construíam castelos de areia. Havia surfistas, muitos deles, a pegar as ondas grandes.

Havia golfinhos e pássaros, principalmente gaivotas voando por toda parte, mergulhando na água, se alimentando e gritando.

Sem mencionar os churrascos, cafés e restaurantes cheios de pessoas a comer, beber, dançar, conversar e namorar. Tudo era tão diferente naquela época, tão vivo e tão notavelmente movimentado. Vincente lembrou-se da longa espera para entrar em alguns dos melhores restaurantes de Manly. Agora, ele e Grace tinham o local todo para si.

Ele contou a Grace sobre Manly, sobre como a sua família alugou uma casa na praia. Eles tiveram a experiência de observar baleias em primeira mão. Como as baleias acenavam com as suas caudas. Que magnificência. Que poder.

Ele também partilhou com ela que, às vezes, ficavam num hotel à beira-mar antes de comprarem uma casa. Era como umas pequenas férias. Faziam as malas e apanhavam o ferry. Como ele ficava animado e como sempre comiam fora, nadavam na piscina no telhado e depois iam para a praia, comiam peixe com batatas fritas, sentavam-se na areia e conversavam muito.

«Sente muita falta dos seus pais, não é?» disse Grace, segurando a mão dele. Ela o amava ainda mais, se isso fosse possível, quando ele falava sobre a família e as suas memórias. Quando ele partilhava as suas memórias e experiências com ela, ela sentia como se fossem suas também.

«Agora», disse ele, «temos este lugar só para nós, Grace. Podemos ficar aqui, morar aqui, fazer o que quisermos aqui.»

«Sim», concordou Grace, «eu gostaria disso.»

Depois de se acalmarem um pouco, decidiram dar um passeio pelo calçadão. Não havia sinais de trauma dos terramotos aqui. Caminharam de mãos dadas, conversando. Aproximando-se a cada momento.

As lembranças criaram uma névoa. Juntos, sentiram-se muito sozinhos.

«Vamos dar um mergulho», sugeriu Vincente, correndo em direção à água, espalhando areia por todo o lado enquanto tirava a camisa, os calções, a roupa interior, os sapatos e as meias.

Grace viu-o, com o rabo à mostra, a correr para a água como alguém que nunca tinha ido à praia antes. Ela também começou a tirar a roupa e, quando tirou tudo, começou a entrar na água.

Eles se encontraram e deram as mãos quando estavam com água até a cintura. As ondas passavam por cima deles, empurrando-os para perto e para longe, para perto e para longe. Eles se beijaram e se abraçaram com força enquanto os respingos do mar os batiam como oficialmente apaixonados.

Se algum peixe ainda estava vivo para ouvi-los gritar, eles eram educados demais para se revelar.

CAPÍTULO 28

A GORA, LADO A LADO na cobertura do hotel, após terem dormido o tipo de sono que só os amantes conhecem, Grace tinha a cabeça aninhada no peito de Vincente.

Ele olhava para ela enquanto ela dormia. Pensava em como ela estava ainda mais bonita hoje para ele do que ontem. Afastou o cabelo do rosto dela e colocou-o atrás da orelha. Ela mexeu-se.

«Bom dia, dorminhoca», disse ele. Beijou-lhe a testa.

«Bom dia», repetiu Grace, enquanto se espreguiçava e bocejava, cobrindo a boca com a mão, perguntando-se se teria mau hálito matinal — o pior hálito do dia. Perguntou-se como tinham chegado ao hotel.

Pensou por um momento, tentou lembrar-se de ter chegado lá, mas não conseguia recordar-se nem mesmo de ter entrado no hotel. Era como se tivesse estado numa farra e agora tivesse perdido totalmente a memória do evento, além de todos os outros eventos que tinha esquecido do passado. Sentiu-se irritada porque queria lembrar-se de cada momento com Vincente.

«Se está a perguntar-se como chegou aqui», disse Vincente.

«Estava a dormir profundamente na praia e a maré estava a subir, então peguei-a no colo, trouxe-a para cá e a coloquei na cama.»

«Obrigada», disse ela, aconchegando-se nele. Em seguida, pediu licença e foi tomar banho. Do lado de fora do banheiro, alguém bateu na porta. Ela vestiu o roupão do hotel e perguntou: «Quem é?»

«Sou eu, boba!», respondeu Vincente, quando Grace abriu a porta e o encontrou vestido com um uniforme de chef — incluindo o chapéu — e empurrando um carrinho com um banquete.

«Você esteve ocupado», observou Grace, enquanto dava uma mordida na torrada com marmelada e mergulhava um pedaço de bacon crocante no ovo cozido.

Comeram e comeram, até não conseguirem mais engolir nada, e então Vincente levantou-se e entregou uma caixa a Grace.

«Um presente? Para mim?»

«Para quem mais? Espero que goste», disse Vincente, e observou Grace rasgar a fita e abrir o papel para descobrir o presente.

Grace segurou o vestido de verão sem alças mais bonito que já tinha visto e, em seguida, pressionou-o contra o corpo. Era de seda, verde e muito sensual. Ela se jogou em Vincente e o beijou nos lábios, depois tirou o roupão e vestiu o vestido novo. Ele serviu perfeitamente.

"Obrigada", disse ela.

"Agora, vamos ver como você fica sem ele!", exclamou Vincente antes de empurrá-la para a cama, e eles fizeram amor mais uma vez.

Quando acordaram, sentindo um pouco de fome novamente, Vincente preparou o fondue de chocolate que tinha encontrado mais cedo e mergulharam morangos descongelados nele. Eram deliciosamente doces e alimentaram-se um ao outro. Quando estavam saciados e tinham recuperado energia suficiente, fizeram amor novamente.

✻ ✻ ✻

MAIS TARDE NAQUELE DIA, eles caminharam de mãos dadas ao longo do calçadão, enquanto as ondas quebravam na praia ao lado deles. A maré havia subido e sua força estava a crescer ao redor deles.

"Podemos ser muito felizes aqui, você sabe", disse Vincente. "Temos comida suficiente para durar meses no hotel. Combinado com os outros hotéis e restaurantes, provavelmente temos comida suficiente aqui para durar anos. E poderíamos viver no luxo, mudando de quarto no hotel, sem nunca ter que limpar! Podemos simplesmente mudar para outro quarto quando o nosso ficar sujo!"

Grace pensava em tudo o que Manly tinha a oferecer. Ela também achava que aquele lugar poderia ser um bom lar. Eles tinham todo o tempo do mundo e nada a perder. Por que não tentar?

"Acho que você está certo, devemos ficar aqui, fazer deste lugar o nosso lar. Vamos ver o que acontece. Mas..." Ela parou, olhando para o céu. Então, virou-se e olhou diretamente nos olhos dele.

"E se não formos os únicos? E se houver outros por aí, pelo país? Pelo mundo? Devemos ficar tão felizes, pensando apenas em nós, quando outros por aí podem precisar de ajuda? Quando poderíamos estar lá fora à procura deles?"

Vincente não respondeu imediatamente. Ele também olhou para o céu. Sentia falta dos sons dos kookaburras e das gaivotas. Sentia até falta do barulho dos aviões a voar e dos carros a buzinar. «Eu entendo o que está a dizer, querida. Mas as nossas responsabilidades são para com nós mesmos. Especialmente quando não sabemos quanto tempo temos aqui.»

"Acha que o nosso tempo é limitado?"

"Quem sabe? Não é sempre assim? Quero passar cada momento com você, fazendo-a feliz. Amando-a. Fazer amor com você é a minha prioridade agora."

Ela colocou o braço em volta da cintura dele e continuaram a caminhar, depois viraram a esquina, passaram por baixo da ponte e correram como duas crianças. Quando chegaram ao parque infantil escondido, Grace subiu no escorregador, deslizou e depois pulou num baloiço. Vincente sentou-se no baloiço ao lado dela e subiram cada vez mais alto, enquanto continuavam a conversa.

«Tu também és a minha prioridade. Amar-te, estar contigo. Mas talvez, se tentássemos encontrar outras pessoas, seríamos mais felizes. Quero dizer, sabendo que pelo menos tentámos», disse Grace.

«Acabaste de me dar uma ideia, Grace. Talvez devêssemos tentar ligar para o estrangeiro, para chamadas de longa distância.

Ver se conseguimos estabelecer uma ligação dessa forma. Poderíamos tentar uma chamada intercontinental e, em seguida, tentar a Nova Zelândia, talvez a Europa, Inglaterra, depois o Canadá e os EUA. Podemos passar um tempo aqui, aproveitar os dias e procurar dessa forma primeiro. Você concorda?" "Acho que é um bom começo. Mas, por enquanto, vamos nadar", disse Grace, enquanto saltava do baloiço e começava a correr.

Vincente voou atrás dela, seguindo o rasto de roupas que ela deixava para trás. Ele recolheu tudo e observou Grace entrar na água. Ela flutuou para cima e para baixo e depois mergulhou. Ela voltou à superfície com o cabelo todo molhado, como se estivesse a preparar-se para uma sessão fotográfica para uma revista.

Vincente rasgou as suas próprias roupas enquanto caminhava em direção a ela.

Eles mergulharam juntos enquanto as ondas batiam nos seus corpos.

✳✳✳

"Acha que algum dia sentiremos falta disso?", perguntou Grace, bocejando amplamente e sentando-se com os braços cruzados sobre os joelhos. Ela agora estava totalmente vestida novamente, e eles estavam observando as estrelas há algum tempo, descansando no crepúsculo.

"Sentir falta do quê?", perguntou Vincente, sentando-se e cruzando as pernas ao lado dela.

"Aprender, praticar desporto, tudo o que fazia parte da vida escolar.

Acha que algum dia vamos sentir falta disso?"

"Eu, pelo menos, não sinto falta de ser reprovada em matemática, e era exatamente isso que eu estava fazendo antes do treinador Anderson sugerir que eu pedisse a sua ajuda. Acho que tive sorte, mas não sinto falta de estudar. Sinto falta de jogar, da torcida aplaudindo quando eu fazia uma jogada perfeita."

"Sente falta da oportunidade de ser profissional?"

"Mais ou menos. A única maneira de eu entrar na universidade era com uma bolsa de estudos. A minha mãe e o meu pai não tinham condições financeiras para me enviar. Não que fôssemos pobres ou algo assim — tínhamos dinheiro —, mas isso causaria dificuldades, entende? Eu queria conseguir, entrar por conta própria."

"Sim, eu entendo isso, você querendo conquistar. Você disse antes que eu seria um matemático.

Talvez eu volte a sentir isso quando a minha memória voltar.»

«O céu era o limite para si.» Ele parou por um segundo, vendo uma nuvem passar pelo rosto dela ao ouvir a palavra «era», e continuou: «Ainda é!»

«Não consigo lembrar-me de nada agora. Quando estava lá em cima, naquela árvore, muitas vezes sentia como se...» Ela hesitou, com medo de admitir. "Não, você vai rir."

"E daí se eu rir? Conte-me, vamos! Você tem que me contar!" Então ele se inclinou e começou a fazer cócegas nela. "Você vai me contar agora?", perguntou ele, e continuou a fazer cócegas nela até que ela concordasse em contar.

"Albert Einstein", disse ela, "eu achava que podia ver o rosto dele na lua."

Ele não riu. Olhou para o rosto da lua. Agora que ela mencionava, ele conseguia distinguir um bigode e olhos. Pensou em Mark Twain, ou, sim, poderia ser Albert Einstein. "Consigo ver", confirmou. "Pode ser Albert Einstein ou Mark Twain lá em cima."

"Então consegue ver, o bigode?"

"Com certeza, mas nunca tinha reparado num rosto tão nítido antes. Já ouvi falar do Homem na Lua, mas por que só estou a vê-lo agora?"

"Não sei ao certo", disse Grace. Em silêncio, olharam juntos para a lua até que Grace disse: "Tudo o que sei é que, quando estava naquela árvore e precisava de esperança, encontrei-a no rosto de Albert Einstein. Isso me fortaleceu. Me deu esperança. Me fez sentir certa, sem dúvida, de que eu iria descer dali e que iria vê-lo novamente. Na verdade, eu sabia que você estava bem e que eu iria resgatá-lo."

"Tudo por causa de uma conexão com Albert Einstein, não é? Ele... ele falou com você? De lá de cima, quero dizer?"

"Não com palavras, não", disse Grace, "mas havia definitivamente uma conexão. Como se ele estivesse do outro lado do universo, a estender a mão para mim. A dar-me força. Sei que parece ridículo agora, mas naquele momento, estando lá em cima, tão alto naquela árvore, parecia perfeitamente normal ter Albert Einstein a cuidar de mim."

«Bem, obrigado, Albert Einstein!», declarou Vincente, gritando para a lua, «Obrigado por trazer a minha namorada em segurança de volta ao chão e de volta para mim!»

«Sim, obrigada, Albert Einstein!», acrescentou Grace.

"Provavelmente já o trata pelo primeiro nome, não é?", disse Vincente, e então começou a correr pela praia. Grace correu atrás dele, e eles riram e brincaram na água.

Nenhum dos dois percebeu a piscadela do Professor Einstein.

$$* * *$$

O CASAL REGRESSOU AO hotel, determinado a fazer algumas chamadas telefónicas. «Tenho a certeza de que, se houver alguém na Austrália para atender, isto chegará até eles», disse Vincente.

Sentaram-se juntos no escritório, deixando o telefone tocar e tocar e tocar. Ninguém atendeu.

«Vamos tentar outra coisa», sugeriu Vincente. Vincente encontrou um manual na secretária e folheou-o, encontrando o código para contactar a Nova Zelândia.

A mesma coisa: ninguém atendeu.

"Onde devemos tentar agora?", perguntou ele.

"Vamos tentar...", ela ficou em pé com um mapa-múndi à sua frente, fechou os olhos, concentrou-se na França e Vincente digitou o código. Deixaram tocar várias vezes e, novamente, ninguém atendeu.

"Para onde agora?", perguntou Vincente.

«América do Sul!», exclamou Grace, e Vincente digitou os números. Era a coisa mais próxima de diversão que tinham tido em muito tempo, e havia uma esperança renovada a cada país que tentavam: China, Rússia, Noruega, Irlanda e Inglaterra. No entanto, as suas esperanças diminuíram depois de tentarem o Canadá e os Estados Unidos.

«Somos os únicos», concordaram, e voltaram para o quarto, exaustos. Nenhum dos dois tinha fome ou sede.

Pela primeira vez, não queriam fazer amor e não queriam conversar. Sentaram-se sozinhos e beberam vinho. Agora, aquele era o mundo deles. A idade não significava nada. Podiam ter ou fazer o que quisessem. Era um sonho tornado realidade.

✳✳✳

V INCENTE ACORDOU E FICOU surpreendido ao ouvir Grace a falar durante o sono:

"E é igual a MC ao quadrado, dois vezes dois é quatro, quatro estações, balança equilibrada, três vezes dois é seis, é um número feminino, três é um número masculino, portanto seis é igual a casamento. Seis, dez, quinze são números triangulares, quatro, nove, dezasseis são números quadrados, o cubo psicogénico é seis ao cubo ou seis vezes seis vezes seis igual a duzentos e dezasseis, Pitágoras acreditava que todos nós reencarnamos a cada duzentos e dezasseis anos, portanto, ciclo. Retorno."

Ela parou, ressonou um pouco e Vicente aconchegou-se nela. Ele pensou sobre esse dom dela, que agora estava a exercer a sua magia no subconsciente dela. A genialidade dela estava a permear os pensamentos noturnos dela, voltando rapidamente para ela durante as horas de descanso. Era a primeira vez que ele era acordado por tais divagações. Era como se Grace estivesse a falar noutra língua. Ele questionou-se se deveria mencionar isso a ela.

Mas, se o fizesse, será que o poder da sugestão, em vez da sua própria auto-realização, atrasaria o processo de cura?

Quando a manhã amanheceu, Vicente ainda estava acordado, ouvindo o silêncio que o rodeava. Grace não falou novamente, mas ficou inquieta algumas vezes, e ele teve que se afastar dela. Ela se debatia durante o sono, mas quando falava sobre matemática, ficava muito quieta e concentrada. A sua voz estava cheia de paixão. Estava praticamente transbordando esperança e admiração, embora ele não entendesse nada do que ela dizia. Ele formou uma ideia sobre o que faria quando ela acordasse. Não iria contar-lhe sobre o que ela falava durante o sono. Pelo menos, não hoje. Mas tinha um plano e esperava que fosse útil para ela. Ao mesmo tempo, teve uma ideia sobre como poderia surpreendê-la. Estava otimista de que aquele seria o melhor dia de suas vidas.

CAPÍTULO 29

"Estava a pensar, Grace, que seria bom ir a Sydney hoje. Poderíamos visitar a Biblioteca Pública. Não precisamos de parar de aprender. Temos uma biblioteca inteira e milhares de livros só para nós. Podemos passar a maior parte do dia l á!"

"Sim, gosto da sua maneira de pensar. Perfeito!" Grace parou por um momento, olhou-se no espelho. "Também gostaria de comprar algumas coisas, talvez até algumas roupas novas. Talvez eu devesse pintar o cabelo? Gostaria de me ver loira?"

"Definitivamente não para a parte do loiro, mas também poderia comprar algumas coisas novas. Poderíamos fazer compras! E outra coisa que pensei que poderia ser útil é se pudéssemos encontrar um rádio CB. É uma forma mais primitiva de comunicação, mas..."

«Então, ainda acha que pode haver outras pessoas por aí?»

«Acho que somos os únicos, querida. Mas, se tivermos um rádio CB e pudermos usá-lo ativamente, e se houver uma chance, mesmo que pequena, de outras pessoas nos contactarem dessa forma, então essa possibilidade estará aberta para nós. Para eles.»

"Amo-te, Vincente", disse ela, abraçando-o e beijando-o profundamente. Em seguida, dirigiu-se para a porta. "Não há momento melhor do que o presente. É melhor irmos lá fora!"

"Concordo plenamente!", exclamou Vincente. Ele colocou o braço em volta da cintura dela e, juntos, saíram do edifício e entraram no carro.

Tinham estacionado em frente ao hotel, onde normalmente apenas táxis e limusinas podiam carregar passageiros. Havia algumas vantagens em viver num mundo sem regras.

"Vincente", Grace começou, "estive a pensar. Embora o hotel seja agradável e tudo mais, nunca poderia ser o meu lar. Entende o que quero dizer?"

"Sim, entendo o que quer dizer. Você está a sentir a necessidade de se estabelecer, de criar um lar. E um hotel psicologicamente não se encaixa nesse perfil."

"Por enquanto, sim, mas não no panorama geral para nós." Vincente parou o carro e abriu a porta. Ela observou-o correr em direção à vitrine de uma loja Salvos. Ela saiu do carro para ver o que tinha chamado a atenção dele e viu que era um rádio CB!

Vincente entrou na loja e olhou atentamente para o rádio. Depois, encontrou uma tomada e ligou-o. Ele sintonizou as ondas de rádio. Juntos, ouviram atentamente, mas só havia estática e feedback. Vincente pegou-o e colocou-o na mala do carro, e eles foram embora. O rádio era um tiro no escuro, ambos sabiam disso, mas não falaram sobre isso.

Dirigiram pelas ruas de Manly, agora totalmente acostumados a serem os únicos dois humanos no mundo. Tinham tudo o que queriam ou precisavam ao seu alcance: todas as atrações turísticas, além da promessa e beleza natural de Sydney. A cidade era o seu pequeno paraíso e ter Manly só para eles era uma espécie de bónus.

Enquanto o Land Rover atravessava a Sydney Harbour Bridge, a Ópera parecia reconhecer a sua presença, e Grace aproveitou a oportunidade para retomar a conversa anterior. «Seria maravilhoso escolher a casa que desejamos. Construir o nosso próprio lar», disse ela com otimismo.

"Concordo plenamente, e poderíamos escolher qualquer casa, qualquer mansão que desejássemos. Mas, por enquanto, acho que precisamos de conversar sobre algo ainda mais, bem, pessoal. Algo sobre o qual ainda não conversámos antes."

A expressão de Vincente havia mudado. Ele ficou profundamente sério, mais sério do que Grace jamais o tinha visto, e ela ficou preocupada. Ela esperou que ele continuasse, sem querer interromper o seu raciocínio. Ela percebeu que ele estava a tentar encontrar as palavras certas. Quando ele ficou em silêncio por alguns minutos, Grace começou a se preocupar ainda mais. Quando ele parou o carro na George Street e olhou nos olhos dela, mas continuou em silêncio, ela ficou realmente muito preocupada.

"Diga-me, Vincente! Você está a me assustar!"

"Não temos usado contraceptivos, e você pode estar grávida agora. Eu poderia estar a ver-te como uma nova mãe e eu poderia ser pai. E eu estava a pensar que tipo de vida seria para uma criança nascida de nós? Sim, nós iríamos amá-la e cuidar dela, mas e o futuro dela? O futuro dela?"

"O que quer dizer exatamente? Nós iríamos adorar a nossa criança!"

"Sim, mas quem a nossa criança iria adorar? Quem ela iria amar além de nós?"

"Ah, você quer dizer alguém com quem ele ou ela se casaria. Com quem passaria o futuro, depois que nós partirmos?" Ela o puxou para um forte abraço e acariciou o topo da cabeça dele como se ele fosse uma criança. "Querido, você tem pensado em coisas muito profundas. Você deveria ter compartilhado isso comigo. Você não deveria ter que se preocupar sozinho com algo tão importante. O que quer que aconteça, vamos enfrentar juntos."

"Mas uma pessoa pequena, sem futuro, além de estar connosco? Seria cruel. Não seria certo!"

"Talvez devêssemos simplesmente desistir de fazer amor, então? Sim, vamos nos tornar celibatários!", exclamou ela, enquanto acariciava a cabeça dele e o beijava como se fosse um menino pequeno. "Se tiver que ser, vai acontecer.

Não podemos nos preocupar agora com algo que talvez nunca aconteça. Nós nos amamos. Eu daria tudo por você. Eu daria a minha vida por você, Vincente, e não poderia ser celibatária, a menos que nos separássemos. A menos que ficássemos separados. Aí, talvez."

"Isso nunca vai acontecer! Eu nunca vou te deixar! Não de propósito", jurou Vincente.

«Então está decidido. E se tivermos filhos, faremos o que for melhor para eles. O que for preciso. Mas, por agora, vamos às compras e depois vamos à biblioteca. Mais tarde, vamos comer algo delicioso! Nada de mal pode resultar do nosso amor», disse Grace.

«Eu adoro-te, Grace.»

Eles entraram de mãos dadas na loja de departamentos David Jones, onde passaram a manhã a fazer compras. Depois, almoçaram num restaurante italiano, preparando juntos o espaguete à bolonhesa.

Após o almoço, exploraram a biblioteca e pegaram alguns romances. Grace não se aproximou da seção de matemática, e Vincente não a pressionou.

Depois disso, entraram no carro e dirigiram pela George Street. Inesperadamente, Vincente parou, pegou a mão de Grace e disse que tinha algo para lhe mostrar. Algo importante.

Grace olhou para a placa acima da porta: "Joalheiro antigo de alta qualidade. Compra e venda aqui".

Intrigada, Grace seguiu Vincente para dentro.

$$* * *$$

QUANDO ELA ENTROU NA loja, foi como se tivesse entrado num lustre cintilante. Tudo à sua volta estava repleto de luz. Todos os tipos de joias imagináveis, desde tiaras a pulseiras, relógios e até uma pasta com diamantes incrustados estavam em exposição dentro da loja. Ela ficou tão impressionada que não conseguiu se mover por um momento. O dinheiro não era mais um problema para eles agora. Antes, essas joias teriam sido muito caras para eles.

«Venha», disse Vincente, «divirta-se, dê uma olhada! Vê alguma coisa que goste?»

Grace avançou, inclinou-se e olhou para dentro das vitrines de vidro espesso. Ela não usava nenhuma joia agora. Na verdade, ela não tinha certeza de que tipo de joia gostava.

Ela caminhou para cima e para baixo pelas fileiras de vitrines, concentrando-se em algumas coisas, depois distraindo-se e seguindo em frente. Havia coisas bonitas demais para serem apreciadas de uma só vez. Quando ela chegou ao fim da loja e se virou, como se fosse sair pela porta, Vincente a impediu.

"Deve haver algo que você goste aqui!"

"É um pouco demais para mim. Não entendo muito de joias. Talvez você possa me explicar um pouco primeiro. Fale-me sobre o seu anel. Onde o comprou?" perguntou Grace.

"Ok, sim, vejo que está sobrecarregada, mas deve saber do que gosta. Então, podemos procurar juntos. Enquanto isso, o meu anel foi passado por muitos anos na minha família. É uma herança de família. Sempre foi dado ao primeiro filho do primeiro filho. Não percebi que tinha reparado nele."

"Claro, ele muda de cor à luz do sol, assim como os seus olhos às vezes. Ei, gosto deste. É absolutamente lindo!" Grace pegou um anel e, quando foi colocá-lo no dedo, Vincente estendeu a mão para impedi-la. Ele pegou o anel na mão e se ajoelhou.

"Grace Greenway, amo-te mais do que qualquer coisa no mundo. Queres casar comigo?"

Ela gritou como uma menina e correu para ele, derrubando-o para trás no chão. Ela respondeu que sim, e ele colocou o anel no dedo dela. Ele serviu perfeitamente, como se tivesse sido feito para ela. O grande diamante tinha a forma de um coração, com pequenos diamantes ao redor da borda. Ele brilhava quando refletia a luz.

«Agora somos oficiais!», declarou Vincente. «Quero dizer, oficialmente noivos.»

«Obrigada, adorei!»

Eles giraram pela sala, abraçados. Então, Grace sentiu uma tontura, tropeçou para a frente e foi investigar a vitrine à esquerda da porta. A pequena vitrine estava escondida pela porta aberta.

Seus olhos foram imediatamente atraídos por uma aliança de ouro com um coração e pequenos diamantes ao redor. Diamantes que estavam incrustados como pequenas estrelas. Era um anel magnífico, e Grace soube imediatamente que era para ela.

Vincente concordou e, antes que ela pudesse colocá-lo no dedo, ele o tirou da mão dela e gentilmente o colocou numa caixa. Ele colocou a caixa no bolso do short e deu um tapinha gentil nela. "Para mantê-lo em segurança", disse ele, "até nos casarmos um dia".

«Não posso simplesmente usá-lo?», perguntou ela, enquanto tentava alcançar o bolso dele. «Quero dizer, quem saberia? Além disso, não há ninguém aqui para nos casar, de qualquer forma!»

«Essa não é a questão, não é? Ele ficará guardado».

«Provocador».

***

"E o senhor?" perguntou Grace enquanto examinava as vitrines, procurando uma aliança de casamento para Vincente. Ela se perguntou se os homens usavam alianças de noivado ou se isso era algo exclusivo para as mulheres, um símbolo feminino para indicar que estavam comprometidas. "Desejo comprar uma aliança de noivado para o senhor!" disse Grace animada, mas Vincente parecia um pouco relutante. "Tudo bem, então pelo menos uma aliança de casamento", disse ela. Ela afastou-o para poder ver melhor.

"Hum, posso ajudá-la, senhora?", perguntou Vincente, imitando um joalheiro pomposo e antiquado.

"Não, obrigada, gentil senhor", disse Grace. "Eu já roubei o anel que queria!" Ela tinha acabado de colocar o anel numa caixa e no bolso.

«Obrigado por nos roubar. Por favor, volte sempre», riu Vincente, enquanto saíam da boutique.

Uma vez lá fora, Vincente começou a andar, dando passos cada vez maiores. Grace mal conseguia acompanhá-lo. Ela correu atrás dele, sem fôlego.

Então, de repente, ele virou-se e a abraçou. Depois, soltou-a, sem fôlego e animado.

«Tive uma ideia incrível», disse ele.

«Partilhe-a!»

«Você precisa de um vestido de noiva e outras coisas, e eu também. Bem, não um vestido de noiva para mim, mas, sabe, também preciso de roupa para o casamento. Temos as melhores lojas à nossa disposição, então vamos comprar tudo o que precisamos agora mesmo!»

«Mas as lojas não vão desaparecer, vão? Por que não esperamos?»

«Não, eu sempre digo que não há momento melhor do que o presente, e sinto que devemos comprar tudo hoje», disse Vincente.

Na verdade, Grace sentia o mesmo, mas um desejo mais forte a dominava. Um desejo mais forte do que o de se casar. Ela queria tirar as roupas de Vincente e fazer amor apaixonadamente com ele.

Ela o puxou para mais perto, num abraço apertado. Beijou-o, dando-lhe tudo o que podia, mas a mente dele estava claramente noutro lugar.

«Olha aqui, eu vou dar uma olhadela ali e nos encontramos aqui daqui a uma hora, está bem? Bem aqui neste lugar.» Ele fez uma pausa, mandou-lhe um beijo e disse: «Divirta-se.»

«Tem a certeza de que não podemos fazer todas as compras para o casamento juntos?», ela perguntou, chamando-o.

Ele parou, abanou a cabeça e voltou-se na direção dela. «De maneira nenhuma! Dá azar o noivo ver o vestido de noiva antes do casamento. Você está por sua conta, querida.»

«Mas com certeza você vai precisar de ajuda», sugeriu Grace, na esperança de fazê-lo mudar de ideia. Ele apenas sorriu, entrou numa loja de fatos e fechou a porta atrás de si. Ela abraçou-se. Já sentia saudades dele.

CAPÍTULO 30

E RA ESTRANHO ESTAR LONGE de Vicente. No início,
ela não gostava de estar separada. Depois, entrou no
espírito das coisas e começou a experimentar vestido de noiva
após vestido de noiva. Muitos deles eram demasiado rendados,
pretensiosos. Alguns eram feitos para tamanhos zero e não
favoreciam a sua figura mais cheia. Outros eram demasiado
complicados para ela vestir sozinha.

Quando encontrou um vestido branco antigo com uma
cauda excepcionalmente longa na prateleira, não tinha a certeza
se serviria, muito menos se ficaria bem nela. Tinha uma gola
alta de renda e vinha com uma tiara a condizer. Os botões do
vestido eram de pérolas, com um folho de renda bordado por
cima. O preço era de 10 000 dólares, e Grace foi extremamente
cuidadosa ao vestir o vestido.

Ela prendeu a respiração e saiu do provador para se olhar no
espelho de corpo inteiro. Lágrimas encheram os seus olhos e
escorreram pelas suas bochechas. Ela não conseguia acreditar que

poderia ou iria ficar tão bonita. Parecia uma princesa, apenas à espera que o seu príncipe viesse e se casasse com ela.

Pensou em Vincente e em como ele se sentiria ao vê-la usando esse vestido espetacular. Ela sorriu radiante. Olhou para o relógio e percebeu que ainda precisava encontrar alguns acessórios, como sapatos e alguns grampos para o cabelo, um pouco de maquilhagem e um par de brincos de pérolas.

Missão cumprida! Ela tinha pensado em tudo o que poderia precisar e ainda tinha alguns minutos de sobra. Grace levou o seu tempo para voltar ao local onde eles iriam se encontrar.

Vincente ainda não tinha chegado. Estranhamente, o carro deles tinha sido movido.

Ela sentou-se no meio-fio, com as sacolas espalhadas pela calçada ao seu redor. Então, levantou-se e comprou uma garrafa de água numa geladeira de uma loja de esquina próxima. Finalmente, sentou-se, sonhou com o dia do casamento deles e esperou.

***

Quando a noite começou a cair, Grace já não esperava pacientemente. Ela estava cansada e sentia muita saudade de Vincente.

O vento aumentou e Grace sentiu um arrepio percorrer o seu corpo.

Ela entrou numa loja próxima e experimentou um casaco preto com capuz.

Fechou o fecho, colocou o capuz sobre a cabeça, sentou-se novamente e esperou por Vincente.

E esperou. E esperou.

E continuou a esperar, imaginando o que teria acontecido com ele.

CAPÍTULO 31

Ela ainda estava à espera de Vincente quando as estrelas apareceram. Enquanto a imagem de Albert Einstein a observava. Ela desejou ter guardado um dos romances da biblioteca para ler, mas, por outro lado, a luz não era boa o suficiente para ler naquele local.

Ela olhou para a rua, tantas lojas, mas simplesmente não estava com disposição. Claro, ela poderia encontrar algo para distraí-la, mas isso não aliviaria a sua preocupação crescente com a ausência de Vincente.

Será que uma daquelas árvores o transformou num espeto de Vincente? E por que ele levou o carro? O combinado era pegar as nossas coisas e nos encontrar em uma hora. O que aconteceu? Onde diabos estava Vincente Marino?

As horas se passaram.

Grace começou a duvidar do amor de Vincente por ela.

Começou a questionar-se se ele teria mudado de ideias sobre o relacionamento deles.

Esse pensamento a deixou irritada no início, mas depois penetrou cada vez mais profundamente no seu subconsciente.

Em algum lugar, ela descobriu uma parte de si que esperava que ele a deixasse, que mudasse de ideias. Uma parte dela que parecia esperar que ele a magoasse, que a destruísse por dentro.

Ela decidiu que, já que era inevitável que ele a deixasse, ela poderia muito bem seguir em frente a partir do local onde eles haviam combinado de se encontrar. Ela iria para onde seu coração desejasse, e, naquele momento, seu coração desejava estar na Ópera de Sydney.

Por um momento, ela considerou deixar as malas ali mesmo, à beira da estrada. Mas ela havia encontrado o vestido de noiva mais bonito do mundo e iria levá-lo consigo. Ela iria mantê-lo.

Por um segundo, ela pensou em vestir o vestido novamente, mas a cauda só iria atrasá-la.

Quando ela chegou à Ópera, sua pureza e brancura a receberam com um brilho da luz da lua.

Ela descobriu uma escada que nunca tinha notado antes ao lado da ópera e subiu, cada vez mais alto, até ficar sentada no topo da Ópera de Sydney.

Embora não fosse macio sob ela, sentiu-se como se estivesse sentada num merengue gigante.

***

Girando o seu anel de noivado no dedo, Grace contemplou como seria a sua vida sem Vincente. Grace definitivamente não queria viver sem ele.

Ela reparou numa única luz no topo da Ponte da Baía de Sydney. Parecia piscar repetidamente para ela.

Era um sinal para ela. Um sinal que dizia que, se Vincente não voltasse para buscá-la, ela não desejaria mais viver.

Ela não queria ser a única sobrevivente.

Preferia subir até o topo da Ponte da Baía de Sydney e se jogar no mar. Se isso acontecesse, ela vestiria o vestido de noiva novamente...

Então, encontraria Vincente em outro lugar e tempo.

Assim que o sol nasceu, ela ouviu o seu nome sendo cantado pelo vento: «Grace! Grace!»

***

Quando Vincente finalmente encontrou Grace, ela se recusou a descer da Ópera no início. Ele subiu a escada, querendo desesperadamente se explicar. Ela não queria uma explicação.

Ela não queria ouvi-lo. Ela desceu, recusando a oferta dele para ajudar com as malas.

Tropeçou no pavimento. Afastou-se dele.

Enquanto isso, ele tentava explicar. Tentava dizer-lhe por que estava tão atrasado.

Ela entrou no carro. Bateu a porta atrás de si.

Ele sentou-se no banco do motorista.

Ela disse-lhe para falar com a mão.

Ele arrancou do passeio. Estava tão zangado que poderia cuspir.

Ela estava zangada, feliz, triste e aliviada.

Ela estava em um estado bastante confuso.

***

"Tem ideia de quanto tempo vai ficar zangada comigo?", perguntou Vincente.

"Não estou zangada com você!", gritou ela. Ela o amava tanto, tanto que não queria nada mais do que ele a pegasse nos braços e a abraçasse. Que ele lhe dissesse o quanto a amava. Que nunca a deixaria ir.

No entanto, uma parte dela queria ficar zangada com ele.

Para magoá-lo. Para fazê-lo pagar.

A dor que sentia dominava o seu coração naquele momento, e ela chorou baixinho.

Vincente amaldiçoou-se.

Tudo o que ele queria era surpreendê-la!

CAPÍTULO 32

Q UANDO CHEGARAM AO HOTEL, Vincente saiu do carro e correu para o lado de Grace. Ele precisava manter Grace no carro. Eles precisavam conversar.

«Você vai ouvir-me, e vai ouvir-me agora.»

«Eu não...»

«Você deve-me isso. Você vai ouvir.»

Ela olhou para ele com tanta desconfiança nos olhos, com tanta mágoa e dor, que ele não aguentou mais.

"Olhe, se puder, confie em mim. Confie em mim e suba agora mesmo. Tome um banho. Acalme-se. Passe alguns minutos a pensar em nós, em quanto eu a amo. E então, quando estiver pronta, vista as roupas de casamento que comprou e volte aqui, mas não imediatamente. Volte aqui exatamente às 18h.»

«Então, vai deixar-me sozinha o dia todo novamente», Grace fez beicinho.

«Acho que um tempo sozinhos é bom para nós dois. Dá-nos algum espaço. Tempo para apreciar um ao outro. Tempo para pensar. E, precisamente às 18h, desça e procure-me, e conversaremos.» Ele beijou-a gentilmente na bochecha e pegou a mão dela na sua. Olhou profundamente nos olhos dela e disse: "Confie em mim."

Ela concordou com certa relutância e entrou no elevador, onde pendurou o vestido de noiva e colocou tudo o resto na cama.

Ela se olhou no espelho. Estava com uma aparência péssima. Tinha passado a noite toda acordada, muito preocupada com Vincente. Foi uma noite terrível, cheia de pensamentos sombrios. Sentia-se envergonhada e muito exausta.

Deitou-se na cama macia e olhou para o relógio. Era apenas meio-dia e precisava desesperadamente de uma sesta. Acertou o despertador para as 4 horas e começou a chorar toda a mágoa e a dor do dia anterior. Quando não tinha mais lágrimas para chorar, Grace adormeceu.

CAPÍTULO 33

O ALARME TOCOU E o som estridente assustou Grace. Ela levantou-se rapidamente, esquecendo-se inicialmente de onde estava. Correu pela sala, parecendo um pouco uma ave tentando aprender a voar.

Quando se acalmou e desligou o alarme, a sua memória voltou às últimas 24 horas, ao que tinha acontecido, como tinha sido esquecida, abandonada.

Como se sentira mais sozinha do que nunca e como Vincente voltara para ela, implorando por perdão.

Ele estava tão certo de que ela entenderia. Tão confiante e tão seguro de si.

Ela olhou para o outro lado do quarto e encontrou o seu lindo vestido de noiva à sua espera. Tocou o tecido e ele ainda era tão bonito quanto parecia.

Um momento depois, ela tomou banho, secou-se e prendeu o cabelo com grampos. Ela estava a preparar-se para o momento em que vestiria o vestido de noiva. Ela só esperava ter grampos suficientes para manter o cabelo no lugar até que a tiara fosse colocada — o toque final.

Depois de preparar a maquilhagem e de tudo nela indicar que era uma noiva, avaliou a sua aparência, dizendo a si mesma o que queria ouvir: que era a mulher mais bonita do mundo. Não se importava com esse título, porque, tanto quanto sabia, era a única mulher no mundo, por isso não havia concorrência e não parecia vaidade pensar assim de si mesma.

Ela pensou em Vincente a vendo assim e se perguntou se o que ele havia dito era verdade sobre a má sorte de um noivo ver o vestido de noiva antes do casamento.

Ao olhar-se mais uma vez no espelho de corpo inteiro, puxou a cauda do vestido para a frente e começou a sair do quarto e a percorrer o longo corredor. Adorava o som do vestido a arrastar-se pelo tapete. Imaginou uma das suas melhores amigas atrás dela, a segurar o vestido. Mas depois desviou os pensamentos. Afinal, não se tratava de um casamento real, era apenas uma espécie de desfile de moda para Vincente.

Quando a campainha do elevador tocou, anunciando a sua chegada ao piso térreo, Grace atravessou a entrada, passando pelas secretárias vazias e terminais de computador abandonados, pelo restaurante vazio e pelo bar deserto. Quando conseguiu passar com a cauda pela porta giratória — o que, aliás, não foi tarefa fácil —, tropeçou na faixa semicircular de táxis e viu o Land Rover parado no seu lugar habitual.

Ela olhou em volta à procura de Vincente, mas ele não estava em lugar nenhum. Mais uma vez. Estava a começar a tornar-se um hábito. O sol estava a despedir-se do dia e a pôr-se no horizonte. O céu estava colorido com aquele tom alaranjado-avermelhado. Era o tipo de céu que Grace achava que prometia um deleite turco no dia seguinte. Ou seria um deleite de pescador? Ela não tinha ideia da relevância da frase quando ela surgiu em sua mente.

Atravessou a rua e chegou ao muro de pedra, ainda à procura de Vincente.

Então, os seus olhos foram atraídos para a areia. Havia uma única rosa vermelha seca. Apanhou-a e levou-a consigo enquanto se dirigia para os degraus. Então, avistou pétalas de rosa secas. Espalhadas num rasto. Mostrando-lhe o caminho. Outra rosa seca encontrou os seus pés, desta vez amarela. Apanhou-a e continuou a descer as escadas, até à areia.

Havia velas ao longo do caminho, perfumadas com rosa e lavanda. Os seus ouvidos detectaram uma música suave tocando à distância.

Ela virou a cabeça para encontrar a origem do som e o que viu foi impressionante. Ela ficou ali, paralisada, com o vento agitando o seu vestido de noiva e a cauda para dentro e para fora, para dentro e para fora. A imagem era como um vestido de noiva acordeão e, de onde Vincente estava, ele nunca tinha visto uma visão tão bonita.

CAPÍTULO 34

D EPOIS DE SE RECOMPOR, Grace dirigiu-se a ele. Havia vários degraus à sua frente, e ela subiu cada um deles lentamente, deliberadamente cravejando os novos saltos dos seus sapatos brancos antigos, pisando com cuidado. Ele observava-a. Esperava por ela ali.

Ela sentiu-se bela, de uma forma que nunca tinha sentido antes, enquanto ele lhe dirigia um sorriso radiante. O rosto dele dizia: Veja! E quando o sol se pôs completamente, deixou apenas o homem na lua — Albert Einstein, ao que parecia — como testemunha do que estava prestes a acontecer.

Quando ela chegou ao degrau inferior e viu a areia ao seu redor, perguntou-se como seria difícil andar na areia com saltos altos, mas não queria quebrar o momento, então hesitou brevemente antes de pisar nela.

Parando por um momento, ela parecia estar a ajustar a sua tiara quando vista à distância, mas ambos sabiam que ela estava a absorver tudo, saboreando o momento. O seu coração estava tão cheio que ela pensou que iria transbordar com todo o amor e beleza à sua volta.

Não admira que ele estivesse tão atrasado, pensou ela.

Viu Vincente mexer-se por um momento. Ele aumentou o volume da música. Ele lançou-lhe outro sorriso radiante.

Ela desceu para a areia, para encontrar o seu noivo.

CAPÍTULO 35

V INCENTE CRIOU UM CORREDOR para ela caminhar, enfiando luzes de fada e velas, que foram então entrelaçadas em torno de roseiras secas. Era de uma beleza de tirar o fôlego. Ela absorveu tudo, caminhando em direção a ele, diminuindo a distância.

Vincente estava vestido com um casaco de smoking branco sem camisa por baixo e um par de jeans Levi's pretos. Ele torcia nervosamente as mãos e passava os dedos pelo cabelo, enquanto sorria radiantemente na direção dela.

Ele estava tão lindo que ela queria devorá-lo.

Mas ela estava presa no momento, querendo saborear e apreciar a imagem enquanto as luzes de fada, as velas e as estrelas acima cintilavam em sincronia: a natureza estava a se juntar à celebração do amor deles.

Grace caminhava com cuidado, tentando manter a aparência fluida de beleza, elegância e dignidade que se esperava de uma noiva no seu dia especial. Mas, no final, ela não conseguiu esperar mais para chegar até Vincente, então tirou os sapatos, agarrou a cauda do vestido e correu até ele. À distância, parecia que ela estava a voar, mas, na verdade, ela não saiu do chão.

Os seus olhos estavam fixos um no outro enquanto a distância entre eles diminuía cada vez mais, e logo estavam lado a lado, de mãos dadas, perdidos um no outro. Perdidos no momento. Perdidos no seu amor.

Vincente falou primeiro: «É hora de eu casar com a mulher mais bonita do mundo.»

«Obrigada», disse Grace, «é mais do que eu jamais poderia imaginar! É perfeito!»

«Oh, mas mais uma coisa antes de começarmos. Por favor, levante o vestido», disse Vincente, envergonhado.

«Desculpe?»

«Quero dizer, tenho algo para si», esclareceu Vincente. Quando Grace levantou o vestido, Vincente disse: «Mais alto, mais alto», até que a coxa dela ficou totalmente exposta, e provavelmente até Albert Einstein corou.

Então Vincente tirou uma liga azul do bolso das calças e subiu-a pela perna de Grace até chegar à coxa. O seu toque causou arrepios na perna dela e, quando ele beijou a parte interna da coxa, causou arrepios em todo o corpo dela.

Ele deu um passo para trás e uma música começou a tocar. Uma música que Grace conhecia muito bem.

Era aquela canção de amor, e estava a tocar na sua caixa de joias.

Ele tinha voltado à casa para a buscar. Era por isso que...

A noiva e o noivo estavam perdidos um no outro.

Eles deram as mãos.

CAPÍTULO 36

« «Claro que me lembrei.»

A música repetia as palavras do refrão sobre o amor que dura para sempre.

Quando tudo ficou em silêncio, ou apenas com o som natural das ondas a bater na costa, Vicente olhou profundamente nos olhos de Grace.

"Grace, é a mulher mais bonita que já conheci. É bonita por dentro e por fora, mas hoje está mais bonita do que nunca para mim. Tenho-me apaixonado por si cada vez mais a cada dia que passa e quero que vivamos o resto das nossas vidas juntos. Quero fazê-la feliz. Quero que o nosso amor seja eterno."

Lágrimas corriam pelo rosto de Grace enquanto ela dizia: "Vincente, eu te amei desde o primeiro momento em que te vi, mas naquela época era apenas de longe. Você estava perto o suficiente para conversar, mas longe demais para alcançar. A distância entre nós era grande demais. Mas algo te trouxe até mim, algo que é mais do que eu jamais poderia ter sonhado, e por isso sou eternamente grata. Prometo amar-te até o meu último suspiro, e mesmo depois disso, a minha memória continuará a amar-te ainda mais.»

Vincente aproximou-se e colocou o anel no dedo de Grace. Beijou o dedo dela gentilmente enquanto o deslizava para baixo, fazendo Grace tremer novamente, mas os olhos deles nunca quebraram o olhar apaixonado.

Grace colocou o outro anel no dedo de Vincente e, seguindo o exemplo dele, beijou o dedo dele gentilmente. Ele ofereceu outros dedos para ela, e ela os beijou gentilmente também, enquanto observava os pelos das mãos e dos braços dele ficarem arrepiados.

Presos no momento, eles se aproximaram o máximo possível e se beijaram profundamente e apaixonadamente: um beijo de casados, que selou o acordo.

"Sorriam!", disse Vincente. Ele havia colocado uma câmera em um tripé, e ele e Grace sorriram. Ele moveu a câmara para que tivessem uma foto com a praia atrás deles. Em seguida, tirou uma foto apenas de Grace, segurando as suas rosas, e ela também tirou uma foto dele.

Em seguida, Vincente foi até o aparelho de som e começou a tocar uma nova música. Era uma música muito romântica. Juntos, eles começaram a dançar. Era a primeira dança deles como casal. Era a primeira dança deles juntos e a primeira dança dela na vida. Juntos, eles se moviam como um só, abraçando-se o mais próximo possível.

Vincente estendeu a mão e removeu a tiara de Grace, e eles começaram a se despir um ao outro, peça por peça. Quando ambos estavam completamente nus, e a única coisa que vestiam eram as suas novas alianças de casamento, eles se beijaram até caírem na areia, deixando uma marca conjugal nela.

Enquanto as ondas continuavam a bater na costa, eles fizeram amor pela primeira vez como casal e, exaustos, caíram num sono profundo.

Grace sonhou que estava a cair do céu, mas não estava a cair. Estava suspensa no ar, com os braços abertos.

CAPÍTULO 37

"GRACE! GRACE! GRACE!" GRITOU Vincente.

Quando ela acordou, metade do seu corpo estava submerso na água. Tudo do casamento deles tinha desaparecido.

"GRACE!" gritou Vincente mais uma vez, enquanto as ondas o empurravam e sacudiam como se ele fosse leve como uma bóia.

Grace começou a entrar na água também, assim que percebeu que Vincente estava a tentar salvar as suas coisas. Ela viu-o afundar, gritou o seu nome e esperou que ele voltasse à superfície.

"Esqueça as coisas!", gritou Grace. "Volte para cá; tudo pode ser substituído!"

Ele não a ouviu, ou não estava a prestar atenção, então ela começou a nadar em direção a ele. Enquanto lutava contra as ondas, a força ondulante da corrente a puxou para baixo e logo a sensação ardente da água salgada invadiu os seus pulmões.

A mente de Grace voltou ao dia do seu casamento, o dia mais maravilhoso da sua vida. Voltou aos votos que ela e Vincente trocaram enquanto lutava com todas as suas forças para sobreviver.

"Grace, você é a mulher mais bonita que já conheci. Você é bonita por dentro e por fora, mas hoje você está mais bonita do que nunca para mim. Eu passei a amar você mais a cada dia e quero que vivamos o resto de nossas vidas juntos. Quero fazer você feliz. Quero que nosso amor seja eterno", disse ele.

Lágrimas corriam pelo rosto de Grace enquanto ela dizia: "Vincente, eu te amei desde o primeiro momento em que te vi, mas naquela época era apenas de longe. Você estava perto o suficiente para conversar, mas longe demais para alcançar. A distância entre nós era grande demais. Mas algo te trouxe até mim, algo que é mais do que eu jamais poderia ter sonhado, e por isso sou eternamente grata. Prometo amar-te até o meu último suspiro, e mesmo depois disso, a minha memória continuará a amar-te ainda mais."

Vincente aproximou-se e colocou o anel no dedo de Grace. Beijou o dedo dela gentilmente enquanto o deslizava para baixo, fazendo Grace estremecer novamente, mas os olhos deles nunca quebraram o olhar apaixonado.

CAPÍTULO 38

Grace caminhou em direção à água. Ela não olhou para trás. Quando chegou à beira da água, ela removeu os seus anéis de casamento e de noivado e entrou na água. Quando estava com água até a cintura, ela beijou os anéis em despedida e preparou-se para jogá-los no esquecimento.

Vincente observava e esperava, incerto atrás dela. Quando percebeu o que ela pretendia fazer, ele disparou como um foguete e gritou: «Grace, NÃO!»

Ela congelou, amaldiçoando-se pela hesitação, com os anéis ainda apertados no punho.

"Volte", disse ele. "Não faça isso!"

Ela queria estar nua, nua de tudo, assim como Vincente estava. Ela não precisava dos anéis se ele não tinha os dele.

"Vamos voltar à loja de antiguidades; vou comprar outro anel!", gritou ele.

«Agora, por favor, volte!»

Ela ainda considerou se desfazer dos anéis, mas então os raios brilhantes do sol os alcançaram. Foi como um sinal da Mãe Natureza, e ela fechou a mão em torno deles de forma protetora.

Grace saiu da água com dificuldade, sentindo-se um pouco zangada com Vincente por ter tirado os anéis. Ela nunca o tinha visto tirar a herança da família antes, então por que ele tinha feito isso agora?

Quando ela chegou até Vincente, ele colocou os anéis de volta em seu dedo e o beijou. "Bem, esse é um começo único para a nossa lua de mel!"

"Sim, algo para guardar para sempre — quero dizer, algo que poderemos contar aos nossos filhos e netos!"

Eles sorriram um para o outro, colocaram os braços em volta da cintura um do outro e voltaram para o hotel.

E, no caminho, decidiram que era hora de seguir em frente.

CAPÍTULO 39

Primeiro, vamos parar na cidade e comprar um novo anel para si. E depois...

Sabe, querido, eu preferia esperar, se não se importar, e procurar mais um pouco. Não quero comprar o meu segundo anel na mesma loja — seria estranho e até daria azar. Vamos procurar algo totalmente diferente. E quanto ao anel da minha família, bem, isso já está decidido.

Juntos, arrumaram os seus poucos pertences no quarto do hotel.

«Vamos, Sra. Marino», disse Vincente, sorrindo para Grace, «está na hora de começarmos esta lua de mel!»

«Repita isso», disse ela.

«Sra. Marino, Sra. Vincente Marino, Sr. e Sra. Vincente Marino, Grace e Vincente Marino», ele repetiu. Ela desmaiou como se os títulos fossem música a tocar e eles pegaram nas malas e saíram. Fecharam a porta atrás de si, desceram no elevador, entraram no átrio, saíram pelas portas giratórias e entraram no veículo que os aguardava.

De repente, Grace perguntou: "Qual é o significado do seu apelido?"

"Se não gosta, vai pedir para voltar a ser Greenway?", perguntou ele com um sorriso malicioso.

"De forma alguma! Greenway é aborrecido. Significa 'caminho verde' — grande surpresa. Mas Marino soa estrangeiro, exótico — interessante."

«Muito obrigado, Sra. Marino», disse Vincente. «Significa "beira-mar". Acho que é por isso que sempre adorei vir aqui. O som do oceano é como música para mim. Está no meu sangue.»

«Depois do que acabou de acontecer, não me importo de ficar longe da água por um tempo», confessou Grace.

«Sem brincadeira!», disse Vincente, «Mas vamos voltar.»

CAPÍTULO 40

Enquanto conduziam ao longo da costa, passando por concessionárias de veículos novos e usados, Vincente refletiu: «Sabe, sempre sonhei em ter um Ferrari vermelho-maçã de dois lugares».

Quando ela avistou exatamente o veículo que Vincente havia descrito num dos parques, ela disse: «Um presente de casamento? Acho que seria ótimo, exceto que este carro tem mais espaço para guardar itens essenciais, como armas, facas e outras coisas».

«Sim, tem razão», disse Vincente; no entanto, ele não podia deixar passar a oportunidade e, por isso, entrou no parque de carros da Ferrari. «É como se eu tivesse morrido e ido para o paraíso da Ferrari!»

"Calma, senhor Marino", Grace advertiu, fingindo segurá-lo.

"Este aqui", disse ele, acariciando-o, "este é o bebê que eu quero!"

Grace observou enquanto ele passava os dedos pelos para-choques curvilíneos, tocava e olhava com amor para o interior de couro branco macio, acariciava o volante afetuosamente, depois abria o capô e quase entrava lá dentro para fazer amor com ele.

«Devo ficar com ciúmes?», perguntou ela com um sorriso malicioso.

Ele riu, mas continuou a acariciar os faróis.

«Falando sério», disse Grace, «não seria melhor procurarmos um veículo adequado, com espaço suficiente para transportar os nossos bens materiais?»

«Não», ele zombou. «A vida é muito curta. Venha, entre!»

Depois de acelerarem algumas vezes pela Princess Highway, Grace voltou para o Land Rover. Ela sorriu ao ver Vincente se despedir da Ferrari vermelha.

Após alguns instantes, ele voltou para Grace e exigiu que ela "abrisse a janela".

"Por quê?", perguntou ela.

"Apenas faça isso!"

"Não, entre."

"Abra, Grace."

"Diga-me por quê!"

"Vamos!"

Ela baixou a janela e Vincente enfiou a cabeça no espaço aberto, agarrou o rosto dela com as duas mãos e beijou-a com força, passando a língua pelos lábios dela e girando-a na boca dela até que ela se esquecesse completamente de respirar.

"É isso que você ganha por pensar que eu ia beijar a Ferrari!", disse Vincente, enquanto entrava no Land Rover e fazia os pneus chiarem.

Grace ficou sentada em silêncio, ainda tentando recuperar o fôlego, enquanto o Ferrari vermelho ficava cada vez menor no espelho lateral, lembrando-se da boca de Vincente na sua.

✳ ✳ ✳

LEMBRA-SE DE QUANDO LHE contei que a minha mãe era artista? Grace acenou com a cabeça e Vincente continuou. A minha mãe era pintora e bastante talentosa. O meu pai trabalhava numa empresa de comunicações e era enviado para todo o país a trabalho. Por isso, mudávamos muito quando eu era criança. A minha mãe adorava mudar, porque era bom para ela, artisticamente falando. Ela sempre tinha novas paisagens, novos cenários, novas árvores..."

Ele parou o carro abruptamente, pisando no travão. Em seguida, fez uma grande inversão de marcha.

"O que se passa? Adoro ouvir histórias sobre a sua família. Conte-me mais."

"Não vou apenas contar-lhe", disse Vincente, um pouco ofegante. "Vou mostrar-lhe! Quer dizer, tinha-me esquecido completamente disso, até agora. Acho que até o bloqueei da minha memória."

"Conte-me", interrompeu Grace, mas Vincente continuou a falar.

«Depois do que aconteceu na casa dos meus avós e depois na casa dos seus pais, bem, é coincidência demais.»

«O que é? O que é coincidência?»

«É muito estranho para eu explicar, mas vou mostrar-lhe em breve», ele estremeceu e apertou o volante com mais força. «Aguente firme, está bem? Quando vir, vai entender o porquê.»

"Está bem", disse Grace, aconchegando-se no banco. Ela queria fazer mais perguntas, mas sabia que Vincente não iria responder naquele momento. Ela mudou de assunto. "Você teve algum problema por se mudar tanto quando era criança?"

«Não tive nenhum problema», disse Vincente, «provavelmente porque era muito bom em desporto. Fiz testes, entrei para uma equipa e pronto — fiz amigos instantaneamente.»

«Aposto que sempre teve raparigas a correr atrás de si!»

«Ooh, vejam só quem está com um pouco de inveja? Está com inveja, Sra. Marino?»

A única resposta de Grace foi um sorriso silencioso.

CAPÍTULO 41

Faltam apenas alguns minutos», disse Vincente.

«Parece que hoje pode chover», observou Grace, enquanto um arrepio visível percorria todo o seu corpo.

«Eu apreciaria o som de uma tempestade de verdade», disse Vincente. «Sinto falta de ouvir todos os pássaros, especialmente os kookaburras.»

Grace olhou pela janela lateral e depois voltou a olhar pelo para-brisas.

Vincente ligou os limpa-para-brisas quando algumas gotas começaram a cair do céu. Desta vez, eram gotas normais, não pretas como antes.

«Lembro-me que na escola sempre diziam que, após uma guerra nuclear, algumas coisas continuariam a sobreviver, como os abutres, as baratas e os tubarões», disse Vincente.

«Nenhuma dessas coisas é necessária no nosso mundo.»

"Não, mas se essa coisa também os levou, o que isso significa para nós? Os abutres e os tubarões se alimentam de cadáveres humanos ou de outros animais. Portanto, como não há corpos, eles também teriam morrido de fome. As baratas comem qualquer coisa — animais, vegetais, papel — tudo o que se possa imaginar. Das três, e como elas voam aqui na boa e velha OZ, já deveríamos ter visto pelo menos uma delas até agora."

Grace estremeceu novamente: "Por que as baratas comem papel?"

"Não é exatamente o papel que elas procuram. É a cola, que é feita de subprodutos animais."

"Posso dizer uma coisa que não sinto falta: insetos", disse Grace, e seu corpo inteiro estremeceu novamente. Desta vez, até Vincente percebeu.

"Deseja comprar um casaco com capuz no próximo shopping que encontrarmos ou devo ligar o aquecimento? Parece estar a tremer muito ultimamente. Espero que não esteja a ficar doente."

"Não estou com frio, na verdade.

Só me sinto um pouco estranha. Não consigo explicar", disse Grace.

"Diga-me como se sente", pediu Vincente. "É como se alguém estivesse a observar-te? Ou como se algo ruim fosse acontecer?"

"Talvez ambos; talvez apenas um. Eu realmente não sei. É por isso que é difícil explicar", disse Grace, enquanto arrepios surgiam em seus antebraços.

«Estamos quase a chegar», disse ele. «Aguente firme e talvez um banho quente ajude.»

«Sim, ou um bom e longo banho», disse Grace. «Pode fazer-me uma massagem.»

«Eu faço se você me fizer», disse Vincente com um sorriso infantil.

Grace estremeceu involuntariamente novamente quando o carro fez a curva. Vincente parou em frente a uma casa de dois andares, entrou na garagem e estacionou.

"Bem-vinda à minha humilde morada", disse Vincente, acenando com o braço com um floreio e curvando-se como um cavalheiro.

Grace riu e examinou o jardim. Tudo nele estava morto, mas algumas flores ainda mantinham as suas cores. Vincente abriu a porta para ela, e ela caminhou em direção a ele.

«Este jardim costumava ser o orgulho e a alegria da minha mãe», disse ele, «olhe só para ele agora».

«Aposto que era deslumbrante naquela época», disse Grace. «Quero dizer, mesmo agora, do jeito que está, ainda posso perceber que era amado e cuidado há não muito tempo».

«Quando comecei a ir à escola», disse Vincente, «a minha mãe começou a plantar.

Ela estava preocupada em como iria preencher os seus dias sem mim. Pintar é a sua paixão, mas às vezes ela precisava de um pouco de diversão, de inspiração. Então, ela descobriu um talento para fazer as coisas crescerem, e isso tornou-se muito terapêutico para ela. A minha mãe era uma artista em muitos aspetos", disse ele, pegando na mão de Grace e levando-a para a varanda da frente. Ela o seguiu até que pararam ao pé de um cavalete virado.

"Quando parti para a escola naquele último dia, a minha mãe estava aqui a pintar. Agora..." Ele parou, colocando a mão sobre a b oca.

"O que foi?"

"A pintura dela", exclamou ele. "Ainda está aqui! E veja, ela deixou as tampas das tintas abertas e o pincel está completamente seco." Ele não conseguiu se conter e caiu na cadeira com um baque.

«A minha mãe não teria deixado estas coisas aqui assim. Agora tenho a certeza e tenho de aceitar o facto de que a minha mãe está morta.»

Grace pegou na mão dele e aproximou-se para poder ver o quadro também. «A sua mãe é realmente especial.»

«Era. Ela era realmente especial.»

Grace examinou o quadro, inclinando-se por cima do ombro de Vincente, e disse: «Deslumbrante.»

«Mas ela nunca teve tempo de a terminar!» Vincente inclinou-se. Colocou cuidadosamente as tampas nos frascos de tinta abertos. Depois, deitou um pouco de aguarrás do frasco e mergulhou o pincel nele para o limpar. Levantou a pintura inacabada do chão, entregou os frascos a Grace e ela seguiu-o para dentro de casa.

A primeira coisa que Grace reparou lá fora foram os restos do jardim.

Dentro de casa, a primeira coisa que ela notou foram as flores — todos os tipos de flores dispostas em vasos. Azuis. Vermelhas. Roxas, entre outras. As flores estavam em cafeteiras e potes vazios. Flores por toda parte. Agora estavam todas secas, assim como as de fora, mas muitas ainda mantinham suas cores e fragrâncias. A mãe de Vincente havia enchido a casa com natureza e amor. Em todos os espaços que ela podia encontrar, Grace tinha certeza disso.

Agora que pensava nisso, desejava ainda mais tê-la conhecido. Lamentava não poder conhecê-la agora. Uma lágrima escorreu pela sua bochecha quando ela pegou num par de luvas de jardinagem azul-turquesa da mesa lateral. Grace segurou-as na mão, quase como se estivesse a segurar a mão da mãe de Vincente, e levou-as consigo enquanto seguia os passos de Vincente.

«Espere aqui, Grace», disse ele. «Eu vou buscar aquilo. Aquilo que quero que veja.»

Ela sentou-se na cadeira, admirando uma grande pintura que estava exposta acima da lareira. Havia algo nela que lhe era terrivelmente familiar, quase reconfortante. Ela levantou-se e aproximou-se dela.

✳ ✳ ✳

«**Não acredito! Desapareceu!**», exclamou Vincente ao aproximar-se de Grace, que não reconheceu a sua presença. Na verdade, ela não se mexeu — era como se não o tivesse ouvido.

Grace não reconheceu a sua presença nem se moveu. Era como se ele nem estivesse lá. Ele olhou para a sua esposa, que estava ali parada segurando um par de luvas da sua mãe na mão trémula, e então seguiu o olhar dela.

Quando percebeu o que ela estava a ver, colocou a mão sobre a boca. Lá, acima da lareira, estava a pintura que ele estava a procurar.

A mesma pintura que ele trouxera Grace para ver na casa.

"É essa!" ele gritou e tocou o braço dela.

Grace sobressaltou-se com o toque repentino, mas não conseguia tirar os olhos da pintura. Ela parecia hipnotizada por ela.

Em sua mente, Grace admirava as qualidades realistas. Ela podia sentir o cheiro da relva e ouvir o mugido das vacas. Ela sentia-se parte daquilo. De alguma forma.

Vincente tentou virar Grace para si, mas ela resistiu. Ele ficou na frente dela e ela o empurrou.

"Olhe para mim!", exclamou ele.

"Não consigo. É lindo demais! Sinto como se já tivesse estado lá."

"Olhe para mim!", ordenou ele.

Grace olhou para o marido, parado ao lado dela, torcendo as mãos, com suor escorrendo pelo rosto.

«O que é, Vincente?», perguntou Grace, tentando não olhar para o quadro.

«Aquele quadro», disse ele, virando-a e bloqueando a sua visão do quadro, «é o quadro. O quadro que eu trouxe você aqui para ver.»

«Ok», disse Grace, «e eu entendo perfeitamente o porquê. É o quadro mais incrível que eu já vi.»

«Não, Grace», disse Vincente, «olhe para a árvore. Olhe para a árvore, Grace!» E então ele estremeceu ao enfiar os punhos trémulos nos bolsos e depois retirá-los novamente. Passou os dedos pelo cabelo e não conseguia ficar parado.

Ela olhou para a imagem mais uma vez e foi tomada por uma paz interior inexplicável. Ela sorriu.

"Não consegue ver, Grace? Não consegue ver?"

"Claro que consigo ver. Há beleza, paz e serenidade. Vejo o coração da sua mãe nesta pintura. É como se... eu já a tivesse conhecido antes. Como se a conhecesse."

"Ok, talvez não consiga ver. Talvez eu precise de lhe mostrar.

Veja ali", ele foi até a pintura e ela também se aproximou. "Veja ali, na árvore? Bem ali."

"Diga-me o que você vê, Vincente", pediu Grace.

"É um rosto."

Ela se aproximou, mas não conseguia ver o que ele via.

"Tudo o que vejo é um campo cheio de girassóis e uma árvore normal com uma vaca pastando debaixo dela", disse Grace.

«Não!», exclamou ele, ficando exasperado. «Olhe mais de perto. Olhe para a árvore!» Ele virou-se para ela, implorando com os olhos para que ela visse o que ele via, mas ela não conseguia.

Ela virou-se para ele. «Não há nenhum rosto, Vincente. Querido, você está a ver algo que não existe.»

Vincente levantou as mãos em exasperação, virou as costas e correu.

A princípio, Grace quis segui-lo, mas mais uma vez foi atraída pela pintura. Ela aproximou-se, sorriu e perdeu-se nela.

Espere um minuto, pensou Grace, Vincente estava apavorado, e ele não se assusta facilmente.

Ela fechou os olhos e depois abriu-os novamente.

Ainda assim, não conseguia ver um rosto. Na verdade, desta vez, os raios de sol pareciam estar a estender-se para ela. A atraí-la. Tornando quase impossível para ela desviar o olhar.

A sala ficou mais quente de alguma forma quando ela olhou para a imagem. Sentiu como se um pedaço do sol tivesse sido capturado pelo artista e agora se estivesse a oferecer a ela. Ela queria entrar na imagem e tornar-se parte dela — para abraçar a luz. E quando deu um passo à frente, pareceu sentir o cheiro do feno fresco nos campos e ouvir o mugido das vacas. O seu coração acelerou; a sua respiração tornou-se superficial.

Ela deixou-se dominar por um momento, esqueceu-se de respirar. Logo estava ofegante e mais do que um pouco assustada.

Grace deu um passo rápido para trás. Correu chamando pelo nome de Vincente.

CAPÍTULO 42

GRACE ENCONTROU VINCENTE NO seu quarto, deitado na cama. Embora alguns minutos tivessem passado, ele ainda tremia com os braços cruzados à frente do rosto. Ela imaginou como ele devia ser quando era criança.

«Conte-me sobre isso. A pintura», ela perguntou, enquanto andava de um lado para o outro, tentando dissipar os sentimentos e a energia que a dominavam temporariamente. Ela não queria mencionar o que tinha sentido, ou pelo menos não até que Vincente lhe contasse o que o tinha assustado.

«Você finalmente viu? Quero dizer, o rosto?», ele perguntou e, naquele momento, com as suas expectativas elevadas, o seu tremor cessou.

Grace não estava a tentar mentir quando abanou a cabeça negativamente. Estava apenas a tentar avaliar a situação.

Imediatamente, o corpo de Vincente estremeceu.

«Conte-me, Vincente. Não importa o que eu vejo, mas posso ver que está assustado, querido. Conte-me tudo, por favor. Sabe que pode contar-me tudo, certo?»

Os seus dentes bateram enquanto hesitou por um segundo, depois respirou fundo e começou a contar a história.

«Quando eu era criança, a minha mãe pintou aquela paisagem e mostrou-ma com muito orgulho. Ela abriu a cortina esperando que eu a adorasse, mas, em vez disso, fiquei absolutamente aterrorizado e, como criança, não tinha palavras para expressar isso. A minha mãe não entendeu, nem o meu pai. Tentámos novamente, mas para mim foi sempre a mesma coisa. Bastava um pequeno olhar para ela e eu acordava a gritar durante a noite. Os pesadelos falavam por mim. Então, os meus pais guardaram-na e eu nunca mais a vi. Na verdade, tinha-me esquecido completamente dela, até esta manhã. Como disse, acho que a bloqueei da minha memória.» «Então, porque me trouxe, porque nos trouxe de volta aqui?

Queria provar algo para mim ou para si mesmo? Queria enfrentar os seus medos?", perguntou Grace.

"Achei que talvez tivesse uma pista para mim — para nós. Mas você viu como eu mudei quando não conseguiu ver também. Eu era uma criança novamente e tive que sair correndo da sala! O que você acha do seu marido forte agora?", ele se encolheu com o que considerou uma demonstração de covardia pouco masculina.

"Eu amo-o tanto quanto antes — não — ainda mais!", disse Grace, enquanto se aconchegava nele.

Após alguns momentos de silêncio, Grace revelou: "Eu não vi o rosto, mas senti algo na pintura, Vincente. Algo sobrenatural e inexplicável."

Vincente sentou-se, tirou os braços do rosto e disse: "Quando eu era criança, quando olhava profundamente para ela, sentia vontade de entrar na pintura. Como se quisesse fugir desta vida. Eu podia sentir o cheiro do feno e ouvir a vaca. Era como se uma luz estivesse a puxar-me, a acalmar-me. Eu sabia que, se me permitisse ir com ela, entrar na pintura, então aquele rosto na árvore iria, iria, iria me machucar — eu tinha que fugir, tinha que fugir disso!"

"Eu também senti algo estranho me puxando para dentro, Vincente, mas não consegui ver o rosto. Não era nada parecido com o que vimos, sabe. Aquele que comeu o corvo."

Eles se aconchegaram juntos na cama, consolando-se mutuamente e pensando na imagem, enquanto, ao mesmo tempo, tentavam desesperadamente não pensar nela.

Depois de um tempo, eles fizeram amor.

Quando Grace acordou primeiro mais tarde, ela refletiu sobre o que sentia em relação à imagem. Era uma paisagem magnífica — não havia dúvida sobre isso. No entanto, a luz e a atração que ela exercia eram algo único e talvez até, ousaria ela dizer, maligno. Sim, era isso. Era o contraste entre a calma e a serenidade com um toque de algo sombrio, desconhecido, talvez até perigoso.

Ela olhou para Vincente, que ainda dormia tranquilamente. Ele se mexia de vez em quando e murmurava. Ela se perguntou se ele estava sonhando com a árvore, a árvore com o rosto, que ele imaginava fazer parte da mesma paisagem. Grace saiu silenciosamente da cama, e Vincente se moveu, preenchendo o espaço ainda quente que ela havia deixado.

Ele continuava a dormir profundamente e em paz.

Ela olhou à volta do quarto dele, admirando as suas incríveis conquistas, das quais ele tinha troféus para mostrar: Melhor Atleta, Melhor Batedor e Jogador do Ano — ele tinha ganho essa categoria vários anos consecutivos.

Então, o seu olhar fixou-se em várias prateleiras cheias de esculturas em madeira. Intrigada, ela aproximou-se delas, maravilhada com os detalhes intricados. Cada uma tinha a sua personalidade distinta.

Havia uma bailarina a fazer piruetas com elegância e técnica, um jogador de críquete a bater, um cowboy com um cinto de armas à volta da cintura, prestes a sacar a arma, um alpinista que, pela sua expressão, acabara de chegar ao seu destino final, além de muitos outros.

Grace percorreu com os olhos toda a coleção, parando numa escultura de um aborígene. Ele olhava para a frente com um olhar perdido. Ela pegou nele e segurou-o na mão. O contacto da sua pele com a figura de madeira fez com que ela pulsasse, muito suavemente. Ou teria sido imaginação sua?

Ela deu um passo para trás e desviou o olhar para a esquerda. Ela estava alinhada com um espelho com moldura de madeira e o seu reflexo a assustou, de modo que a figura de madeira na sua mão caiu no chão e quicou no tapete. Ela se abaixou, pegou-a e examinou-a mais de perto, a tempo de ver uma lágrima cair dos olhos da figura de madeira. Ela a enxugou com a ponta do dedo e provou. Era salgada, assim como uma lágrima humana. Ela ficou ali parada e olhou nos olhos da figura. Sentiu medo e um pouco mais do que curiosidade. Perguntou-se se aquela conversa sobre a pintura a havia influenciado indevidamente.

"O que você acha delas?", perguntou Vincente, bocejando, espreguiçando-se e atravessando a sala para se juntar a ela.

Grace assustou-se e deu um pequeno salto. Ela abraçou o aborígene contra o peito. «Tive que olhar mais de perto porque as expressões faciais deles são tão realistas! Onde você os encontrou?»

«Fui eu que os fiz», ele admitiu timidamente. «Cada um deles foi esculpido, da cabeça aos pés, com estas duas mãos.»

«Você é um verdadeiro artista, Vincente! Por que não me contou?»

"Não contei a ninguém sobre elas, exceto à minha mãe, ao meu pai e aos meus avós. Você realmente gosta delas?"

"Acho que são incríveis!"

"Gostaria de esculpir uma de você, Grace."

"Isso seria maravilhoso, Vincente", ela girou fingindo ser uma bailarina. "Percebi que cada uma é diferente, não apenas os personagens, mas também o tipo de madeira. Como você escolhe?"

"Cada escultura requer um tipo específico de madeira para que tudo se encaixe. Eu caminho entre as árvores, decido o que criar e espero para ver que tipo de árvore me atrai espiritualmente. Então, eu crio a escultura com a intenção de torná-la o mais realista possível e, o mais importante, verdadeira."

"Quanto tempo leva para fazer cada uma?"

"Depois de encontrar a madeira — o que leva mais tempo —, consigo esculpir o tema em dois ou três dias. O rosto é sempre o que leva mais tempo, e é o que faço por último. Se o rosto não ficar bom, descarto tudo e recomeço. Às vezes, é porque a madeira não parece adequada, então volto às árvores, procurando novamente a árvore certa. Na maioria das vezes, a árvore é a certa; só ainda não captei a essência do tema.»

«Tem um conjunto especial de ferramentas para fazer isso? Porque, se tiver, deve trazê-las connosco. E acho que também deve trazer o quadro da sua mãe. Mesmo que tenhamos de o cobrir.»

«Ah, o quadro outra vez. Quero voltar lá abaixo e dar outra olhadela. Quero enfrentar os meus medos de frente. Vem comigo?"

"Claro que sim, Vincente." Ela seguiu-o, estendendo a mão para colocar o aborígene de volta na prateleira, mas ele pulsou novamente. Ela colocou-o no bolso e disse: "Mas tenho de lembrar que senti a pintura a puxar-me — e a atração era extraordinariamente forte. Assustadoramente forte."

«Vamos dar as mãos e enfrentar isso juntos.»

«Ok, vamos lá.»

«Podemos tomar um café primeiro, Vincente?»

«Combinado.»

CAPÍTULO 43

APÓS TERMINAREM AS SUAS chávenas de chá e voltarem para a sala de estar, Grace e Vincente deram as mãos e caminharam em direção à pintura.

Vincente tentava convencer-se de que não conseguia realmente ver um rosto no tronco da árvore e Grace tentava convencer-se de que não sentia a força da pintura a puxá-la para a frente.

Os seus pés permaneceram firmemente plantados no mesmo lugar enquanto apertavam com mais força as mãos um do outro.

Grace colocou a outra mão no bolso, onde guardava a escultura do homem aborígene feita por Vincente. Quando ela pulsou novamente, Grace a retirou e a ergueu, de modo que os olhos da escultura também ficassem voltados para a pintura.

O homem aborígene começou a convulsionar na palma da mão de Grace. Em seguida, ele rolou de um lado para o outro. Grace olhou para baixo e viu que a boca dele se contorcia em um grito, e ele foi levantado da mão dela e levado para dentro da pintura.

Parada no mesmo lugar, ainda de mãos dadas, Grace agora podia ver a escultura do homem aborígene sentado na árvore. Acima dele, um corvo pousava num galho.

Vincente continuava a olhar para a pintura, mas não tremia como antes. Ele apertou a mão de Grace para se tranquilizar.

«Notou alguma coisa diferente?», perguntou Grace.

«Diferente? Como assim?»

«Alguma coisa nova ou fora do lugar?»

"Não, tudo parece igual, mas a boca não me assusta tanto hoje. Talvez seja porque estamos de mãos dadas."

Juntos, afastaram-se da pintura e fecharam a porta atrás de si.

Instantaneamente, o homem aborígene pulsou. Ele tinha voltado para o bolso de Grace. Ela abriu a boca para contar a Vincente o que tinha acontecido, mas ele parecia menos assustado e ela não conseguiu encontrar as palavras para explicar.

" Vou arrumar algumas coisas», disse Vincente. «Acho que vou ficar aqui, se não se importar», perguntou Grace. Ela observou Vincente desaparecer ao virar da esquina e, em seguida, esticou o braço e retirou a pintura da parede. Envolveu-a num cobertor e guardou-a na mala do carro. Em seguida, voltou para a casa, pegou alguns cobertores e almofadas e colocou-os com cuidado em cima da pintura.

Durante todo o tempo em que carregava as coisas, a escultura continuava a fazer-se notar, pulsando no seu bolso. Agora, ela dirigiu-se ao quarto de Vincente. O aborígene ficou imóvel.

Vincente colocou as suas esculturas numa mala grande. Também incluiu as suas ferramentas. Depois de carregarem tudo, desceram juntos as escadas. Vincente embrulhou então o kit artístico da sua mãe, incluindo o cavalete e a tela, e carregaram o carro.

«Ok, vamos embora», disse ele.

«Tem a certeza de que tem tudo?», perguntou Grace.

«Eu... eu não quero levar aquela coisa conosco. Agora estou em paz com ela e tudo o que quero é sair daqui. Neste momento, acho que nunca mais vou querer voltar aqui.»

Dirigiram-se para a entrada, Vincente abriu a porta da frente e fez sinal para Grace sair primeiro. Em seguida, fechou a porta com força atrás de si e trancou-a.

Quando estavam de volta ao Land Rover e novamente na estrada, Grace quebrou o silêncio. «Nós realmente devemos conversar sobre isso.»

"Eu disse", gritou ele, e depois baixou o tom de voz, "eu disse que não queria falar sobre isso. Nem agora, nem nunca. Se falar sobre isso, serei forçado a pensar em como a minha mãe, a minha própria mãe, poderia ter criado uma pintura dessas. A minha mãe era a mulher mais doce e gentil que já pisou nesta terra, e ela nunca teria criado algo tão terrível quanto aquilo."

Grace observava silenciosamente o mundo passar por ela. Uma tempestade se aproximava. Ela podia sentir isso. Tudo ao seu redor tremia, pulsava e vibrava, incluindo o aborígene no seu bolso. Ela cruzou os braços e decidiu não continuar a discussão com Vincente naquele momento. Ele falaria com ela quando estivesse pronto. Enquanto isso, a pintura estava segura e protegida, e não poderia prejudicá-los.

Eles continuaram em silêncio.

CAPÍTULO 44

V INCENTE OLHOU PARA A frente, concentrando a sua
energia na estrada. Tentou esquecer a pintura e a sua
mãe, mas, por mais que tentasse, não conseguia separar as duas
coisas na sua mente.

Olhou para o outro lado do carro, para a sua adorável esposa.
Ela estava sentada em silêncio, perdida nos seus pensamentos,
com os braços a abraçar-se. Parecia não perceber que ele a estava
a observar. Ele voltou a concentrar-se na estrada.

Grace também pensava na outra Sra. Marino e na pintura.
Parecia estranho que Vincente pudesse ficar tão devastado por
algo que a sua mãe criara. Uma ideia lhe ocorreu: eles poderiam
queimá-la. Fazer um ritual de cura.

Ela deixou os seus pensamentos vagarem enquanto procurava
na sua própria mente por qualquer sinal de uma memória original,
mas nada surgiu. Ela acreditava, assim como Vincente, que ainda
guardava tudo dentro do seu cérebro em algum lugar e que, um dia,
tudo voltaria à superfície e ela riria desse tempo perdido. Queimar

aquela foto criaria uma lacuna nas memórias de Vincente. Seria melhor não ter nenhuma memória do que ter memórias ruins?

Enquanto isso, Vincente pensava em como ele e Grace eram afortunados por poderem escapar do passado e viver apenas no presente. Deixar tudo para trás e começar tudo de novo. Criar novas memórias — juntos. Criar novas impressões a partir de tudo o que viam. Cada novo lugar que visitavam se tornaria parte deles. A vida seria sempre repleta de novidades.

Após refletir sobre queimar o quadro, Grace decidiu que destruir as memórias de Vincente seria a pior coisa que poderia fazer a ele. Ela queria que ele tivesse o que ela já não tinha.

Esses pensamentos e memórias eram preciosos demais para serem perdidos — não que Vincente os perderia ao destruir o objeto que temia, mas que ele os esqueceria com o tempo. Ela queria que ele tivesse a melhor oportunidade de manter o seu passado consigo para sempre. O bom, o mau e o feio.

Grace finalmente quebrou o silêncio, dizendo: «Acho que devemos voltar para Manly.» Ela sabia que Vincente tinha muitas memórias lá, antigas e novas. Em Manly, eles poderiam começar de novo, renovados, mas com laços com o passado.

«Que assim seja», disse Vincente, enquanto dava a volta com o carro. «Podemos escolher qualquer casa que quisermos e torná-la nossa.»

«Não queremos uma casa», disse Grace, «queremos um lar».

Os recém-casados sorriram, felizes com a sua decisão e com o seu futuro juntos.

LIVRO DOIS

FUSÃO FINAL

PRÓLOGO

O QUEBRA-CABEÇA ESTAVA INCOMPLETO na mente de Grace. Era como se uma enorme rajada de vento tivesse soprado através dela, virando tudo de cabeça para baixo e de dentro para fora.

Ela não conseguia se concentrar em nada: nada era focável.

As cores rodopiavam: vermelhos, pretos e azuis misturavam-se, giravam e agitavam-se, atacados pelo amarelo girassol, rodopiavam e vomitavam num verde relva profundo.

Então, todas as cores davam cambalhotas no seu estômago e voltavam para onde estavam, enquanto ela se debatia com o medo que a deixava incapaz de se mover. Tudo acontecia na sua cabeça, mas às vezes o seu corpo se contorcia com o fluxo.

Ela agarrou-se ao seu centro e tentou reorganizar-se, para parar o rodopiar e girar. Mas os flashes de relâmpagos pulsavam dentro da sua cabeça, rasgando-a em lilases, violetas e campânulas.

Laranja salpicava a tela da sua mente.

Grace perdeu tudo.

****

«Precisamos de levá-la para a cirurgia, agora!»,
exclamou um homem alto, vestido com uma bata branca. Ele
estava entre outras pessoas vestidas com batas brancas espalhadas
pelo corredor do hospital.

Todos corriam como se o local estivesse a pegar fogo.
Alguns abriram caminho. Outros empurravam. Outros seguravam
a intravenosa. Outros seguravam as outras máquinas. Alguns
ficavam parados com a boca aberta, as mãos vazias e os punhos
cerrados. Outros rezavam, enquanto Grace Greenway passava
rapidamente numa maca.

Ela estava inconsciente.

Morta para o mundo.

Mas não completamente morta.

Pelo menos, ainda não.

$$* * *$$

D E VOLTA AO QUARTO de hospital de Grace, uma mulher estava sentada a lamentar-se e a torcer as mãos. Era Helen Greenway, a mãe de Grace. Ela não conseguia acreditar no que tinha acontecido.

A sua filha estava a recuperar tão bem. Já estava a recuperar há algumas semanas. Então, Grace começou a tremer, a agitar-se e a ter convulsões até perder a consciência.

A equipa médica conseguiu trazê-la de volta da beira da morte. Quando ela voltou, já não era mais Grace Greenway.

Em vez disso, ela estava a babar-se e a falar em línguas. A destruir-se por dentro e por fora.

Parecia que ninguém sabia o que fazer, como parar aquilo. Nem mesmo as agulhas no braço dela a acalmavam. Nada funcionava. Eles amarraram-na.

Helen soltou um soluço ao lembrar-se de tudo. Especialmente de como se sentiu impotente naquele momento e ainda mais agora. Ela atirou-se para a cama vazia da filha.

Os soluços angustiados de Helen ecoavam pelos corredores.

***

Quando a enfermeira Burns voltou ao quarto de Grace, encontrou Helen enrolada em posição fetal na cama.

Ela parecia tranquila ali, a dormir. A enfermeira achou melhor não a perturbar. Além disso, não havia novidades para compartilhar e, se alguém precisava de descanso, era a mãe de Grace Greenway.

A enfermeira Burns arrumou a mesa de cabeceira de Grace e reorganizou os seus livros escolares. Ao olhar para eles, sentiu-se incrivelmente triste. Grace Greenway ainda nem tinha encontrado o seu caminho. Tinha apenas dezasseis anos.

A enfermeira Burns olhou para a mãe adormecida de Grace.

Cobriu Helen com um cobertor e apagou a luz.

***

Várias horas depois, a enfermeira Burns preparava-se para terminar o seu turno do dia. Ela olhou pela janela redonda da porta e percebeu que Helen já não estava na cama. Ela empurrou a porta, mas nada aconteceu. Ela empurrou novamente com mais força, fazendo com que Helen Greenway caísse para a frente.

Helen tropeçou e começou a torcer as mãos. Ela soluçava baixinho.

A enfermeira Burns aproximou-se dela e falou com uma voz incrivelmente suave e gentil, perguntando se ela gostaria de uma chávena de chá.

«A minha filha!», exclamou Helen. «Há alguma notícia? Preciso de saber como ela está! Ninguém me disse nada!»

«Estava a dormir», disse a enfermeira Burns, enquanto acariciava a mão de Helen. «Se prometer sentar-se, irei ver o que consigo descobrir para si.»

Helen sentou-se e aguardou pelas notícias.

CAPÍTULO 1

N̲o fim do corredor, a enfermeira Burns encontrou o Dr. Christiansson a tirar a máscara cirúrgica enquanto saía apressado da sala de cirurgia.

«Preciso de apanhar ar fresco», disse ele. Caminhou até ao fim do corredor e abriu a porta que dava acesso ao telhado.

A enfermeira Burns seguiu-o.

Ele acendeu um cigarro e perguntou-lhe se ela queria um. Ela recusou.

Depois de dar uma tragada, ele disse: «A Grace, a menina Greenway, estava a ir tão bem. Mas agora que os coágulos se romperam, a situação é crítica».

«Tenho a certeza de que ela está a receber os melhores cuidados».

«Agora está!», disse Christiansson. «Agora que a equipa de especialistas chegou e assumiu o controlo da situação! Estou lá desde que aconteceu.

Tem sido uma noite exaustiva. Pensámos que a íamos perder.»

A enfermeira Burns suspirou. «Vou aceitar um», disse ela. Afinal, decidiu aceitar um cigarro. Acendeu-o, deu uma longa tragada e tossiu.

«Mas ainda não desistimos. Ela voltou a perder a consciência. Provavelmente, é uma coisa boa. Precisamos de estancar a hemorragia. Esperamos manter a sua mente intacta.»

A enfermeira Burns e o médico Christiansson começaram a andar de um lado para o outro no telhado. Abaixo deles, as sirenes rugiam e as luzes piscavam.

«A mãe dela, Helen, não está a lidar bem com a situação.»

«Tudo o que posso dizer é», ele pisou a beata do cigarro e abriu a porta. «A filha dela está nas melhores mãos.»

"Nada mais?"

"Neste momento, não, enfermeira Burns. Não quero que exagere."

"Mas não há muito para lhe dizer. Não há mesmo nada para lhe dizer."

"Diga-lhe para rezar a quem quer que ela acredite, se ela seguir esse tipo de sistema de crenças. E se ela não seguir, diga-lhe para enviar toda a energia positiva que tem no seu coração.

Que a envie para o universo. Que pense positivamente e sem dúvidas. Que acredite que a filha vai superar isto», disse Christiansson.

Eles desceram as escadas.

«Obrigada, doutor.»

«Agora preciso de voltar para lá.» As portas da sala de cirurgia fecharam-se atrás dele.

CAPÍTULO 2

A ENFERMEIRA BURNS VOLTOU ao quarto de Grace e encontrou Helen sentada exatamente no mesmo lugar onde a havia deixado. Ela encheu o copo de água e ajoelhou-se ao lado de Helen.

«Acabei de falar com o Dr. Christiansson e ele disse que Grace está bem. Ela está a aguentar-se lá dentro.»

«A minha filha está a aguentar-se?»

«Sim.»

«Ele disse-lhe o que aconteceu?»

«Sim, foi como eles previram. Os coágulos rebentaram.»

Helen colocou a mão sobre a boca. Ela soluçou.

"O Dr. Christiansson disse que a melhor coisa que pode fazer pela sua filha é rezar, se acredita em orações. Além disso, cuide de si mesma. Descanse um pouco. Foi uma noite muito longa. Agora, por que não volta para a cama da Grace e tira uma soneca? Eu a acordo se alguma coisa mudar, prometo."

«Estou exausta», admitiu Helen.

Helen aconchegou-se na cama da filha. Imaginou que ainda podia sentir a marca quente que a filha tinha deixado ali recentemente. Envolveu os braços à volta de si mesma e chorou. No início, as lágrimas vieram lentamente, mas depois multiplicaram-se. Soluços e lágrimas, cada vez mais rápidos — quase como contrações.

Há apenas dezasseis anos, a filha de Helen tinha nascido aqui mesmo, neste hospital. Grace era a sua segunda filha, a sua única menina. Grace era o seu orgulho e alegria.

O seu primeiro filho, Daryl, a manteve em trabalho de parto por quarenta e seis horas. Às vezes, ela pensava que ele nunca iria nascer. Mas Grace não. Ela surgiu e entrou no mundo pela primeira vez como se não quisesse perder um único momento.

Helen lembrava-se que Grace não dormia muito, mesmo quando era pequena. A sua filha tinha medo de perder algo da vida. Desde o início, ela ficava maravilhada com tudo, com a luz e com as cores. No entanto, Grace só encontrou o seu verdadeiro destino quando começou a aprender os números. Quando descobriu a simetria no mundo natural à sua volta, foi aí que a paixão de Grace realmente descolou.

Helen pensou na família que um dia teve. Um marido amoroso, Benjamin. Um filho corajoso e destemido, Daryl. Uma filha muito preciosa, Grace. Ela lembrou-se dos bons momentos que partilharam visitando o Zoológico de Taronga. Indo ao Museu Powerhouse. Assistindo a filmes com pipocas. Jantando juntos. Dias simples, mas felizes. Como Helen sentia saudades deles.

Ela cantarolou para si mesma e tentou adormecer novamente, mas as memórias eram muito recentes, muito vivas e muito intensas.

Sentou-se e lembrou-se de mais cedo naquele dia, quando ela e a sua filha estavam a rir e a conversar.

Foi como se algo tivesse desligado na mente de Grace. Como se ela tivesse queimado um fusível. Num momento ela estava animada, cheia de vida, e no outro estava catatónica, como se não fosse mais Grace. Tudo aconteceu tão rápido.

A vida era assim, num momento tinha uma família. Depois, dois homens de uniforme azul chegaram. Disseram que um motorista bêbado tinha matado o meu marido e o meu filho.

Naquela noite horrível, Helen lembrou-se de perguntar aos dois homens qual era a piada. Ela tinha a certeza de que tinha de haver uma. Devia ser uma piada. Não era piada. Isso foi confirmado quando os dois caixões foram levados pelo corredor da igreja. Depois, enterrados debaixo da terra. Não era piada, de facto.

Isso foi então e agora é agora. Agora, a sua filha estava lá em baixo a lutar pela vida e ela onde estava? Na cama, a tentar dormir!

Helen jogou os cobertores para trás e começou a andar de um lado para o outro no quarto. Pensou em quem era o culpado: Vincente Marino.

Helen considerou o egoísmo dele, a arrogância dele. A culpa era dele e só dele e, se a sua filha morresse por causa disso, um dia ela faria com que ele pagasse.

✳✳✳

A MANHÃ CHEGOU E a enfermeira Burns estava novamente de serviço. Ela atendeu primeiro os pacientes que precisavam de assistência imediata. Em seguida, dirigiu-se ao quarto de Grace Greenway para verificar como estava a mãe de Grace, Helen.

O quarto permanecia muito silencioso, embora as persianas estivessem abertas. Ela entrou devagar, observando Helen ajoelhada numa cadeira e olhando pela janela.

Quando ela se virou para a enfermeira, o rímel preto escorria pelo rosto. Ela parecia Marilyn Manson.

Helen imediatamente voltou a sua atenção para o que estava a acontecer do lado de fora da janela. Ela estava a olhar para uma árvore à distância. Em particular, um corvo preto, sentado num galho, abrindo e fechando o bico como se estivesse a conversar com um amigo imaginário.

Helen sentiu inveja do pássaro. Um pássaro livre para voar para longe. Para levantar voo quando quisesse, mas que permanecia por escolha própria. Ela também invejava a sua falta de apego emocional. Apego significava dor, no final das contas. Sempre se perdia aqueles que mais se amava.

Ela virou-se novamente para a enfermeira Burns. Perguntou com uma voz suave e distante: «Alguma novidade?»

$$***$$

A enfermeira Burns perguntou: «O Dr. Ackerman não veio visitá-la esta manhã?» O Dr. Ackerman, o novo especialista no caso de Grace, tinha prometido visitar Helen Greenway logo pela manhã para a atualizar.

A expressão vazia de Helen dizia tudo.

«Tenho a certeza de que o Dr. Ackerman virá visitá-la em breve. Por que não vou verificar com ele?»

«Isso seria muito gentil»,

disse Helen, cruzando os braços. Ela voltou a sua atenção para o corvo. Ele saltou alguns galhos mais acima na árvore.

A enfermeira Burns virou-se para se afastar. Ela parou e perguntou a Helen se havia alguém que ela gostaria que ela chamasse — alguém que pudesse sentar-se com ela. Talvez um amigo, um capelão ou um ministro. Helen abanou a cabeça e continuou a olhar pela janela para os movimentos do corvo.

Quando a porta se fechou atrás dela, a enfermeira Burns ouviu Helen Greenway chorando baixinho.

Helen pensava no marido e no filho que havia perdido. E também na filha que temia perder. Ela soluçava e cobria o rosto com as mãos, como uma criança brincando de esconde-esconde.

Apenas o corvo percebeu que ela estava brincando.

*** * ***

QUANDO A ENFERMEIRA BURNS chegou à porta da sala de cirurgia e tentou entrar, seu caminho foi bloqueado. Ordens específicas dos cirurgiões-chefes, Drs. Ash e Ackerman, indicavam que o caso de Grace poderia piorar.

Ela voltou para Helen Greenway sem nenhuma mensagem específica. Tentou tranquilizá-la, dizendo que tudo ficaria bem. Em seguida, mudou de assunto.

«Gostaria de comer alguma coisa?», perguntou a enfermeira Burns, enquanto servia uma chávena de chá quente para Helen da bandeja que acabara de chegar. O chá tinha sido enviado para o pequeno-almoço de Grace. Claramente, os médicos ainda não tinham atualizado os registos dela. A enfermeira Burns teria que verificar quem cometeu esse erro, para fins orçamentais, mas, por enquanto, isso serviu como um pequeno incentivo para que Helen Greenway se alimentasse.

«Não tenho fome nem sede», insistiu ela. «Quero ver a minha filha. Quero ver a Grace.» Ela soltou um soluço estridente.

A enfermeira Burns estava a arrumar o quarto quando o Dr. Smith, o mais novo cirurgião do hospital, entrou com uma expressão confusa no rosto. Ele era alto, moreno e bonito, tanto que mesmo um olhar de confusão o tornava ainda mais atraente para a maioria das mulheres; no entanto, Helen Greenway não percebeu.

Helen estava a lembrar-se de Grace. Como ela se sentava debaixo de uma grande árvore e lia sobre a Teoria da Relatividade de Einstein ou o Liber Abaci de Fibonacci. Ela imaginava a sua filha numa cama macia de relva fofa, à sombra e protegida nos braços de uma árvore.

O Dr. Smith aproximou-se dela com cautela, olhando primeiro para a enfermeira Burns e depois para Helen Greenway. Helen não se mexeu nem sequer reconheceu a sua presença.

«Posso falar consigo lá fora por um momento?», perguntou o Dr. Smith.

«Sim, doutor», respondeu ela.

Eles saíram da sala. Helen Greenway nem sequer percebeu.

✳ ✳ ✳

«O QUE SE PASSA com ela?», perguntou o Dr. Smith. A enfermeira Burns explicou-lhe a situação.

«Ela precisa de se acalmar», disse ele, «porque está a perturbar os outros pacientes. Acabei de chegar ao serviço e já houve várias reclamações. Isto tem de parar. Ou pedimos a um dos médicos para aprovar a sedação, ou incentivamo-la a afastar-se da enfermaria por um tempo.»

"Estou a fazer o meu melhor", disse a enfermeira Burns, um pouco defensiva demais.

O Dr. Smith pegou na mão dela e olhou nos seus olhos. Ele tinha aprendido esse gesto assistindo a episódios reprisados de E.R. Tanto os membros da equipa quanto os pacientes sempre se emocionavam com o programa, garantindo a popularidade de George Clooney.

«Eu sei que está», repreendeu ele, «e agradeço tudo o que fez. Tudo o que vai fazer para ajudar-me a mim e aos outros pacientes da enfermaria.»

Ela sorriu para ele, mas por dentro achava que ele era tão falso quanto uma nota de dois dólares.

Ela virou-se e voltou para o quarto de Helen Greenway.

Infelizmente, Helen já não estava lá.

CAPÍTULO 3

«PRECISO SAIR DESTE QUARTO, respirar ar fresco», sussurrou Helen para si mesma enquanto passava sorrateiramente pelos médicos e enfermeiros. Ela dirigiu-se ao elevador, certa de que ninguém sentiria a sua falta.

Enquanto as portas se fechavam, Helen observava as macas a serem empurradas, puxadas ou escoltadas pelos corredores. Ela tapou os ouvidos quando ouviu as rodas a ranger e a arranhar o chão ao ganhar tração. Ela deu um pulo quando uma delas foi mal direcionada e arranhou a parede. A equipe do hospital não pareceu notar o alvoroço.

Ela se sentiu relaxada quando as portas se fecharam firmemente atrás dela. Tudo o que tinha para distraí-la era a música do elevador. Uma melodia familiar de um musical trouxe de volta memórias dela e Grace se unindo como mãe e filha. Nos primeiros dias, antes que a diferença matemática e a adolescência as separassem.

Assim que chegou ao rés-do-chão, Helen saiu com um forte sentido de propósito e destino. Ela queria sentir a brisa no rosto.

Ela queria estar ao ar livre, no ar calmo e fresco com aroma de eucalipto.

Ninguém a impediu ou questionou, nem mesmo pareceu notar a sua presença. Ela entrou nas portas giratórias e seguiu com a corrente do lado de fora.

No mesmo momento, uma ambulância com sirenes a tocar e luzes a piscar parou ao lado dela.

O barulho era ensurdecedor, nada parecido com a paz e a solidão que Helen tinha imaginado. Ela queria fugir, escapar daquilo. Mas o som parecia atormentá-la, tirando-lhe a energia. Os seus pés pareciam estar firmemente plantados no betão.

Incapaz de se mover ou correr, encostou-se à parede e tapou os ouvidos. À sua volta, havia caos, empurrões, puxões e arranhões, em vez da paz e serenidade que ela tanto desejava.

Oprimida, Helen desmaiou e caiu no chão.

CAPÍTULO 4

«Vincente?» Grace soluçou. «Vincente, está aí?»

Os olhos de Grace estavam bem abertos e ela procurou por ele na fria sala metálica, mas ele não estava em lugar nenhum.

Os homens e mulheres com máscaras olhavam para ela com malícia.

A luz brilhante acima dela pulsava com calor e energia, forçando-a a fechar os olhos mais uma vez.

«Vincente?» ela sussurrou repetidamente.

Uma estrela solitária brilhava intensamente. Dançava diante dos seus olhos. Suave e gentilmente quente no início, logo queimou a sua pele.

Então, tudo voltou a ficar escuro.

CAPÍTULO 5

"CHEGÁMOS AO HOSPITAL COM um paciente e encontramos outro na calçada!", exclamou o motorista da ambulância enquanto a equipa avaliava a situação.

"Dois por um", disse o seu colega com um sorriso irónico.

"O primeiro a chegar é o nosso homem na ambulância", disse o primeiro homem. Ele e o seu colega puxaram a maca pela calçada. "A chegar", disseram enquanto empurravam as portas.

"Há outro lá fora", disse o segundo homem à recepcionista.

A essa altura, Helen já tinha recuperado a consciência e tentava levantar-se. Pequenas estrelas brancas cintilavam e brilhavam em sua cabeça. Era como se ela estivesse num daqueles desenhos animados do Wile E. Coyote. Depois que o Roadrunner bateu com uma marreta na cabeça do animal peludo. Ela tentou se equilibrar, mas suas pernas ficaram fracas e ela caiu no chão novamente.

"Alguém sabe quem ela é?", perguntou uma mulher. Visitantes e funcionários do hospital, que haviam acabado de chegar para o turno, se reuniram ao redor de Helen. Um funcionário falou ao rádio e solicitou uma maca e um cirurgião traumatologista para se apresentar imediatamente ao pronto-socorro.

Helen abriu os olhos e olhou para cima. Um grupo de estranhos estava a olhar para ela. Ela tentou levantar-se novamente, mas os estranhos encorajaram-na a permanecer deitada.

«Pode dizer-nos quem é? Lembra-se do seu nome?», perguntou a mulher que falara pelo rádio.

«Sim, o meu nome é Helen, Helen Greenway.»

A mulher falou novamente pelo rádio. "Aqui no chão, na entrada, temos uma mulher caucasiana. Aproximadamente sessenta anos de idade, nome: Helen, Helen Greenway. Alguém a conhece? Ela é uma paciente? Fugiu da ala psiquiátrica? Ela está vestida com roupas comuns, repito, ela está vestida com roupas comuns."

Um jovem médico chegou com a sua mala médica. Ajoelhou-se ao lado de Helen e perguntou-lhe se estava ferida. Quando ela abanou a cabeça, ele começou a verificar os seus sinais vitais.

«Estou bem», disse Helen. «É a minha filha que está doente!» Mais uma vez, ela tentou levantar-se.

«Helen», disse o médico, «precisa de ficar deitada até eu ter a certeza de que os seus sinais vitais estão normais.»

Helen acenou com a cabeça docilmente, como uma criança repreendida.

Depois de os sinais vitais de Helen serem considerados aceitáveis, ela foi encorajada a levantar-se. Trouxeram uma cadeira de rodas.

«Agora», disse o médico, «sente-se e vamos procurar a sua filha.»

«Eu consigo andar», repreendeu ela.

«Eu empurro», insistiu ele.

✳✳✳

Q UANDO CHEGARAM AO ANDAR de Grace, a enfermeira Burns correu na direção deles. «Graças a Deus que está bem, Helen!»

«Conhece-a?», perguntou o médico.

«Sim, somos velhas amigas», sorriu a enfermeira Burns.

«Bem, ela desmaiou do lado de fora do prédio, por isso está numa cadeira de rodas. Verifiquei os sinais vitais dela. Parece estar bem, embora possivelmente um pouco privada de sono.

Além disso, está com fome e desidratada.»

«Sim, ela tem estado tão concentrada na saúde da filha que tem sido difícil fazê-la comer alguma coisa.»

«Fale com o médico dela, então. Talvez seja necessário colocá-la em soro, mas não podemos deixá-la andar por aí nesse estado. Ela precisa de comida e água, e precisa imediatamente. Quem é o médico da filha dela?»

«A filha dela tem uma equipa de médicos: Christiansson, Ash e Ackerman.»

O médico hesitou. Ele tinha ouvido falar da operação que estava a decorrer, dos cirurgiões que foram chamados em caráter de emergência. Um deles foi trazido de avião durante a noite. Era realmente uma situação grave. Ele sentiu ainda mais empatia pela mulher na cadeira de rodas.

«Nesse caso, veja o que pode fazer», disse ele à enfermeira Burns. Depois, dirigindo-se a Helen, «Precisa de comer, beber e descansar, para quando a sua filha acordar. Precisa de ser extraordinariamente forte por ela.»

As suas palavras não chegaram a Helen, porque ela já estava a dormir profundamente na cadeira de rodas.

CAPÍTULO 6

Helen acordou quinze minutos depois, de volta à cama de Grace. Ela não se lembrava de como tinha chegado lá. Ela pressionou o botão na cama. Momentos depois, a enfermeira Burns chegou com uma bandeja cheia de comida quente e café fresco.

«Receio não conseguir comer nada», disse Helen.

«Ou é assim ou por via intravenosa. A decisão é sua, Helen. O meu turno está a terminar e prometi ao médico do trauma que garantiria que comesse antes de sair. Se não concordar, ele irá organizar com o seu médico para que receba nutrição e hidratação por via intravenosa.»

«Recuso ambas as opções. Na verdade, tenho fobia a comida de hospital.

Quero sair daqui e comer outra coisa. Longe daqui."

"Sim, compreensível. Acho que podemos fazer isso", disse a enfermeira Burns, virando-se e saindo.

Em um instante, ela voltou com o casaco vestido e, juntas, ela e Helen deixaram o hospital. Elas foram a um pequeno café na mesma rua.

Seria uma pausa bem-vinda para ambas.

CAPÍTULO 7

《 A PRESSÃO ARTERIAL DELA está a baixar. Está fora dos limites! Se não fizermos algo agora, se não conseguirmos estancar a hemorragia, vamos perdê-la», disse o Dr. Ash.

Todos os presentes na cirurgia se apressaram e aproximaram-se.

«Estanquem isso, raios!», ordenou o Dr. Ackerman.

Havia muito sangue a jorrar. Mesmo com todos a ajudar, não conseguiam fazer o suficiente com rapidez suficiente. A máquina cardíaca registou uma linha reta.

Gritou.

«Temos de a trazer de volta! Temos mesmo de o fazer!», exclamou o Dr. Christiansson.

CAPÍTULO 8

N o café, Helen Greenway estava a enfiar o garfo numa pilha de puré de batata. Cortou um pedaço de bife e colocou-o entre os dentes. Mastigou e mastigou e tentou engolir, mas não conseguia.

«Isso mesmo», disse a enfermeira Burns, «vai sentir-se melhor num instante».

Helen sentiu um arrepio percorrer o seu corpo, como se alguém tivesse aberto a porta num dia frio de inverno. A porta permaneceu fechada, mas arrepios se formaram nos seus braços. Ela se encolheu, tentando se aquecer. De algum lugar desconhecido, ouviu Grace chamando o seu nome. Segundos depois, o telefone da enfermeira tocou.

"Aqui é o Dr. Christiansson. Estou ligando porque soube que a senhora está com a mãe de Grace Greenway, Helen. Está correto?"

A enfermeira Burns assentiu, mas não disse nada, mantendo uma expressão impassível.

«A Grace acabou de entrar em parada cardíaca, novamente. Não tenho a certeza...» Ele parou, deixando a terrível declaração incompleta. Estava exausto.

«Eu entendo», disse ela. «Vamos voltar imediatamente.»

Helen Greenway deixou cair o garfo e lágrimas escorreram dos seus olhos. Helen correu para o hospital com o som da voz da sua filha a ecoar nos seus ouvidos.

CAPÍTULO 9

» disse uma voz.

Era uma voz que Grace reconheceu como sendo a de Vicente. Ele tinha-se ido embora. Tinha-a deixado e agora estava de volta. Tinha regressado.

«Onde esteve?» perguntou ela, enquanto procurava por ele na sala. Procurando os seus olhos azuis cobalto.

"Estou aqui", disse ele, segurando a mão dela. "Sempre estive aqui."

"Mas por que não consigo vê-lo? Fiquei com tanto medo." Ela fez uma pausa, sentindo a mão dele fechar-se em torno da sua. "E então as luzes se apagaram." Ela fez outra pausa. "Acho que não consigo aguentar, Vincente. Acho que não vou conseguir."

"Sim, você vai", disse ele, enquanto lágrimas caíam por suas bochechas e sobre as mãos entrelaçadas. "Acabei de te encontrar! Somos recém-casados e você prometeu que me amaria para sempre."

"Eu sempre te amarei, Vincente. Para sempre."

" Então tem de encontrar uma maneira de ficar», disse ele. «Não sou nada, nada, sem si!» Ele caiu de joelhos, como se tivesse sido atingido no coração por um raio.

«Estou a tentar, amor», disse ela. «Mas está tão escuro, tão escuro aqui. Preciso de o ver!»

«Estou aqui», disse Vincente, e apertou-lhe a mão com força.

"Consigo ouvir-te. Consigo sentir-te. Mas onde estás?"

Ele deu um passo em direção à luz.

"Não consigo ver-te! Por que não consigo ver-te?"

"É noite, amor", disse ele. "E as luzes podem magoar os teus olhos. Mas confia em mim, estou aqui. Estive aqui o tempo todo. Prometi que nunca te deixaria e sempre cumpro as minhas promessas."

"Cante algo para mim."

Ele cantou a música da caixa de joias dela, a música que se tornou a música deles.

A sala de cirurgia estava agitada, com todos os tipos de equipamentos médicos e equipe médica correndo de um lado para outro e esbarrando uns nos outros. Quando o som da linha reta terminou e o tom normal dos batimentos cardíacos dela foi retomado, uma pequena comemoração ecoou na cirurgia.

"Conseguimos!", exclamou o Dr. Ash.

"Ainda temos muito trabalho a fazer", lembrou-lhe o Dr. Ackerman. "A Grace perdeu muito sangue. Ela pode precisar de várias transfusões e ainda estamos a correr contra o tempo com a coagulação."

"Vou falar com a mãe dela", disse o Dr. Christiansson. "Ela pode ser capaz de doar mais sangue. É sempre melhor quando um membro da família doa."

Ele deu uma palmada gentil nas costas dos dois cirurgiões principais e olhou para a Grace. Observou o monitor cardíaco por alguns segundos, absorvendo tudo. Tudo parecia normal, ou tão normal quanto poderia ser para uma jovem que tinha acabado de entrar em parada cardíaca duas vezes em menos de 24 horas.

✳ ✳ ✳

«ESTÁ A IR MUITO bem», disse Vincente, enquanto acariciava a testa dela.

«Quero ficar, mas estou tão cansada.»

«Lembra-se do dia do nosso casamento? Lembra-se da nossa casa em Manly? Como a decorámos juntos? Lembra-se de como me prometeu para sempre, Sra. Marino?»

"Lembro-me", disse ela. Então, ela olhou para cima e a luz que antes estava muito acima dela parecia ter-se movido, aproximando-se agora dela. Era como uma estrela a atraindo e, ao mesmo tempo, lutando pela sua própria vida. Grace estava muito cansada e ansiava por descansar, por estar em paz. Ela ansiava por entrar no brilho da estrela.

Era uma bola de luz estelar. Ela girava e se contorcia, empurrando para dentro e para fora, enquanto acenava para Grace se juntar a ela. Era uma estrela Fibonacci; parte da Via Láctea e a única coisa que a impedia de se juntar a ela, como sua própria Média Áurea, Vincente.

"Grace", disse Vincente.

A sua voz parecia estar extremamente distante, e ela sentia-se muito fria e muito sozinha. O calor abrasador no centro da estrela soprava sobre ela e aquecia-a à distância. Juntar-se a ela seria apenas uma respiração de distância. Seria tão fácil.

"Oh, não!", gritou o Dr. Ash. "Outra vez não! Tão cedo não! Estamos a perdê-la!"

"Ela perdeu demasiado sangue!", exclamou o Dr. Ackerman. exclamou o Dr. Ackerman. "Onde está o Dr. Christiansson com as notícias sobre a transfusão de sangue? Precisamos dar-lhe mais sangue imediatamente! Não podemos esperar pela mãe dela. Comece a transfusão agora."

Segundos depois, sangue estranho estava a ser bombeado para o corpo inerte de Grace.

No início, o corpo dela parecia aceitá-lo. Bebê-lo avidamente. No entanto, não demorou muito para que o sangue novo rejeitasse o sangue velho.

Então a batalha realmente começou.

"Vincente?"

"Sim, amor."

"Tenho medo de morrer."

"Não é a sua hora", disse ele. "Não pode ser a sua hora."

"Como você sabe?", perguntou ela, enquanto o calor se alastrava pelo seu corpo. Ela estava a arder e, em seguida, a sentir um frio glacial. Enquanto isso, a luz das estrelas a chamava.

«Porque eu só vivo para si.»

«Mas isto é horrível, muito horrível, Vincente.»

«Como é que se sente, amor? Diga-me.»

«Sinto-me como se estivesse acima do chão e estivesse a olhar para mim mesma na maca na sala de cirurgia. Consigo vê-los a cutucar, a picar e a correr de um lado para o outro.»

«Eles estão a ajudar-te, amor.»

«Sim, mas dói-me tanto.»

«Pode ficar? Tem de ficar. Por favor. Faça isso por mim. Pelo seu marido.»

«Não consigo suportar a dor. Eu quero... eu quero...»

«Eu sei o que quer, Grace», disse ele. «Aposto que adoraria ver a sua mãe.»

"Mas Vincente, a minha mãe está morta."

"Não, ela está viva e está a caminho agora. Aguente firme."

"Mas como é que ela pode estar? Num momento estávamos em Manly, e ninguém existia no mundo, ninguém além de você e eu... e agora... isto. Muitas pessoas por toda a parte. E uma dor extrema, uma dor implacável."

"Lembra-se dos coágulos, Grace?"

"Os coágulos, sim."

"Havia mais de um. Eles rebentaram. Estamos todos a lutar por si. Não desista, Grace. Você também tem de lutar. Eu amo-a. Não posso deixá-la ir. Por favor, não desista!"

"Vincente, estou tão cansada! Talvez seja hora de você me deixar ir."

"Nunca!", gritou ele. Ele observou enquanto as pálpebras dela tremiam e se fechavam. Finalmente, ele sussurrou ao ouvido dela: "Descanse, então, meu amor. Sim, feche os olhos e descanse. Vou cantar uma canção de ninar para você, mas, por favor, não me deixe."

Ela continuou a inspirar e expirar. Vincente cantou mais da canção especial deles, com lágrimas escorrendo pelo rosto.

CAPÍTULO 10

H ELEN E A ENFERMEIRA Burns voltaram ao hospital, onde o Dr. Christiansson as aguardava. «Como se sente, Helen?», perguntou ele, enquanto a conduzia para a sala de cirurgia.

«Estou bem, é com a minha filha que estou preocupada!»

«Sei que se sentiu mal há pouco e desmaiou, certo?» Ele olhou para a enfermeira Burns, que acenou com a cabeça.

«Eu desmaiei, mas o que isso tem a ver com alguma coisa? O que está a acontecer com a minha filha?»

«Receio que precisemos tirar um pouco do seu sangue para uma transfusão. É sempre melhor quando vem de alguém diretamente relacionado ao paciente.»

Helen acenou com a cabeça e, em seguida, colocou as mãos sobre o rosto. Ela sentia-se incrivelmente exausta, mas queria poder ajudar. Ela precisava de poder ajudar.

"Vamos levá-la para a sala de sangue, no andar de cima, para observação." Em seguida, dirigiu-se à enfermeira Burns: "Helen comeu alguma coisa recentemente?"

A enfermeira Burns acenou com a cabeça e mostrou-lhe a quantidade. Não era suficiente nem para manter um pássaro vivo.

"Calma, calma", disse a enfermeira Burns a Helen enquanto caminhavam pelo corredor.

O pager do Dr. Christiansson tocou. "Um momento, por favor", disse ele. Afastou-se delas. "Mudança de planos. Preciso de levá-la para ver a sua filha — agora. Venha comigo e lave-se."

A enfermeira Burns fez menção de voltar para o seu posto, mas o Dr. Christiansson pediu-lhe que permanecesse.

«Antes de entrarmos», advertiu ele, «preciso dizer-lhe, Sra. Greenway — Helen — que já perdemos a sua filha algumas vezes lá atrás.»

«Perdemos?»

«Sim. Ou seja, ela entrou em parada cardíaca. O coração dela parou, mas apenas por alguns instantes.»

Helen conteve um soluço.

Eles entraram na sala de cirurgia.

Grace estava inconsciente na mesa de operações.

«Mãe!», exclamou Grace.

Helen foi até ela e segurou a sua mão. Ela olhou nos olhos da filha.

«Esta é a mãe de Grace, Helen», explicou o Dr. Ackerman aos outros membros da equipa médica.

«Obrigado por ter vindo tão rapidamente», disse o Dr. Ash.

"É um prazer conhecê-lo. A Grace é realmente uma menina muito corajosa."

"Como ela está, quero dizer, realmente?", perguntou Helen.

"Foi por um triz, mas os sinais vitais dela estabilizaram. Estamos de olho nela e ela está a aguentar-se."

"Obrigada", disse Helen. "Obrigada a todos!" e sentiu um grande nó na garganta.

«Desculpe, Dr. Ash», disse uma das enfermeiras que estava a vigiar os sinais vitais de Grace. «Pode vir até aqui por um momento, por favor?»

Ele foi até ela e imediatamente os seus olhos se fixaram no ecrã.

«Mãe! Sou eu, Grace, mãe!»

«Ela não consegue ouvir-te», disse Vincente.

«O quê? Como assim ela não pode ouvir-me? Ela está bem ali! Claro que ela pode ouvir-me! Mãe, sou eu, a Grace... O Vincente e eu. Estamos casados agora e amamo-nos, mãe. Mãe!»

«Querida, ela não pode ouvir-te», repetiu Vincente, enquanto acariciava a mão dela. Ele se inclinou e beijou a testa dela.

«Ela não me consegue ouvir, mas consegue ver-me. Olha, ela está a segurar a minha mão. Espera um pouco, ela não te consegue ver, pois não? Porque é que ela não te consegue ver nem ouvir, Vincente?»

«Não sei.»

«Vincente, estás morto?»

Vincente riu-se, passou os dedos pelo cabelo e disse: «Claro que não estou morto. Estou aqui ao seu lado, segurando a sua mão.»

«Mas os outros não conseguem vê-lo, nem os médicos nem a minha mãe. Eles movem-se ao seu redor, através de si. Por que não conseguem vê-lo ou ouvi-lo? Por que sou a única que sabe que você está aqui? Estou morta? Estamos ambos mortos?»

«Estamos sempre juntos porque nos amamos. O nosso amor é mais forte do que todos e tudo.»

O espírito de Grace estava a vaguear pela sala, mas agora ela voltou para o seu corpo.

Uma vez lá dentro, ela tentou lutar contra a dor, no início. Depois, tentou viver a dor, aceitá-la, mas era demais para ela suportar. Ela não conseguiu aguentar. Ela fragmentou-se.

«Os sinais vitais dela estão a cair! Estamos a perdê-la novamente!», gritou o Dr. Ash.

Todos se aproximaram de Grace, empurrando Helen para fora do caminho.

"O sangramento tinha parado completamente", confirmou o Dr. Ackerman. "Ela estava indo tão bem. Não consigo encontrar nenhuma razão para essa recaída repentina, a não ser..." Ele hesitou e olhou para Helen Greenway, que estava afastada da mesa, torcendo as mãos como Lady Macbeth.

"Tirem-na daqui!", gritou o Dr. Ash.

"O que estão a dizer agora, Vincente?", perguntou Grace.

"Estão a culpar a sua mãe pela sua recaída. Quando você voltou ao seu corpo e saiu novamente, algo aconteceu. Eles acham que você está a morrer."

"Mas eu não estou a morrer! Eu quero viver!"

"Estamos a perdê-la!", gritou o Dr. Ackerman. "Abram espaço!", exclamou ele, aproximando-se e começando a reanimação cardíaca.

"Não, não vou deixá-la!" gritou Helen enquanto era empurrada pelas portas giratórias para o corredor.

"Mãe!" gritou Grace, "Mãe!"

"Ela está a sangrar novamente", confirmou o Dr. Ash. "Temos mais coágulos aqui. Não consigo contar quantos. Não sei por quanto tempo ela vai aguentar!"

"Estamos a fazer tudo o que podemos por ela."

O espírito de Grace voltou para o seu corpo. Ela tentou levantar-se. Na sua cabeça, um caleidoscópio de cores começou a girar e rodopiar até que ela não conseguiu mais ver ou ouvir Vincente.

"Vincente, não me deixe!", gritou ela.

$$* * *$$

VINCENTE?» PERGUNTOU O **D**R. Ash. «Quem é Vincente?»

«É o rapaz que a colocou no hospital», respondeu o Dr. Christiansson.

«Talvez devêssemos contactá-lo e pedir-lhe para vir ao hospital?»

«Estamos a meio da noite. Pode não ser possível trazê-lo até aqui.»

«Faça isso!» exclamou o Dr. Ash. «Precisamos de toda a ajuda possível!»

"Grace, ouça-me", disse o Dr. Ash, inclinando-se para mais perto dela. "Estamos a fazer tudo o que podemos por si. Espero que me consiga ouvir. Nós ouvimos-te. Vamos ligar ao Vincente. Ele estará aqui e ao seu lado em breve. Por isso, aguente firme. Seja forte."

Grace não conseguia ouvi-lo. Ela estava sozinha em algum lugar no escuro.

CAPÍTULO 11

N o átrio, Helen Greenway sussurrou ao telefone: «Olá, Vincente, desculpe incomodá-lo tão tarde.»

«Quem fala?»

«Desculpe», ela hesitou e depois continuou, após se identificar. «É a Grace. A Grace é a razão pela qual estou a ligar-lhe tão tarde. É a mãe dela, Helen Greenway, a falar.»

«Ela está bem? Ela não está...?» Ele parou e a sua voz foi sumindo. Ele tinha medo de ouvir o que viria a seguir. Será que ele a tinha matado? Ele não suportaria isso, se fosse o caso, embora soubesse que não era culpa sua. Ele não poderia saber. A sua mente voltou ao presente. Ele tinha quase a certeza de que Helen Greenway já tinha respondido. Do outro lado da linha, havia um silêncio total.

"Você está aí, Vincente?", ela perguntou, enquanto aguardava a resposta dele. Ela havia explicado tudo, exposto o seu caso. Ele permaneceu em silêncio. Relutante em ir ao hospital? Certamente que não. Não, ele provavelmente ainda não tinha acordado completamente. Quando ainda não houve resposta, ela insistiu: "Grace, a minha Grace, precisa de você, Vincente."

Ele ergueu a cabeça com um sentimento de alívio por saber que ela ainda estava viva e a respirar: «Estarei aí logo pela manhã.»

«Não, por favor, venha imediatamente. A Grace precisa de si agora. Ela está a chamá-lo. Os médicos dizem que precisa de vir ao hospital agora, antes que seja tarde demais.»

A cabeça de Vincente estava a girar por ter sido acordado no meio da noite e com pensamentos sobre como iria chegar ao hospital. Ele precisaria acordar a mãe e pedir-lhe para levá-lo até lá, e então ela ficaria cheia de perguntas. Sem mencionar como ele voltaria para casa.

"Por favor, diga que sim, e eu mandarei um táxi buscá-lo. Só um momento», Helen colocou a mão sobre o telefone. Uma enfermeira confirmou que um carro seria enviado à casa de Vincente para buscá-lo e levá-lo de volta para casa. «Um carro será enviado para buscá-lo, Vincente. Por favor, confirme que irá ao hospital para ver a minha filha. Ela está a pedir por si. Por favor.»

«Está bem, mas dê-me alguns minutos para me vestir e deixar um bilhete para a minha mãe.»

«Preciso de confirmar a sua morada», perguntou a recepcionista do outro lado da linha, após verificar os registos do hospital.

«Sim, está correto», disse Vincente.

«O carro está a caminho, por favor, aguarde.»

«Estarei», disse Vincente, enquanto desligava e começava a vestir as suas calças de ganga pretas e a t-shirt branca.

Ele penteou o cabelo e, em seguida, colocou um casaco com capuz vermelho, que o desarrumou novamente.

Em seguida, desceu as escadas dois degraus de cada vez. Ele escreveu um bilhete curto para a mãe e colou-o no frigorífico. Segundos depois, o veículo chegou.

Ele estava no carro, com o cinto de segurança colocado e a caminho do hospital. Ele descansou a cabeça no braço e observou a escuridão passar rapidamente.

De vez em quando, o rosto na lua parecia acenar. O homem da lua parecia estranhamente familiar, uma espécie de cruzamento entre Mark Twain e Albert Einstein.

Ele concentrou a sua mente na lua e nas estrelas, tentando evitar adormecer.

Queria estar bem acordado. Queria...

✳✳✳

HELEN ESTAVA ORGULHOSA DE si mesma por ter convencido Vicente a ir ao hospital.

Embora Helen estivesse um pouco perplexa quanto ao motivo pelo qual a sua filha estava a chamar pelo nome dele. Que tipo de influência ele tinha sobre o coração dela, para que ela o chamasse dessa forma? Talvez ela o tivesse subestimado. Ou talvez ele significasse mais para a sua filha do que Helen imaginava? Ele era apenas um estudante do ensino secundário, um colega de turma, uma paixão. Por outro lado, ela própria não se tinha casado com o seu namorado do ensino secundário?

Helen andava de um lado para o outro no corredor. Quando a enfermeira Burns saiu, ela disse: «Não aguento mais! Não saber o que está a acontecer com a minha filha! É demais!»

A enfermeira Burns compreendia a tensão que Helen Greenway estava a sentir, mas a sua reação exagerada e o seu impulso geral de pânico tinham um efeito cascata nos outros pacientes e nos familiares que aguardavam notícias sobre os seus entes queridos.

A enfermeira Burns guiou Helen pelas costas até um canto tranquilo, onde falou com ela em voz baixa: "A sua filha está em boas mãos. Sei que é difícil, mas deve tentar manter a calma."

"Se ao menos eu pudesse ficar com ela, para oferecer o meu apoio", disse Helen.

«A Grace está a aguentar-se lá dentro, e os médicos só pensam nela — e no que ela quer e precisa. A sobrevivência da sua filha é a prioridade número um do hospital.»

«Sim, mas eu sou a mãe dela! Não me devem explicações? Não tenho direitos aqui?»

«De facto, tem direitos, mas foi-lhe dada uma tarefa importante: trazer o Vincente para cá.

Sei que ele está a caminho?"

"Sim, está. Mas eu poderia ter ajudado a minha filha, se não me tivesse mandado sair da sala."

'Helen', disse a enfermeira Burns, um pouco irritada, "o estado da sua filha alterou-se quando você estava com ela. Você parecia causar-lhe apenas angústia naqueles momentos." Ela hesitou. "Os médicos notaram essa mudança na estabilidade da sua filha. Foi por isso que a retiraram da sala de operações. Foi pelo bem da Grace.»

«Mas não há motivo para a Grace piorar por minha causa. Eu amo-a. Ela é a minha vida.»

«Bem, as evidências falam por si.»

«Se não sou necessária aqui», disse ela, fazendo beicinho, «mais vale descer e esperar pelo rapaz Marino. Preciso de fazer alguma coisa.»

"Parece uma ótima ideia", disse a enfermeira Burns. Ela deu um tapinha na mão de Helen, mas desta vez Helen retirou a mão. Ela enfiou as duas mãos nos bolsos e saiu a passear pelo corredor. O som dos saltos das suas botas ecoava enquanto ela se afastava.

"Por favor, peça à recepção para nos avisar quando ele chegar", gritou a enfermeira Burns, enquanto as portas do elevador se fechavam.

"Certamente", respondeu Helen.

✳✳✳

QUANDO AS PORTAS DO elevador se abriram no piso térreo, Helen saiu para a área da recepção. Imediatamente, ela avistou Vincente. Ele estava a mover-se dentro das portas giratórias, com as mãos enfiadas nos bolsos das calças de ganga e os ombros curvados.

Helen ficou parada por um momento, examinando o rapaz que havia levado a sua filha ao hospital. Ele parecia desalinhado e fora do seu ambiente confortável. Ainda assim, estava muito bonito com o seu casaco vermelho com capuz, que fazia os seus olhos azuis parecerem ainda mais azuis. Ele parecia uma mistura de James Dean com Robert Redford.

Ela caminhou em direção a ele. Ele ainda não a tinha notado.

Quando ele olhou na direção dela, ela foi pega de surpresa. Por um momento, ela não conseguiu respirar. Ele não era um rapaz comum. Havia algo, algo bem diferente nele.

«Olá, Vincente», disse Helen, estendendo a mão para cumprimentá-lo. Ela estava um pouco impressionada e, por isso, apresentou-se a ele como se não se conhecessem.

Vincente achou a apresentação um pouco estranha, já que eles se tinham conhecido muito recentemente. Ele não deu importância, pois ela tinha grandes olheiras e parecia ter dormido vestida.

Ele aceitou a mão que ela lhe estendeu e apertou-a com firmeza. Ele permitiu que ela colocasse o braço debaixo do dele e o levasse até a recepção. Helen pediu à recepcionista para confirmar a chegada dele e avisar o oitavo andar.

Helen então o conduziu até o elevador. Eles ficaram lado a lado em frente às portas, entrelaçados, mas ainda praticamente estranhos, enquanto subiam as escadas.

Depois de alguns andares, Vincente sentiu a necessidade de perguntar sobre Grace, sobre como ela estava, e assim o fez. Helen explicou que não tinha sido informada sobre o estado da filha. No entanto, ela podia confirmar que Grace tinha perguntado por Vincente.

«Fico feliz em ajudá-la no que for preciso», disse Vincente. Era verdade — ele ficava feliz em ajudá-la —, mas ainda não conseguia entender por que ela o chamava de volta ao hospital no meio da noite. Ele sentia uma certa pena dela, se ela tinha uma vida tão triste e solitária que não tinha mais ninguém a quem pedir ajuda.

Vincente olhou diretamente para o seu reflexo nas portas do elevador. Passou os dedos pelo cabelo despenteado, na esperança de o domar, mas a sua tentativa foi infrutífera.

«Tem alguma ideia, Vincente, do porquê da minha filha estar a perguntar por si desta forma?»

«Para ser sincero, é um mistério para mim. Talvez ela esteja iludida...»

«Iludida com o quê?»

«Não sei. Mal nos conhecemos. Além disso, ela simplesmente não é o meu tipo.»

«Com isso, quer dizer que a minha filha não é popular ou bonita o suficiente para si?», perguntou Helen com um tom desagradável na voz, que não passou despercebido por Vincente.

Ele estava preso num elevador com uma mulher que tinha o braço à volta do seu. As unhas dela agora agarravam as mangas dele como garras.

«Ai. Não, não foi isso que eu quis dizer»,

disse Vincente, quando a campainha indicando que tinham chegado ao oitavo andar tocou. As portas se abriram. Vincente afastou-se de Helen, saiu e dirigiu-se à área da recepção. Havia outras pessoas por lá e, mais importante, testemunhas — caso Helen Greenway perdesse o controle.

Helen permaneceu paralisada do lado de fora do elevador, mas ainda mantinha Vincente preso no lugar com o seu olhar.

Vincente olhou para Helen e percebeu que não tinha causado uma boa impressão. Mas, afinal, era madrugada, ele ainda estava meio adormecido e não fazia ideia do motivo de estar ali. Claro, ele sabia que Grace Greenway tinha uma queda por ele, mas metade das raparigas da escola também tinha. Quando se é aclamado como um astro do desporto, isso é normal.

Momentos depois, Vincente estava a ser conduzido pelo corredor por um dos médicos. Helen seguia atrás, com os olhos fixos na nuca de Vincente.

Ackerman apresentou-se. Ele explicou os detalhes a Vincente, depois eles lavaram as mãos e vestiram as roupas médicas necessárias.

«Sei que é um grande amigo de Grace?»

«Uh, mais ou menos.»

O Dr. Ackerman ignorou a resposta evasiva. «A Grace tem perguntado por si há já algum tempo. Ela ficará muito feliz por saber que está aqui para a ajudar.»

«Fico contente por poder ajudar.»

«Filho», continuou o Dr. Ackerman, «a condição da Grace está estável agora. Ela passou por um momento difícil, muito difícil. E, bem...»

« Quão difícil?"

"Isso é, hum, confidencial, mas digamos que foi por um triz."

"Quer dizer que ela quase morreu?"

"Quero dizer que as coisas não têm estado bem. E, por favor, não diga nem faça nada que a perturbe ou a deixe angustiada. Hoje, apenas pensamentos felizes, está bem?"

"Pensamentos felizes?"

"Sim", disse o Dr. Ackerman. "Agora, siga-me."

* * *

ELES ENTRARAM NA SALA de cirurgia lado a lado, passando pelas portas giratórias. A equipa médica abriu caminho para Vincente como se ele fosse uma estrela de rock.

Ele imediatamente se concentrou em Grace. Ela estava no meio de uma mesa com várias máquinas ligadas a ela como tentáculos.

Ele respirou fundo e aproximou-se da mesa. Estava com medo, embora não soubesse exatamente porquê.

Talvez fosse porque havia pares de olhos penetrantes a observá-lo. O que esperavam que ele fizesse — um milagre?

Ele olhou para o corpo prostrado de Grace. Viu o peito dela a subir e descer.

Grace estava a respirar. Ela estava viva. Ele viu o cabelo castanho dela a cair sobre os ombros. Viu as pálpebras dela a tremer, como um tique nervoso. Ela estava viva ali, algures por trás das pálpebras.

Ele aproximou-se e o seu corpo esbarrou na mão dela. Estava ali ao lado dela, aberta.

Vincente pegou na mão de Grace.

Ele disse o nome dela.

A mão dela estava fria e não reagiu ao seu toque. Ele fechou a mão em torno da dela e disse: «Grace». Ele esperou, mas nada aconteceu. Ela estava inconsciente. Ela não podia senti-lo nem ouvi-lo, então o que ele estava a fazer ali? O que deveria fazer agora? Olhou ao redor da sala, para os rostos vazios. Eles não eram de nenhuma ajuda. Absolutamente nenhuma ajuda.

No entanto, todos os olhos ainda estavam voltados para ele. O que deveria dizer? O que deveria fazer? Ele queria sair correndo da sala.

Vincente não queria nada mais do que voltar para o calor da sua própria cama.

CAPÍTULO 12

G RACE TINHA VOLTADO AO seu corpo, mas os seus sentidos estavam entorpecidos. Ela não conseguia sentir Vincente a segurar a sua mão, embora pudesse ver que ele estava a fazê-lo.

«Grace, sou eu, Vincente», disse ele, na esperança de que ela reconhecesse a sua presença de alguma forma.

Grace ouviu-o, mas a sua voz soava diferente. Distante.

«Fale com ela», sugeriu o Dr. Ash. «Fale com ela sobre qualquer coisa!»

A equipa médica aproximou-se. Os únicos sons que se ouviam eram os das máquinas.

Gotas de suor começaram a formar-se na testa de Vincente. Ele disse: «Sentimos a sua falta, Grace. Sentimos a sua falta na escola. Está ausente há muito tempo.» Vincente percebeu que este diálogo era fraco, mas estava apenas a seguir o fluxo. Ele estava a tentar estabelecer uma conversa normal; infelizmente, era tudo unilateral.

Grace questionou a sua identidade. Quem era aquele rapaz estranho com cabelo loiro curto, olhos escuros e camisola vermelha? Se fosse o seu Vincente, ele não estaria a falar com ela sobre a escola. Escola!? Foi lá que eles enfrentaram a árvore que comia corvos!

«Ganhámos o jogo de críquete no outro dia!», disse Vincente, excessivamente entusiasmado.

Ele passou os dedos pelo cabelo novamente. Tentou enfiar os punhos nos bolsos, mas com o material cirúrgico não foi possível. No entanto, a mera tentativa de seu mecanismo normal de enfrentamento o fez sentir-se mais relaxado.

Grace se perguntou se alguém estava a pregar uma peça nela. Ela olhou para todos os rostos desconhecidos, os olhos fixos. Ela não conhecia a maioria deles, mas eles podiam ver esse Vincente. Eles estavam observando-o.

Grace retirou-se do seu corpo e começou a flutuar pela sala.

De cima, ela observava esse Vincente. Ele não parecia ele mesmo. Ele estava frio. Ela não conseguia sentir o seu toque, mas queria tanto sentir. Quando percebeu que ele estava a segurar a sua mão, o seu coração começou a bater forte. Rapidamente, ela saltou de volta para o seu corpo.

A máquina cardíaca respondeu com outra linha reta.

***

Grace olhou para a luz enquanto lágrimas escorriam pelo seu rosto. Abaixo dela, os atendentes do hospital corriam pela sala de cirurgia como se o mundo estivesse a acabar. Ela sabia que a única coisa que estava a acabar era a sua própria vida.

Ela tinha lutado contra a luz das estrelas, que a atraía. Chamava por ela.

Agora ela piscava e acenava, e ela percebeu que era a sua hora de partir. Hora de se mover em direção a ela. Finalmente era hora de queimar com a estrela de Fibonacci.

"Diga a ela que você a ama!", alguém gritou.

"Mas eu não amo!", Vincente respondeu timidamente.

Logo, a luz das estrelas ficou cada vez mais quente. Ela não estava mais esperando que ela se aproximasse. Ela estava indo ao encontro dela.

"Eu amo você, Grace!", ele gritou.

Tarde demais.

***

Enquanto levavam Vincente para fora da sala, ele continuava a gritar as palavras. É verdade que, para ele, eram sentimentos sem sentido, falsos. Palavras que ele só dizia para ser gentil, para salvá-la do abismo.

Ele gritou novamente. Desta vez, a sua voz ecoou pelos corredores e para o universo: "Eu amo-te, Grace Greenway!"

"Eu também te amo, Vincente!", ela gritou de volta para ele. Com o caos e a agitação enquanto tentavam salvar a vida dela, ele não a ouviu.

De repente, a estrela quente começou a girar e rodar. Logo, ela não estava mais se aproximando dela nem a queimando com seu calor. Em vez disso, ela lançou ondas pulsantes e se tornou uma estrela de nêutrons.

Sem mais o que fazer, "Eu quero viver", Grace Greenway declarou para si mesma. "Eu quero viver."

CAPÍTULO 13

Dois dias depois, Grace Greenway acordou sem coágulos e fora de perigo. Ela precisaria ser monitorada de perto por algum tempo, mas logo poderia ir para casa.

"Vincente; mãe", disse ela, ainda sonolenta, enquanto lágrimas escorriam pelo seu rosto. Eram lágrimas de pura felicidade por estar viva. Lágrimas de gratidão por ter esse momento para compartilhar com as duas pessoas que mais amava no mundo.

Ela estendeu os braços para abraçar os dois juntos. Eles se encostaram nela. Ela sentiu o calor e a força dos corpos deles, quase como se estivesse ganhando força com as energias combinadas dos dois.

Vincente e Helen se entreolharam, esperando que Grace os soltasse.

"Está sentindo alguma dor?", perguntou Helen.

"Sinto-me cansada, só isso, mãe."

«Fico feliz que esteja a sentir-se melhor», disse Vincente. «Vou chamar os médicos — avisá-los que está acordada.»

Ele virou-se e saiu do quarto. Ficou ali por um momento, sentindo-se grato por ela ter recuperado totalmente. Pensando que agora talvez tivesse cumprido o seu dever e pudesse ir para casa. Esperava que ela tivesse esquecido ou não tivesse ouvido o que ele foi forçado a dizer-lhe na sala de operações. Ficou feliz por Helen Greenway não ter estado lá para ouvir a sua declaração forçada e falsa.

Ele aceitou o facto de que tinha feito a coisa certa para ajudá-la. A sua única esperança agora era que isso fosse o fim da história. Ele queria a sua antiga vida de volta. E essa vida não incluía Grace Greenway.

***

«Então, mãe, gosta dele?», perguntou Grace.

«É um rapaz simpático», disse Helen. «Compreendo porque se sente atraída por ele.»

«Atraída por ele?», exclamou Grace. «Estou mais do que atraída por ele, mãe. Estamos casadas! Veja!», disse ela, empurrando o dedo anelar na direção da mãe. Não havia anéis.

«Tudo bem, Grace», disse Helen, percebendo a angústia da filha. «Tudo bem se estiver um pouco fora de si. Passou por muita coisa nos últimos dias.»

«Mãe, é verdade! Não acredita em mim, acredita?»

«Não fique chateada, querida», disse Helen, acariciando a mão da filha.

«Estamos casadas, mãe. Casadas!», repetiu Grace. As portas se abriram e Helen saiu correndo para o corredor, deixando a filha angustiada e sozinha.

Estranho, pensou Grace. Muito estranho. Onde estão os meus anéis?

****

No corredor, Helen Greenway esbarrou no Dr. Ackerman. Ele estava a caminho, depois de receber a boa notícia de Vincente de que ela estava acordada e lúcida.

"Oh. Doutor Ackerman!", exclamou Helen.

"Meu Deus, o que aconteceu? Devo entrar agora? Ela teve uma recaída? Vincente disse que ela estava bem. Acordada e a falar. Completamente alerta."

"Ela está, Doutor Ackerman. Ela está acordada e a falar, mas parece estar sob a ilusão de que é casada com Vincente Marino!"

"Meu Deus, como isso pode ser?"

"Ela disse-me que eles estavam casados. Ela e Vincente. Além disso, tentou mostrar-me os anéis. Ficou muito angustiada ao descobrir que eles estavam desaparecidos."

Vincente saiu do elevador aberto, carregando uma bandeja com cappuccinos. Dirigiu-se na direção deles.

O Dr. Ackerman olhou para Vincente e deteve-o com um aceno de mão. Em seguida, conduziu Vincente até a área de estar, onde pediu que ele permanecesse.

Ackerman voltou para Helen.

Vincente sentou-se e começou a bebericar uma das chávenas.

"Gostaria de falar com Grace, a sós, por alguns momentos", disse o Dr. Ackerman. "Por favor, espere aqui com Vincente, Helen. Depois conversarei com vocês dois."

Helen sentou-se ao lado de Vincente. Ele ofereceu-lhe uma chávena de chá. Ela recusou educadamente e cruzou os braços.

Vincente sabia que algo estava a acontecer, mas não fazia ideia do que era. Ele tomou outro gole de café e esperava que o deixassem ir para casa logo. Estava exausto e tinha quase a certeza de que Helen queria a filha só para ela.

Afinal, na sua opinião, aquilo era um assunto de família.

***

Quando o Dr. Ackerman saiu do quarto de Grace, a expressão preocupada em seu rosto dizia tudo.

Helen imediatamente se levantou e foi até ele.

Vincente também percebeu imediatamente a expressão sombria do médico. O que quer que estivesse a acontecer no quarto de Grace, definitivamente não eram boas notícias. Ele se perguntou se algum dia voltaria para casa.

"Helen", disse o Dr. Ackerman, "precisamos conversar em particular. Por favor, venha ao meu consultório".

«Sobre o quê?», perguntou Helen, desviando o olhar de Vincente.

«Ele ficará bem onde está até voltarmos», disse o Dr. Ackerman. Depois, dirigindo-se a Vincente, acrescentou: «Se puder aguardar, em breve o colocaremos a par da situação».

Vincente acenou com a cabeça e começou a beber o segundo cappuccino — a bebida de Helen. Afinal, ela não o queria e ele tinha pago por ele. Porquê deixá-lo esfriar? Além disso, ele precisava da cafeína para se manter acordado. Ele pegou o telemóvel e jogou uma partida de Bejeweled Blitz, depois deu uma olhada no Facebook. Ele tinha uma mensagem de Missy Malone. Ela queria se encontrar com ele mais tarde. Ele esperava não ficar muito cansado com toda essa história de Grace Greenway.

Curioso, dirigiu-se à porta de Grace e espreitou pelo vidro. Grace estava a dormir profundamente. Estranho, pensou ele, já que ela tinha acabado de acordar. Vincente voltou para o seu lugar. Enquanto pensava em Grace, tomou outro gole do café de Helen. Bebeu também a chávena de Grace, antes que voltassem para o buscar.

CAPÍTULO 14

H ELEN, ESPERÁVAMOS QUE A perda de memória da Grace tivesse sido corrigida. No entanto, parece que agora temos preocupações adicionais.

Então, ela também lhe contou? Que ela é casada com o Vincente?

Sim, e ela não só me contou que eles eram casados, como descreveu tudo em grande detalhe. Era quase como se ela estivesse a reviver tudo. Era tão real, uma imagem tão completa.

Quase conseguia ouvir aquela música romântica a tocar ao fundo."

"Que música romântica?", perguntou Helen.

"Ela disse que era uma música de uma caixa de joias antiga."

"Sim, lembro-me dessa. O pai da Grace e eu oferecemos-lhe no Natal, quando ela era pequena."

"Ah, um presente de infância, que ela agora imaginou ser a música do seu casamento. A sua filha tem definitivamente uma imaginação muito vívida", disse o Dr. Ackerman.

"Então, o que fazemos, doutor? Contamos a verdade? Temos que contar a verdade."

"A mente é algo muito frágil. Talvez quando a Grace estava a lutar pela vida, ela tenha criado essa situação como um mecanismo de sobrevivência. Para dar a si mesma algo pelo que viver, pelo que lutar. É uma técnica primitiva. Quando estamos à beira da morte, às vezes criamos ou inventamos uma realidade alternativa."

"Mas a minha filha já tinha tanto pelo que viver!", disse Helen.

"Sim, você pensa assim e eu também, mas será que a Grace concordaria?"

"Então, o que está a dizer, doutor? O que fazemos?"

Alguém bateu à porta. O Dr. Christiansson espreitou para dentro. "Desculpem a interrupção. Dr. Ackerman, queria falar comigo?"

"Sim, se puder dar-nos um momento, por favor, Helen", disse Ackerman. Ele fez-lhe sinal para se sentar e, em seguida, ele e o Dr. Christiansson saíram.

Helen folheou distraidamente uma ou duas revistas. Os médicos discutiram em particular a situação precária de Grace.

"Receio que não tenhamos escolha nesta matéria", disse o Dr. Christiansson. "Temos de concordar com a fantasia de Grace. Ela não está forte o suficiente para enfrentar a verdade neste momento. Se for pressionada demais, as consequências podem ser bastante prejudiciais.» «Concordo», concordou o Dr. Ackerman. «A melhor coisa que podemos fazer por Grace, até que ela esteja pronta para ouvir a verdade, é reforçar as suas próprias ilusões.

A questão é que precisamos garantir que Vincente concorde com isso. Precisamos contar a ele tudo o que Grace nos contou.

Precisamos fazer com que ele concorde em entrar no jogo, até que Grace esteja pronta, ou seja, forte o suficiente mental e fisicamente para lidar com a verdade."

"Sim, o rapaz Marino conseguiu ajudar Grace antes, e espero que ele consiga ajudá-la novamente", disse Christiansson.

"E quando ela estiver bem o suficiente, forte o suficiente, então contaremos a verdade", confirmou o Dr. Ackerman.

«Não gosto disso», disse Helen, depois que os médicos lhe contaram o plano. «Estaremos alimentando a imaginação dela e promovendo mentiras e mais mentiras.»

«Mas não são mentiras para Grace. Ela acredita em cada palavra, e é ela quem temos que colocar em primeiro lugar aqui», disse o Dr. Ackerman.

«E se o rapaz não concordar em cooperar?», perguntou Helen.

«Ele tem de concordar», disse Ackerman. «Não há alternativa. A Grace chegou tão longe e está a caminho de recuperar a sua saúde física. O seu corpo pode não sobreviver a outra recaída. A estabilidade mental da Grace é fundamental neste momento.»

"A Grace criou este sonho, e o Vincente é uma parte importante dele. Ele tem de concordar em ajudá-la. Temos de convencê-lo da sua importância para ela", disse o Dr. Christiansson.

"Por quanto tempo teremos de continuar com este jogo?", perguntou Helen.

"Vamos continuar até ela estar pronta", disse o Dr. Christiansson, "e nem um minuto a mais."

"O que digo ao rapaz, então?", perguntou Helen. "Como posso fazê-lo entender quando nem eu consigo entender completamente isso? Não gosto da ideia de enganar a minha própria filha."

"Ele terá que confiar em nós, confiar na Grace. Quando ela estiver pronta para enfrentar a realidade, para ouvir a verdade, só então as coisas voltarão a ser como eram antes", disse Ackerman.

«Farei o meu melhor para convencê-lo.»

«Boa sorte», disse o Dr. Ackerman.

«Se precisar da minha ajuda...», interrompeu o Dr. Christiansson, «... se quiser que eu fale com ele, para esclarecer alguma coisa, então envie o menino até mim.»

«Obrigada», disse Helen.

CAPÍTULO 15

Helen foi ao banheiro feminino e lavou as mãos. Estar no hospital 24 horas por dia, 7 dias por semana, parecia exigir uma preocupação excessiva com germes.

Ela estendeu a mão direita e percebeu que estava a tremer. Não tinha ideia de como convenceria o rapaz a concordar com um conjunto tão estranho de mentiras.

Qualquer pessoa com experiência de vida certamente percebia que a verdade era sempre a melhor opção. No entanto, ali estava ela, sendo forçada a convencer Vincente a ser cúmplice na manutenção da ilusão de Grace.

Ela enfiou a mão na bolsa e procurou, encontrando dois batons. Aplicou um e, de alguma forma, isso a fez sentir-se um pouco melhor. Outra busca na bolsa resultou em um perfume, e ela borrifou um pouco atrás das orelhas. Agora estava pronta para sair e falar com Vincente.

Helen fechou a porta atrás de si e entrou no corredor movimentado. Foi empurrada contra a parede por alguns segundos, enquanto a equipa do hospital passava com uma maca.

Respirou fundo, recompôs-se e começou a caminhar em direção à sala de espera.

Ela avistou Vincente e ele a avistou. Ela acenou e então se perguntou se estava sendo um pouco familiar demais. Ela se controlou colocando a mão na alça de couro da bolsa. Agora ela parecia alguém com medo de ser assaltada.

Vincente viu Helen Greenway se movendo rapidamente em sua direção. Ele olhou para ela por um segundo e então olhou para os pés. Ele imediatamente percebeu que ela havia se arrumado e se perguntou por quê. Talvez ela estivesse de olho num dos médicos? Não era um pouco cedo, depois da morte do marido? Ele não tinha a certeza, mas não era do tipo de julgar o que as pessoas diziam ou faziam. Helen sentou-se em frente a Vincente e chamou pelo seu nome. Ele olhou para cima e esperou que ela dissesse mais alguma coisa, mas ela não disse. Ele voltou a olhar para os seus pés.

Ele estava tão cansado, exausto, mas os três cafés grandes tinham estimulado a sua mente.

Ela disse o seu nome novamente e inclinou-se para a frente, com os cotovelos apoiados nos joelhos.

Vincente recostou-se na cadeira e fingiu que precisava de se esticar e bocejar. O silêncio estava a tornar-se cada vez mais desconfortável.

Helen esperou que ele terminasse de se movimentar e então foi direta ao ponto. «Vincente, preciso da sua ajuda com algo, algo bastante pessoal.»

Ele hesitou e inclinou-se para a frente, agora curioso.

«Posso falar livre e abertamente consigo?», sussurrou ela.

Vincente estava genuinamente curioso agora. Já tinha sido abordado por mulheres mais velhas antes — mas não normalmente mulheres tão velhas — e não por mulheres que eram mães dos seus colegas de escola.

De repente, sentiu-se desconfortável. A sua reação inicial foi interrompê-la ali mesmo e ser completamente franco com ela. Por outro lado, embora não estivesse minimamente interessado, estava curioso para saber o que ela iria dizer. Como ela iria abordar o assunto. E perguntou-se se talvez o choque pelo que Grace tinha passado também a tivesse afetado. Então, em vez de dizer qualquer coisa, ficou sentado e esperou.

Helen inclinou-se para mais perto: «O que tenho para lhe pedir é bastante embaraçoso», ela hesitou e riu nervosamente. «Quero dizer, é ridículo! Mas espero que diga que sim e concorde em me ajudar mesmo assim.»

Helen pestanejou e hesitou. Ela endireitou-se e depois inclinou-se para trás novamente. Desta vez, ainda mais perto de Vincente, tanto que os joelhos deles quase se tocavam. Então, ela pareceu acenar com a mão, criando uma distância entre eles e deixando a mão roçar levemente o joelho dele.

Ela estava tão perto que ele podia sentir a respiração dela no rosto.

Vincente recuou na cadeira, sem jeito. Puxou os pés para debaixo do assento. Cruzou os braços sobre o peito. Concentrou a atenção no chão. Lutou contra a vontade de pegar o telemóvel para se distrair daquela situação maluca.

«É a Grace, Vincente. Ela parece ter... Bem, isto é difícil para mim dizer. Especialmente para alguém tão jovem como você, alguém que imagino já ter uma namorada. Ou talvez até mais do que uma namorada?» Helen hesitou antes de soltar a bomba e olhou-o diretamente nos olhos. Ela estava a tentar relacionar-se com ele, a conectar-se nos termos dele. Se ela conseguisse superar a diferença de idade entre eles, talvez ele compreendesse. Talvez ele concordasse.

Vincente achou que aquilo estava a ficar embaraçoso. Ele queria acabar com o sofrimento dela: «Eu tenho uma namorada, Sra. Greenway. Não somos exclusivos, embora tenhamos um acordo, se é que me entende?»

Ele tinha acabado de piscar o olho? Helen tinha a certeza de que o tinha visto piscar o olho! E ela não gostou nada disso.

Vincente desejava que ela fosse embora. Ele estava muito cansado e só queria ir para casa. Impaciente e revoltado, levantou-se.

«Sim, eu entendo o que quer dizer, Vincente», disse Helen, sem jeito. «Por favor, sente-se.»

Vincente sentou-se. Cruzou os braços novamente, criando uma barreira física entre eles.

«Vincente, a minha filha está apaixonada por si.
Sabe disso, não sabe?"

"Sim, sei que ela gosta de mim. A Grace é fantástica! Ela salvou a minha vida ao ajudar-me com a matemática. Sem ela, eu já teria sido expulso da equipa."

"Ela fez isso? Eu não sabia. Então, você conhecia-a, pessoalmente?"

"Não pessoalmente como namorado e namorada, não. Mas éramos colegas. Amigos."

"Mas tu és um jogador de críquete famoso e és bonito. Eu entendo porque é que ela estava, hum, apaixonada por ti. Mas o que eu tenho de te perguntar é..." Ela parou e gaguejou, achando difícil chegar ao ponto.

"Desculpe, Sra. Greenway, mas eu tenho de ir direto ao ponto. Foi uma noite muito longa e estou cansado. Devo dizer que me sinto lisonjeado com a sua... com a atenção que está a demonstrar por mim, mas, como disse antes, a minha namorada, Missy, e eu temos um acordo."

"Tenho a certeza de que ela não se importará, dadas as circunstâncias, porque estará a ajudar alguém — alguém necessitado. Afinal, é uma questão de vida ou morte", disse Helen.

«Está a ser um pouco melodramática agora, não está, Sra. Greenway?» Vincente descruzou os braços e aproximou-se dela. «Sinto-me lisonjeado e tudo mais, mas, quer dizer, não pode encontrar alguém mais, sabe, mais próximo da sua idade? Talvez um dos médicos?»

"O quê!" exclamou Helen, afastando-se o máximo possível de Vincente Marino, mas ainda sentada à sua frente. Então, levantou-se e afastou-se ainda mais, de costas para ele. Respirou fundo e recuperou a compostura, no momento em que Vincente lhe deu uma palmadinha gentil no rabo. Ela deu um pulo, lutando contra a vontade de lhe dar um tapa.

"Para sua informação", ela corrigiu, agora furiosa, "não o acho nem um pouco atraente, seu menino tolo!"

"Claro, claro, eu rejeito-te e tu ficas toda irritada... Agora percebo qual é o teu jogo. Mas não brinques muito comigo, posso acabar por gostar", ele aproximou-se ainda mais dela.

«Pare com isso!», disse Helen com voz trémula, enquanto Vincente Marino se aproximava cada vez mais dela. Ela estava agora encostada firmemente à frente da cadeira — e forçada a sentar-se. O seu rosto estava corado e todo o seu corpo tremia.

«Estou farto desta palhaçada», disse Vincente. «Vim aqui a meio da noite para ajudar a sua filha... tudo bem.

Mas ela está de volta à enfermaria agora, e eu estou aqui para quê? Não sei. Não é para ser seduzido pela mãe dela!"

O rosto de Helen ficou vermelho como uma beterraba. "Vincente, preciso de um favor seu, então vou ignorar esse mal-entendido e ir direto ao ponto. Ficar enrolando não foi uma ideia inteligente!"

Vincente acenou com a cabeça impacientemente, mas continuou a ouvir.

«A Grace está com a ilusão de que você e ela são casados.»

«O quê?»

«É verdade. Ela acordou e está presa a essa ideia sobre vocês os dois. Ela criou uma fantasia na sua mente.»

«Casados? A Grace Greenway e eu, casados?»

«Sim, é isso que ela acredita.»

«Então, diga-lhe a verdade.

Por que está a contar-me isso?"

"Porque os médicos acreditam que devemos concordar com isso, por enquanto."

"Por 'nós', você quer dizer eu, certo? Você espera que eu finja ser marido e mulher com a Grace?"

"Eu sei que é pedir muito de si, Vincente. Mas se você pudesse encontrar em algum lugar do seu coração a vontade de ajudá-la, isso poderia ser uma questão de vida ou morte para ela."

"Isso é pedir demais", disse Vincente, levantando-se e começando a sair da sala de espera, "demais mesmo".

Helen o segurou, agarrando-lhe o braço.

"É o mínimo que pode fazer! Foi você que a colocou aqui, com aquele golpe na cabeça. Foi você que fez isso! Certamente deve ter algum senso moral, alguma consciência. Grace não estaria aqui se não fosse por você! E, como você mesmo disse, a Grace ajudou-o a garantir o seu lugar na equipa de críquete."

Vincente sabia que tudo isso era verdade, embora o golpe tivesse sido um acidente. "O que exatamente você quer que eu faça?"

"Aja como um marido agiria. Esteja presente para ela. Converse com ela. Segure a mão dela. A minha filha é uma menina inteligente; ela dirá ao que precisa."

"Mas e se ela quiser que façamos as coisas que as pessoas casadas fazem?" Ele sorriu. "E então?"

"Tenho a certeza de que, antes de chegarmos a esse ponto, ela começará a lembrar-se da verdade ou eu mesmo lhe contarei."

"Por que não evitar esse drama e contar-lhe a verdade agora?"

"É claro que é isso que eu quero fazer, mas os médicos desaconselharam", disse Helen.

"Eles acham que a Grace está numa condição muito delicada para chocá-la com tanta realidade neste momento."

Vincente sentiu que não tinha escolha, tinha de concordar com isso. Embora discordasse totalmente dos médicos, ele iria alinhar. "E a escola?", perguntou ele. "Tenho um jogo amanhã... quer dizer, hoje."

«A Grace vai lembrar-se de que está na escola. Entretanto, talvez possa convidar alguns dos outros alunos da escola para a visitar. Rostos familiares podem refrescar-lhe a memória.»

«Não consigo pensar em ninguém com quem ela seja amiga de imediato, mas vou tentar. Agora, posso ir para casa?»

"Não até falar com ela. E lembre-se, ela acabou de me contar a notícia — que vocês dois se casaram recentemente — e eu não acreditei nela. Saí correndo da sala e procurei o médico dela. Portanto, espero que a minha filha fique muito feliz em vê-lo e bastante irritada em me ver. Ela também pode querer apresentá-lo a mim como seu marido."

«Farei o meu melhor, mas não sou um bom ator e nunca fui bom a mentir.»

«Bem, então vamos fazer com que esta seja uma atuação digna de um prémio!» Helen orientou-o enquanto caminhavam em direção ao quarto de Grace.

«Aqui vamos nós!» Vincente disse, ao empurrar a porta e segurá-la para a sua nova sogra fictícia.

CAPÍTULO 16

G RACE OLHOU PARA CIMA e viu a sua mãe entrar no quarto, seguida por... Vincente! Ela sentou-se, sorrindo de orelha a orelha, e abriu os braços para ele. Ele aproximou-se dela tão lentamente que ela intuitivamente percebeu que algo estava errado.

«Querida», disse Helen, num tom de voz alegre, o que surpreendeu Vincente. «Conversei com Vincente e ele contou-me tudo. Tudo sobre o seu casamento. Não foi, Vincente?»

Vincente olhou primeiro para Grace e depois para Helen. Ela estava a atirá-lo aos lobos, obrigando-o a mentir. Ele não tinha outra escolha. «Sim, contei tudo à sua mãe», disse ele. Aproximou-se um pouco mais de Grace, que o envolveu num abraço sincero.

Enquanto o abraçava, Grace sentiu uma distância que nunca tinha sentido antes. Sentiu-se como se estivesse a abraçar uma tábua de madeira.

Eles se separaram e Grace olhou profundamente nos olhos de Vincente. Ele estava a esconder algo. Ou talvez apenas envergonhado? Talvez fosse apenas isso, que ela estava a ser excessivamente carinhosa na frente de outra pessoa. Eles já tinham estado sozinhos antes, então isso era algo a que teriam que se acostumar, ter outras pessoas por perto para testemunhar o seu amor.

Grace estendeu a mão, pegou a mão dele e disse: "Eu entendo perfeitamente como você está a se sentir, dadas as circunstâncias. Não estamos habituados a ser carinhosos assim — na frente dos outros.»

Vincente sentiu-se péssimo. Ele estava a ser forçado a fazer isso e sentiu pena de Grace, que não tinha ideia de que ele estava apenas a fingir. Mas, pelo que parecia, sua atuação deixava muito a desejar. «Sim, é isso mesmo», disse Vincente. «Você sempre foi muito perspicaz em relação aos meus, hum, sentimentos.»

Grace continuou a observar o seu desconforto. Vincente, sentindo que ela o observava atentamente e preocupado que ela pudesse ficar angustiada, levou a mão dela aos lábios e beijou-a. Quando olhou para cima, estava a olhar profundamente nos olhos da sua suposta esposa. Suposta da parte dela, mas, da parte dele, tudo o que via era Grace Greenway — uma mulher simples, com uma capacidade matemática acima da média, quase genial. Eles eram totalmente opostos. Ele nunca se casaria com ela, nem mesmo se fossem as duas últimas pessoas restantes no planeta.

Grace voltou a sua atenção para a mãe, que estava em segundo plano, observando os dois. Sim, era isso. A mãe tinha tudo confirmado agora, mas não concordava com a escolha deles. Afinal, tinham apenas dezasseis anos e, sem a permissão dos pais, talvez na sua mente o casamento deles não fosse legítimo. Sem mencionar que nem um ministro, nem um padre ou mesmo um juiz de paz havia oficializado o casamento. Eles haviam trocado votos e alianças. Não era um casamento de verdade, e tudo o que a mãe precisaria fazer era anulá-lo. Talvez fosse por isso que Vincente parecia tão assustado?

Grace olhou para Helen, que estava ali com lágrimas nos olhos.

"Não está feliz por nós, mãe?", perguntou Grace.

«Claro que estou muito feliz por vocês dois, querida», disse Helen, enquanto abraçava os dois.

Tão perto agora, Grace olhou nos olhos de Vincente, e ele desviou o olhar. Ela disse: «Sei que provavelmente estou horrível», enquanto uma lágrima escorria pela sua bochecha. «Tem sido uma provação tão longa, com a operação e tudo mais.» Ela respirou fundo e recompôs-se. Vincente tentou encorajá-la com um sorriso, e então ela continuou: "Mal posso esperar até que possamos voltar ao normal. Até que possamos voltar para nossa casa e nadar na praia como costumávamos fazer."

Vincente desviou o olhar novamente. Como um rato enjaulado, seus olhos se moviam nervosamente de um lado para o outro.

«Tenho a certeza de que o Vincente mal pode esperar por esse momento, querido», disse Helen, cutucando-o.

Vincente soltou um «Humph», que ele pretendia que fosse apenas um eco dentro da sua própria cabeça. Infelizmente, o som foi ouvido e notado por todos os presentes. Helen olhou para Vincente como se ele tivesse acabado de cometer um assassinato.

Grace parecia tão magoada que mais lágrimas escorreram dos seus olhos.

«Não quer voltar para lá? Para Manly? Para ser feliz novamente?» Grace tinha a certeza de que Vincente tinha mudado. Algo nele tinha alterado o seu amor por ela, e essa constatação estava a partir-lhe o coração em dois.

Helen deu uma cotovelada nas costelas de Vincente. Ele soltou uma gargalhada e respirou fundo antes de dizer: «Não até você estar bem novamente, Gracie.»

«Sabe como odeio isso!»

«O quê? O que você odeia?», perguntou Vincente. Ele estava totalmente confuso e definitivamente não estava fazendo um bom trabalho nessa encenação. Ele havia avisado Helen que não era um bom mentiroso e agora estava a fazer uma bagunça. Fazendo uma bagunça com Grace. Pobre garota.

«Você sabe o que quero dizer!», gritou Grace. «Você sabe o que eu odeio. Como isso me dá arrepios.»

«Oh», disse Vincente, finalmente lembrando-se. Sim, ele já a tinha chamado de «Gracie» uma vez, e ela tinha ficado furiosa com ele. Agora ele repetiu. Que idiota ele era! «Sinto muito, Grace, esqueci completamente. Estou tão cansado; não dormi nada. Meu erro — foi só um lapso mental.»

O trio riu e as risadas continuaram até que Grace interrompeu: "Se está cansado, querido, vá para casa. Podemos conversar amanhã."

Vincente considerou a proposta. A sua fuga estava tão perto que ele podia sentir o gosto. Ele estava desesperado para sair dali, para acabar com aquela charada patética. "Tenho um jogo esta tarde, então não poderei voltar para uma visita até esta noite."

"Tudo bem. Precisa descansar para o grande jogo", disse Grace.

"Vincente", disse Helen, "Grace e eu agradecemos tudo o que fez para ajudar. Entendemos se precisar ir para casa agora. Vou chamar um táxi para si."

"Não precisa", disse Vincente, "a minha mãe ligou há pouco e disse que iria esperar por mim lá fora.

Ela viu o bilhete que deixei e ficou preocupada.»

«Gostaria de conhecê-la um dia», disse Helen.

«Sim, eu também!», concordou Grace. «Sinto que já a conheço, desde que me mostrou as pinturas dela. Aquela paisagem com a árvore e as vacas, em particular, tornou-se um tema de conversa para nós duas.»

«Aquela com... o quê?», gaguejou Vincente. Ele estava totalmente confuso com o que Grace acabara de dizer. Ele não tinha mostrado aquela pintura para Grace — nem para ninguém além de seus pais e avós. Na verdade, ela estava guardada desde que ele era criança. «Quando eu mostrei a pintura da minha mãe para você?», perguntou ele.

«Estava sobre a lareira, na casa dos seus pais.»

Vincente cambaleou para trás. Helen o segurou. Ela não fazia ideia do que se tratava essa conversa, mas Vincente parecia mais angustiado com isso do que Grace.

"Você está bem?", perguntou Helen, genuinamente preocupada.

"Estou bem", disse ele, mas certamente não estava bem. Ele queria fugir, mas, ao mesmo tempo, precisava ter certeza de que estavam a falar sobre a mesma pintura. Talvez Grace estivesse simplesmente confusa. "E havia algo de especial na pintura? Algo especial que eu lhe tenha contado sobre ela?" 'Sim', disse Grace com naturalidade. "Você me disse que tinha medo da pintura quando era criança, porque achava que a árvore tinha um rosto. É por isso que os seus pais a guardaram.

Mas quando visitámos a casa dos seus pais, ela estava ali, pendurada sobre a lareira.»

Vincente ficou mais do que surpreendido. Era verdade sobre a pintura, mas não sobre ela estar pendurada sobre a lareira. Isso nunca teria acontecido. Ele questionou-se como ela poderia saber sobre aquela pintura.

Ela continuou: «Mas agora a pintura está na nossa casa, a nossa casa em Manly. Ainda está guardada. Nós dois achamos que seria melhor guardá-la. Você deve verificar com a sua mãe se ela gostaria de tê-la de volta.»

Vincente atravessou a sala até Grace e murmurou algo sobre sim, ele faria isso. Distraído, ele sussurrou algo para si mesmo e, em seguida, para Helen. Ele não tinha ideia de como Grace poderia saber as coisas que ela parecia saber.

«Mãe», disse Grace, «acho que se daria muito bem com a mãe do Vincente, porque ambas gostam das mesmas coisas, como girassóis. A mãe do Vincente tem girassóis na maioria das suas pinturas e a senhora tem girassóis por toda a casa.»

«Isso é adorável, querida», disse Helen.

«E devia ver as figuras incríveis que o Vincente esculpe!»

Vincente sentou-se com força na cadeira. O seu rosto estava agora pálido como um fantasma.

Grace continuou: «Ele é muito mais talentoso do que aparenta em outras coisas além dos desportos. Ele é um artista incrível por mérito próprio. Deve estar no seu sangue.»

«Como, como você poderia saber sobre isso?», perguntou Vincente. «Elas estão no meu quarto.»

"Seu quarto!", exclamou Helen.

"E ninguém as viu, ninguém, exceto a minha mãe, o meu pai e os meus avós."

"Você mostrou-mas, bobo, e nós trouxemo-las para a nossa casa em Manly. Uau! Você deve estar muito, muito cansado, para ter esquecido tanta coisa. Você realmente deveria ir para casa e dormir um pouco, Vincente."

Vincente sentiu como se o seu sangue tivesse sido drenado do seu corpo, e ele parecia exatamente assim.

"Quer que eu o acompanhe até o carro da sua mãe?", perguntou Helen. Ela estava genuinamente preocupada porque ele parecia que ia desmaiar. "Precisa de ver um médico?"

Vincente teve vontade de se virar e correr, mas uma parte dele também queria se aproximar e beijar Grace Greenway.

Beijar Grace Greenway?

Era uma necessidade, um desejo, contra o qual ele vinha lutando nos últimos momentos. Ele estava a se conter emocionalmente. Pensou que talvez estivesse sentindo uma atração por ela, uma necessidade dela. Talvez porque ela queria que ele a beijasse?

Vincente levantou-se e caminhou em direção à cama. Grace estava a olhar para ele, mas seus olhos estavam calmos, cheios de amor. Amor por ele.

Ele inclinou-se e beijou calmamente a testa dela.

Mas Grace tinha outros planos.

Ela moveu a cabeça, sentindo o seu constrangimento diante da mãe dela, para que ele a beijasse nos lábios. Então, ela puxou-o para si, agarrou-se a ele, e ele relaxou no abraço. Ela estava a abraçá-lo com tanta força que ele não conseguia soltar-se, e logo ele não queria mais soltar-se.

De alguma forma, ela tocou o seu íntimo. Ele estava perdido, perdido nela. Quando recuperou o fôlego e se afastou, ficou parado a olhar, como se uma janela tivesse acabado de se abrir no seu coração.

Ele não sabia como ela sabia as coisas que sabia. Ele não lhe tinha contado nada, e mesmo assim ela sabia, de alguma forma. Ele estava excitado e assustado ao mesmo tempo. Ele queria e precisava sair dali.

No entanto, uma parte dele queria beijá-la repetidamente e novamente. Outra parte queria correr, e continuar correndo, correndo e correndo.

"Querido", disse Helen, "acho que Vincente realmente deve ir agora". Ela percebeu o seu comportamento robótico. Era como se ele estivesse sob um feitiço.

"Boa noite, Sr. Marino", disse Grace.

"Uh, boa noite, Sra. Marino", disse Vincente por impulso.

Ela sorriu com o maior sorriso, como se o céu tivesse se aberto e estivesse derramando um sol dourado sobre ele. Ele passou os dedos pelo cabelo e então saiu de lá.

Assim que passou pelas portas, começou a correr.

Desceu oito lances de escadas.

E saiu para a rua.

Ele teria continuado a correr, até chegar em casa, se a sua mãe não o tivesse chamado primeiro.

CAPÍTULO 17

"ESTÁ TUDO BEM, VINCENTE?", perguntou Ellen Marino ao seu filho. Vincente estava com as bochechas coradas e murmurava baixinho enquanto ela se aproximava dele. Ela abriu os braços para ele, e ele se jogou neles com um suspiro audível. Ela acariciou a cabeça dele como costumava fazer quando ele era pequeno. Essa conexão emocional fez com que ele chorasse incontrolavelmente.

"Calma, calma", disse ela.

Embora Vincente se sentisse acolhido e seguro, não conseguia parar de pensar em Grace. Tentou viver o momento, mas nem mesmo as palavras reconfortantes da mãe conseguiam acalmar a sua mente.

Enquanto se aconchegava nos braços da mãe, a sua cabeça repetia incessantemente uma canção infantil: «Vincente e Gracie, sentados numa árvore, a beijar-se».

Ele não conseguia explicar à mãe como se sentia. Ele próprio não conseguia compreender.

Ainda assim, não conseguia tirar aquele beijo da cabeça. E tinha sido um beijo lindo. Um beijo mais profundo e memorável do que qualquer outro que ele já tivesse experimentado e, no entanto, por que estava a chorar como um bebé?

Vincente afastou-se da mãe. Tentou recompor-se.

Ellen olhou nos olhos do filho e segurou o queixo dele entre os dedos. Beijou-lhe a testa. Ele perdeu o controlo e começou a soluçar novamente!

"Diga-me, Vincente, o que se passa? A menina, sua amiga... Ela faleceu?"

"Vincente gritou "Não!" mais alto do que esperava. Afastou-se, encostando-se firmemente com as costas na parede. Os seus punhos estavam cerrados e ele sentia-se zangado, triste e feliz, como se todas as emoções possíveis tivessem invadido o seu corpo como um tsunami.

«Fale comigo!», insistiu Ellen.

«Quero ir para casa, mãe. Só quero ir para casa», disse Vincente, enquanto reprimia as lágrimas. Sentia-se um idiota.

Ellen segurou a mão do filho, como sempre fazia quando ele era pequeno. Até aquele dia, quando ele tinha nove anos e não deixou mais que ela segurasse a sua mão. Mas, naquela noite, ele não discutiu quando os dedos dela envolveram os seus e apertaram com força. O que quer que estivesse a incomodar o seu filho, era grave. Tão grave que ele não conseguia controlar as suas emoções.

Vincente Marino não era o tipo de menino que chorava, mesmo quando se magoava quando era pequeno. Ele sempre tentava parecer corajoso. Especialmente quando os outros estavam a observar. Normalmente, quando estavam sozinhos, era diferente. Ou tinha sido, até hoje.

Quando colocaram os cintos de segurança, Vincente deixou a sua mente vagar de volta para Grace. Desta vez, não para o beijo. Em vez disso, pensava em como ela sabia as coisas que sabia. Como a pintura — como é que ela poderia saber sobre aquela pintura em particular? Era impossível para ela inventar ou adivinhar as coisas que parecia saber.

«Adivinha o que aconteceu ontem?», perguntou Ellen.

«Não sei, mãe.»

"Bem, vendi outra pintura!"

"Ótima notícia, mãe! Qual foi desta vez?"

"Não tenho a certeza se se lembraria dela. Pintei-a há muito, muito tempo."

"Tenho a certeza de que me lembraria, mãe. Aposto que consigo adivinhar qual foi. Aposto que foi aquela com o campo cheio de flores silvestres, tão realista que quase se podia sentir o cheiro delas!"

" Oh, você é um filho adorável, obrigada. Mas não, foi uma que pintei há alguns anos, quando você era pequeno. Guardei-a porque havia algo nela que o assustava."

Vincente sentou-se direito. Agora ele estava a ouvir atentamente. Não podia ser.

Ela continuou, sem perceber a tensão crescente de Vincente: "É num campo, com uma grande árvore e uma vaca."

Era a mesma pintura. Exatamente a mesma pintura que ele tinha discutido com Grace Greenway anteriormente. Talvez a venda tivesse sido divulgada? Isso explicaria o conhecimento de Grace sobre o assunto. Ele bateu na testa. Sim, isso explicaria tudo!

"Aconteceu ontem à noite. Um negociante particular soube da venda e veio vê-la, depois comprou-a na hora para o seu cliente. Ele está a caminho da Europa agora e vai buscá-la quando voltar."

"Então, a venda não foi divulgada de forma alguma?"

"Não, eu nem contei ao seu pai ainda!"

Grace não poderia ter ouvido falar sobre isso, a menos que conhecesse o homem. Não, com a condição dela e tudo mais, não poderia ser.

Enquanto dirigiam pelas ruas da cidade, Vincente estava determinado a não pensar em nada. Nem na pintura. Nem em Grace. Nem no beijo. Especialmente não no beijo.

CAPÍTULO 18

QUANDO REGRESSARAM A CASA, Ellen perguntou a Vincente se ele se sentia melhor. A resposta dele foi um grunhido vago, o que significava que ele estava a sentir-se mais como o seu antigo eu novamente. Ela ofereceu-lhe comida, mas ele disse que não estava com fome.

«Estou exausto, mãe», confessou ele. «Quero dormir um pouco.»

«Tenho de lhe perguntar, antes de ir — a rapariga que foi ver...»

«A Grace?»

«Sim, a Grace, ela está a melhorar?»

«Sim, ela está a melhorar», disse Vincente enquanto contornava a esquina e colocava o pé no degrau. Ele virou-se e olhou para Ellen: «Mas eu precisaria de um favor.»

«Quer que eu vá visitar a Grace?»

«Não, mas obrigado. O que eu realmente gostaria é que ligasse ao treinador. Diga-lhe que não estou a sentir-me bem, para que eu possa descansar mais algumas horas antes do jogo.»

«Vincente, sabe o que nós — o seu pai e eu — pensamos sobre desporto. Tem de ir à escola, ter um dia normal na escola, ou não poderá jogar.»

"Mas este não foi um dia normal, mãe!", protestou ele. "Passei a noite toda no hospital e estou exausto."

"Tudo bem, querido", disse ela. "Vou deixar passar desta vez. Agora vá para a cama!"

No seu quarto, Vincente procurou o pijama, mas não o encontrou. Muito cansado, deitou-se na cama vestindo apenas a sua roupa interior preta.

Vincente revirou-se na cama, rapidamente percebendo que estava quase cansado demais para dormir. Ele também estava bastante agitado por causa do café e da atuação que não ganhou o Oscar mais cedo.

O problema era que Grace não estava a fingir. Ela acreditava em cada palavra que dizia, e ele sentiu isso no beijo dela. Ela estava a colocar seu coração e sua alma nele.

Ele abriu as cortinas e observou a árvore do lado de fora da janela balançando ao sabor do vento. As gotas caíam contra a janela e escorriam pelo vidro como lágrimas peroladas.

À medida que as gotas caíam, uma a uma, a árvore balançava, e os sons e movimentos pareciam acalmar Vincente como uma canção de ninar. Em poucos instantes, ele estava dormindo profundamente.

CAPÍTULO 19

«Grace? Grace, onde está?» Vincente gritou enquanto subia as escadas que levavam à Ópera de Sydney. Quase lá, continuou a chamá-la, como se esperasse encontrá-la sentada no topo das gigantescas velas brancas que pareciam merengues.

Depois de procurar na área de Rocks, começou a correr pela George Street, em direção à Parramatta Road. Ele chamou pelo nome de Grace repetidamente, até ficar tão exausto pelo sol quente de Sydney que as gaivotas, cacatuas e corvos pareciam estar a gritar também.

Ele precisava encontrar Grace. Ele simplesmente precisava.

Na Parramatta Road, num estacionamento de carros novos, um Ferrari vermelho chamou a sua atenção. Era um conversível, com a capota aberta, e ele entrou. Os pneus guincharam quando ele saiu do estacionamento. Onde estaria Grace? Ele buzinou. Onde está, Grace?

Vincente ligou o rádio e uma música que ele não conhecia, uma canção de amor sentimental, começou a tocar. A princípio, ele quis mudar a faixa, mas algo na música o fez deixar tocando.

Quando a música terminou, o visor do rádio revelou que era um dueto de dois cantores pop. A música começou a tocar novamente. Vincente imediatamente mudou a faixa, mas a mesma música tocou novamente, desta vez cantada por dois cantores de rhythm and blues. Ele apertou o botão novamente, mas a mesma música tocou mais uma vez, desta vez cantada por dois cantores country. Que tipo de CD era esse? Todas as faixas tocavam a mesma música! Ele tentou ejetar o disco, mas o ícone mostrava que o compartimento estava vazio. O que diabos...?

Vincente pisou no freio, o que fez com que o veículo desse uma volta de 180 graus e parasse completamente. "Grace", ele gritou, "Grace Marino, onde você está?" Ele encostou a cabeça no volante, exasperado, enquanto as vozes dos dois cantores pop enchiam o ar noturno novamente. Grace ainda não estava em lugar nenhum.

Vincente estava sozinho num carro desportivo, o carro dos seus sonhos — o carro dos seus sonhos —, mas isso não significava nada para ele sem a Grace ao seu lado. «Ela nem é o meu tipo!», exclamou, enquanto arrancava. Desta vez, desligou o rádio, mas mesmo assim aquela maldita música continuava a tocar repetidamente na sua cabeça.

Quando as rodas entraram numa rotunda, Vincente perdeu o controlo do carro e bam — bateu diretamente numa árvore. O capô do carro ficou amassado, mas ele estava vivo. Respirava com dificuldade. Fumo saía debaixo do capô, enquanto ele sussurrava para o ar: «Grace».

O seu sussurro foi respondido: "Vincente?"

"Grace!", repetiu ele. Vincente sentou-se, agora alerta, e disse ao ar: "Grace, onde diabos você está?"

Na sua mão, ele segurava algo. Era um pedaço de sua camisa amassado. Agora estava vermelho, vermelho com o seu sangue espesso e quente. E quando ele abriu a mão, ela formou um desenho: o desenho de um coração.

E quando ele fechou o punho e cantou em voz alta o refrão daquela canção romântica e depois o abriu novamente, estava mais uma vez na forma de um coração.

Então a dor começou a picá-lo, e ele percebeu as manchas. Grandes gotas de sangue pingavam no chão e também cobriam lentamente o assento e o chão. Gotas pendiam no espelho retrovisor e ao longo do interior do para-brisa.

Havia sangue por toda parte, no chão, nas paredes, no teto. "Grace!", ele gritou uma última vez antes de fechar os olhos e desaparecer na escuridão.

CAPÍTULO 20

Quando Vincente acordou, o sol entrava no seu quarto por uma fresta nas cortinas. A princípio, ele não se lembrava onde estava. É verdade que estava na sua própria cama, mas fora dos cobertores. Ele estava seguro. Tudo não passara de um sonho insólito! Ele riu ao pensar que poderia ter sido outra coisa.

Ele olhou para os seus troféus desportivos por um momento, antes de olhar para as figuras esculpidas. Percebeu que uma delas estava a faltar. A primeira que ele havia criado: o Aborígene. Procurou por toda a parte, mas ela havia desaparecido.

Um kookaburra cantou e o seu riso encheu o ar enquanto Vincente refletia sobre a figura desaparecida. Uma mosca zumbia ao seu redor, e ele a afastou com um gesto.

Vincente olhou para o relógio e percebeu que estava atrasado. Ele tinha dormido durante todo o dia letivo e agora também iria se atrasar para o jogo se não se apressasse. Ele não podia decepcionar a equipa.

Vincente correu para o banheiro, jogou água no rosto, escovou os dentes e mostrou a língua. Ele parecia que não dormia há semanas.

Sentiu a barba por fazer no queixo e olhou novamente para o relógio. Não tinha tempo suficiente para fazer a barba, então passou um pouco de loção pós-barba e borrifou desodorante. Em seguida, vestiu um par de jeans pretos e uma camiseta e desceu a maior parte das escadas de uma vez.

Saber o quanto a equipa precisava dele não fazia Vincente sentir-se melhor. Ele não tinha orgulho em saber que isso era a verdade absoluta. Mas os outros jogadores — os seus colegas de equipa — nunca pareciam guardar rancor por isso. Eles sabiam que ele tinha um dom, mas às vezes ele desejava que a pressão recaísse sobre os ombros de outra pessoa, não apenas sobre os seus.

Quando chegou ao andar de baixo, ele pegou uma garrafa de água na geladeira e chamou a sua mãe. Quando ela não respondeu, ele não se preocupou. Ele sabia onde provavelmente a encontraria — lá fora, na varanda, a pintar.

E, claro, lá estava ela, trabalhando, perdida no seu mundo de criatividade. Ele ficou ali, observando-a por um momento, absorvendo o seu espírito criativo, antes que ela percebesse que ele estava ali. Quando ela percebeu, foi como se uma sequência de pensamentos criativos tivesse sido interrompida, mas ela ficou incrivelmente feliz ao vê-lo.

«Ah, está acordado, como se sente, amor?», perguntou ela, enquanto Vincente se inclinava para beijá-la na testa. Então Vincente saltou por cima da grade e aterrou como um gato no jardim. «Cuidado com as flores!», exclamou ela. Então, olhando para o céu nublado, ela disse: «Espere, vou buscar um guarda-chuva para si».

«Não é necessário», respondeu Vincente. «Vou correr, e nenhuma das gotas de chuva vai conseguir me alcançar!» Vincente começou a correr, rápido, virando-se apenas uma vez por alguns segundos para acenar em despedida.

CAPÍTULO 21

D E VOLTA AO HOSPITAL, Grace sentia falta de Vincente. Ela desejava estar sozinha — com o seu marido. Ela desejava que as coisas fossem como antes, com os dois sozinhos no mundo.

Ela fechou os olhos e lembrou-se do beijo mais intenso que partilharam. Ele tinha-se contido — não — ele tinha hesitado.

Helen resmungou durante o sono, depois mexeu-se, bocejando visivelmente. Ela esticou-se e sentou-se, olhando diretamente para o outro lado do quarto, apenas para descobrir que a sua filha a observava. «Desculpe por ter dormido demais», disse ela. «Como está hoje?»

«Estou bem. Estou acordada há horas. A pensar.»

«Pensando no quê? No Vincente, imagino», disse Helen.

«Sim, ele está na minha cabeça desde que acordei.»

Helen esticou-se novamente e bocejou.

«Estava a ressonar, mãe.»

«Eu não ronco!», disse ela.

«Roncou sim, e vou ter de gravar a próxima vez para que veja como é alto!»

«Estava a sonhar com o seu pai; sinto falta dele.»

«Também sinto falta dele, mãe», disse Grace, percebendo que era o momento perfeito para pedir a ajuda dela.

Grace respirou fundo e cruzou os dedos.

CAPÍTULO 22

"**M**ãe, sinto falta de passar tempo com o meu marido."

"Eu sei que sente, mas o Vincente ainda tem responsabilidades com a família, além de ter trabalhos escolares e desportos. Vocês são jovens. Têm muito tempo."

"Mas somos recém-casados e deveríamos passar mais tempo juntos."

"Primeiro, precisa de recuperar",

disse Helen, depois de se levantar, ir até a cama da filha e segurar as suas mãos. "Você precisa concentrar a sua energia na recuperação, para que possamos ir para casa."

"Eu quero ir para casa, mãe, mas quero ir para a nossa casa."

"Sim, é isso que quero dizer, querida."

"Não, não a sua casa, mas a nossa casa — quero dizer, a minha e a do Vincente."

Helen respirou fundo. Ela sabia que Grace estava a fantasiar e tinha de concordar com ela, mas essa mentira estava a tornar-se cada vez mais difícil. Helen disse: «Passaram menos de 72 horas desde a sua cirurgia. Pode não perceber o quão perto esteve de uma catástrofe, mas eu sei o quão perto foi e não quero correr nenhum risco com você. Ainda está sob observação rigorosa aqui. Ordens do médico.»

«Então, eles vão deixar-me ir para casa?», perguntou Grace.

«Sim, quando estiver totalmente recuperada.»

«Mas quanto tempo? Quanto tempo vai demorar?»

«O Dr. Ackerman disse que precisam de recolher novas amostras de sangue hoje. Talvez precisem de alterar a sua medicação. Aqui, está a receber os melhores cuidados.»

«Eu sei, mas quero estar com o meu marido.»

Helen tentou mudar de assunto. "Fale-me um pouco sobre a sua casa. Onde ficava?"

"A nossa casa fica em Manly, bem na praia."

"Na praia, você disse?" Helen sabia que os imóveis naquela área valiam milhões. Ela perguntou se eles tinham ganhado na lotaria.

"Claro que não, mãe. O dinheiro não era problema. Antes dessa casa, mudávamos muito e ficávamos em hotéis."

«E como é que ganhavam a vida? Trabalhavam? Como é que se sustentavam? Compravam comida e roupa para vocês?»

«Como o dinheiro não significava nada, simplesmente saíamos pelo mundo e pegávamos em tudo o que precisávamos. Naquela altura éramos só nós os dois, não havia necessidade de dinheiro. Sobrevivíamos com abundância de tudo, incluindo o nosso amor um pelo outro.»

Isso não estava a levar a lugar nenhum. Helen disse: "Vou para casa trocar de roupa e queria saber se você gostaria que eu trouxesse mais alguma coisa, como o seu laptop? Ou outros livros?"

"Estou bem, mãe. Não quero nada além do meu marido. Além disso, tenho esta pilha de livros aqui, que tenho lido. Ainda tenho problemas para me concentrar por longos períodos. Não consigo focar. O que eu realmente preciso, mãe, é da sua ajuda para convencer os médicos a deixarem o Vincente passar a noite aqui comigo. É disso que eu preciso mais do que qualquer outra coisa."

"Sinceramente, Grace, parece que a sua vida antes de Vincente Marino nunca existiu!"

"Parece que estivemos juntos por toda a vida e agora estamos separados, sem culpa nossa", disse Grace. "Sinto muito a falta dele. É diferente quando você está aqui ou quando os médicos estão por perto. Ele não é ele mesmo. Precisamos ficar a sós, como os recém-casados normais."

"Grace, ele estará aqui em breve, depois do jogo terminar. Mas não é bom para si ficar tão perturbada e chateada. Tente concentrar a sua energia em ficar boa. Deixe isso comigo e eu verei o que posso fazer por si, se for uma boa menina agora e fechar os olhos."

Grace recostou-se na almofada e Helen beijou os seus dois olhos fechados, como fazia quando Grace era pequena. As suas pálpebras tremeram sob o seu toque, como duas borboletas. Ela disse: «O Vincente estará de volta antes que perceba.»

«Por favor, pergunte aos médicos se ele pode passar a noite aqui comigo neste quarto, mãe. Por favor! Uma noite. Tudo o que peço é uma noite.»

«Vou perguntar», disse Helen, enquanto saía do quarto. No fundo do seu coração, ela sabia que isso nunca iria acontecer.

Não havia hipótese de Vincente Marino passar a noite inteira no mesmo quarto com a sua filha sozinho. Especialmente quando Grace acreditava que eles eram marido e mulher.

«Só por cima do meu cadáver!», disse Helen para si mesma, enquanto fechava a porta do quarto de Grace.

CAPÍTULO 23

OS DOIS AMANTES PASSEAVAM pela praia, de mãos dadas, totalmente imersos um no outro. De vez em quando, paravam para se beijar. Depois, continuavam a caminhar um pouco mais, parando para ouvir o som das ondas a bater na costa.

«Perdi os meus anéis!», exclamou Grace.

Vincente disse-lhe para não se preocupar. Ele disse que iriam encontrá-los e, se não os encontrassem, compraria outros anéis para ela. Ele disse que, embora os anéis tivessem valor sentimental, poderiam ser substituídos. Os anéis eram círculos vazios, enquanto o amor deles era cheio, redondo e estava no centro dos seus corações.

"Eu os tinha antes, mas agora eles sumiram! Talvez uma das enfermeiras os tenha roubado de mim? Talvez eles os tenham removido quando eu fui para a cirurgia?"

"Grace, por que está tão preocupada? Não se preocupe. Nós os encontraremos", tranquilizou Vincente.

"Os anéis sumiram — e estou presa neste hospital como uma prisioneira. Parece que estou aqui há uma eternidade."

" Você pode ir e vir quando quiser, meu amor", disse Vincente.

Ele caminhou à frente dela, de costas para ela e de frente para Grace. Ele estendeu as mãos abertas para ela e ela segurou as mãos dele nas suas. Conectados mais uma vez, eles caminharam mais pela praia. Eles mantiveram contato visual dessa forma, compartilhando pensamentos sem palavras.

"Mesmo que você me diga que posso ir embora, não posso. Eles não vão me deixar ir."

"Está a ter um pesadelo, meu amor?", perguntou Vincente. "Acorde agora e tudo ficará bem. Prometo."

"Não", disse Grace. "É o contrário. Está tudo ao contrário. Quando acordo, você está diferente. Não somos os mesmos."

"O que somos então, amor?", perguntou Vincente.

Mas não houve resposta.

CAPÍTULO 24

Helen conseguiu localizar o Dr. Ackerman — ou encurralá-lo — dependendo de quem contou a história. Ela explicou a situação sobre Grace querer passar a noite no quarto sozinha com o seu suposto marido.

O Dr. Ackerman não reagiu como se essa sugestão fosse uma surpresa. Na verdade, ele já esperava tal pedido.

«Por que não me avisou, então?», perguntou Helen.

"Isso poderia nunca ter acontecido", explicou o Dr. Ackerman. "E você ficaria preocupada e a sua reação a Grace poderia parecer pouco natural."

"Então, o que vamos fazer? Não podemos deixá-la sozinha a noite toda naquele quarto com aquele rapaz! Ele é tão convencido que pode se aproveitar dela e da situação."

"Helen, a sua filha ainda está no início do processo de recuperação. Devo dizer que seria melhor continuar a alimentar essa ilusão. Na verdade, levar isso ao limite, porque pode ser a única maneira de a Grace se libertar da fantasia e escolher a realidade.»

«Então, quer dizer que ele fica lá com ela e ela percebe que ele não é quem ela pensa que ele é?»

«Sim, entendeu. Se ele não for quem ela acredita que ele é, se a imagem dele se quebrar no espelho da mente dela, então, e somente então, ela poderá aceitar a realidade, refutar o que é fictício e voltar a ser Grace novamente.

E o rapaz? Quem irá convencê-lo? Especialmente quando ele não vê Grace da mesma forma que ela o vê. Ele não tem nada a perder, e fingir que são um casal de verdade pode ser pedir demais."

"Vincente não tem nada a perder, mas tem tudo a ganhar. Quando este episódio terminar, ele pode voltar à sua antiga vida. Ele não precisará mais fingir, vir ao hospital, fingir ser algo que não é. Certamente, isso será incentivo suficiente para ele nos ajudar?", sugeriu Ackerman.

"É verdade, não tinha pensado nisso dessa forma", disse Helen. "Na verdade, agora que você colocou dessa forma, estou ansiosa para que isso aconteça — e quanto antes, melhor. Só há um problema. E se Grace se apaixonar por Vincente e desejar que ele partilhe a cama conjugal?"

"Sim, isso poderia ser um problema", confirmou o Dr. Ackerman.

"Bem, o rapaz precisa ser avisado de que Grace, em seu estado mental atual, pode ter certas expectativas para a noite, às quais ele não deve, em hipótese alguma, corresponder", disse Helen.

"Tenho certeza de que podemos convencê-lo a 'entrar no jogo' sem ir longe demais."

"Mas ele é um homem", disse Helen. "Sem ofensa. Ele está acostumado a ter garotas caindo aos seus pés, dando-lhe tudo o que ele quer."

"Envie o rapaz para mim, para uma conversa, depois de falar com ele. Explicarei as coisas a ele de homem para homem."

"Que motivo devo dar a ele?", perguntou Helen. "Que motivo para você falar com ele?"

"Apenas envie-o para mim depois da sua conversa, Helen. Eu farei o resto."

Helen olhou para o relógio. "Vincente deve visitar a Grace a qualquer momento. Vou abordar o assunto com ele e, em seguida, mandá-lo vê-lo."

"E como você explicará o seu tête-à-tête à sua filha, sem mencionar o desaparecimento repentino dele?"

"Vou enrolar a Grace. Ela me pediu para organizar uma estadia para ele, e vou dizer que estou a tratar disso."

«Parece um bom plano», disse o Dr. Ackerman.

«Então, vamos mandar o Vincente para casa esta noite, para ele ir buscar as suas roupas, etc., e a grande noite será amanhã à noite.»

«Sim.»

«Estou a contar consigo para proteger a minha filha.»

«Não se preocupe, eu trato disso», disse o Dr. Ackerman.

Helen ficou do lado de fora do quarto da filha por um momento, enquanto organizava os seus pensamentos. Quando finalmente se sentiu pronta, respirou fundo e espreitou pela janela antes de abrir a porta.

CAPÍTULO 25

G RACE ESTAVA A ABRIR gavetas e a fechá-las novamente. Quando Helen entrou no quarto, Grace disse: «Graças a Deus que está aqui, mãe! Graças a Deus!»

«Nunca estou longe», disse Helen, enquanto colocava o braço em volta da cintura da filha e a guiava de volta para a cama. Helen olhou para o rosto da filha. Uma coisa ressoou nela — algo que ela não tinha percebido antes — Grace não era mais uma menina.

«Mãe, não consigo encontrar as minhas alianças de casamento!»

«Querida, já falaste sobre isso antes, lembras-te?» Helen repetiu. «Elas não podem ter ido muito longe, podem?» Ela sentiu-se incrivelmente triste naquele momento. A sua filha ainda estava à procura de coisas que não existiam. Ela fungou um pouco, mas depois recompôs-se antes que Grace pudesse perceber a mudança no seu humor.

"Jurei nunca tirá-las e agora elas sumiram!", exclamou Grace.

Por um momento, Helen imaginou-se a sacudir a filha, forçando-a a acordar para a realidade, a encarar a verdade. Mas era uma batalha que Helen não podia travar sozinha. Ela precisava do apoio da equipa médica antes de poder desmascarar as fantasias da filha.

Do outro lado da sala, Grace gritava: "Você não entende, você simplesmente tem que me ajudar, mãe! Talvez eles tenham caído aqui embaixo?", perguntou ela, abaixando-se no chão e procurando em cada canto e recanto.

Quando estava sozinha, Grace repassou todas as razões pelas quais a atitude de Vincente poderia ter mudado em relação a ela. Ela decidiu que era porque tinha perdido os anéis. Derrotada, sentou-se no chão e começou a chorar.

Helen ajoelhou-se ao lado dela e pegou nas suas mãos. Ela ia falar, mas Grace abriu a boca primeiro e gritou: «Tenho absolutamente de encontrá-los antes que Vincente volte. Quando os encontrar, ele voltará a ser como era antes. Então, ele será o meu Vincente novamente.»

"Querida", disse Helen, levantando o queixo da filha para que os olhos ficassem ao mesmo nível. "Os seus anéis não podem estar longe. Talvez tenham sido removidos quando foi para a cirurgia? Sim, isso explicaria tudo", repreendeu Helen enquanto levantava a filha. Quando viu uma centelha de possibilidade nos olhos dela, continuou: "Sim, aposto que estão à sua espera para serem devolvidos".

"Mas não podem ser devolvidos agora?", perguntou Grace. "Não estou na prisão!"

"É verdade, não está na prisão, mas às vezes os hospitais têm regras para manter os pertences dos pacientes em segurança", disse

Helen. "Quer que eu pergunte sobre isso? Pergunte se eles podem abrir uma exceção à regra para si?"

"Sim, mãe! Sim, por favor!"

Helen pensou em como iria perguntar sobre anéis que não existiam. Era evidente que a sua filha não iria esquecer os anéis. Ela tinha de voltar com uma resposta – ou com os anéis.

"Grace, eu estava a pensar. Lembra-se de quando chegou ao hospital? Tinha os anéis naquela altura?"

"Claro que não!", exclamou Grace. "Naquela altura, não éramos casados."

"Então, foi mais tarde, depois de se casarem, que o Vincente a trouxe de volta ao hospital?"

"Sim", disse Grace.

"Talvez você pudesse descrevê-los para mim, caso eu precise identificá-los."

"Sim, ideia inteligente. Ou talvez eles os tenham colocado no cofre com o nome errado do paciente, e outra pessoa tenha os meus anéis! Oh, espero que não!"

«Não se preocupe com isso agora, diga-me como são. Aposto que eram lindos!», Helen tranquilizou-a.

«Sim, o Vincente tem um gosto maravilhoso. O meu anel de noivado tem a forma de um coração com diamantes à volta. A minha aliança tem estrelas douradas à volta e dentro de cada estrela há um diamante. Tenho mesmo de os encontrar, mãe.»

Helen recuou. Fez uma pausa antes de perguntar: "E onde comprou esses anéis? Parecem caros. Provavelmente devemos fazer um seguro para eles."

"Numa pequena joalharia na George Street, especializada em itens exclusivos e únicos."

"Em que parte da George Street? É uma rua muito longa", perguntou Helen.

"Perto do Circular Quay, perto de The Rocks."

«Está bem, Grace», disse Helen. «Vou ver o que posso fazer em relação aos seus anéis. Faça figas para que os tenha de volta nos dedos muito em breve.»

Helen não tinha escolha, tinha de ir até à joalharia e descrever os anéis ao joalheiro. Tinha de descobrir se ele conhecia anéis assim ou se tinha algo semelhante na loja.

Helen fechou a porta atrás de si. Ficou parada com as costas encostadas na parede, a pensar. Algumas coisas estavam agora claras para Helen Greenway. Uma era que a sua filha acreditava que tinha estado no hospital por muito tempo, muito mais tempo do que a sua estadia real.

A segunda era que Grace acreditava que ela e Vincente se tinham apaixonado e saído do hospital juntos. Tinham-se casado e voltado algum tempo depois.

Algum tempo depois, viveram juntos por um tempo e tiveram tempo suficiente para montar uma casa.

E, por último, ela descobriu que os supostos anéis tinham sido comprados localmente. Numa joalharia que Helen conhecia bem. Uma joalharia onde pagar milhares de dólares por um único item era considerado modesto. Se fosse realmente a mesma joalharia, como é que a Grace e o Vincente tinham pago por anéis tão caros?

Helen respirou fundo, lutando contra um colapso nervoso.

Ela queria fugir. Sentia-se culpada por querer fugir e sentia-se culpada por não saber o que fazer. Ela deu a si mesma permissão para sair correndo. "Táxi!" Helen sinalizou do lado de fora, e um parou ao lado dela na calçada. "Leve-me para The Rocks e deixe-me em algum lugar perto da George Street", disse Helen. "Estou procurando uma joalharia, uma joalharia muito exclusiva e c ara.

Não sei o endereço, mas fica na George Street.»

«Sim, eu conheço», confirmou o motorista ao arrancar.

Helen sentou-se no banco de trás, perguntando-se por que estava a deixar-se envolver em algo que sabia não ser verdade.

Enquanto estava presa no trânsito, ouvindo buzinas e sirenes, não conseguia, por mais que tentasse, responder à sua própria pergunta.

CAPÍTULO 26

UMA OVAÇÃO ECOOU QUANDO Vincente Marino foi carregado para fora do campo, nos ombros dos seus colegas de equipa. Mais uma vez, Vincente conduziu a sua equipa à vitória. Para demonstrar o seu apreço, eles entoavam o seu nome repetidamente.

Vincente estava eufórico. O seu desempenho tinha superado até mesmo as suas próprias expectativas.

Enquanto era lançado ao ar, ele virou a cabeça por um momento e cruzou o olhar com Missy Malone. Ela estava a saltar de alegria.

Ele admirou o quão bonita ela ficava quando tudo saltava em sincronia. Ela lhe mandou um beijo, e ele acenou com a cabeça em resposta.

Quando ele chegou ao campo, Missy correu para o seu lado. Ele a viu a caminhar em sua direção, com os lábios franzidos. Ele deixou que ela o abraçasse. Ele deixou que ela o beijasse com toda a sua força, mas não sentiu nada por ela.

O beijo de Grace Greenway superou todos os beijos de Missy Malone juntos. Ela nunca acreditaria nessa verdade, nem em um milhão de anos. Ele mesmo mal conseguia acreditar.

Ainda assim, independentemente do que sentia por ela, Vincente sabia que Missy continuaria a insistir, mesmo que ele não respondesse. Porquê? Porque Missy Malone considerava-se um acessório de Vincente. Ela achava que eles combinavam como Lamingtons e coco, como Vegemite e torradas, como torta e batatas fritas.

Se ele quisesse deixá-la ir, teria que ser brutal. Teria que dizer a ela, diretamente, que não a queria mais. Teria que dizer a ela para ir embora.

Vincente olhou para ela agora, para como ela era bonita. Tão doce e cheia de expectativas. Então ele olhou para os seus companheiros de equipa, ainda a gritar o seu nome e a jogá-lo para o ar, e qualquer pensamento sobre Missy voou da sua mente. Ela não significava nada para ele.

Por um momento, a mente de Vincente voltou para o hospital, e ele olhou para o relógio. O horário de visitas estava a terminar. Ele precisava de ver a Grace. Tinha prometido visitá-la.

O pior era que agora até sonhava com ela! Perguntou-se se deveria quebrar a promessa. Deixá-la na mão. Então talvez pudesse tentar esquecê-la. Talvez assim ela também tentasse esquecê-lo.

No entanto, isso não resolveria nada, já que Grace Greenway estava presa numa fantasia romântica. Ela estava presa num sonho, que acreditava, naquele momento, ser real. O poder do sonho dela cresceu dentro dele com aquele beijo. Por um momento, ele até acreditou que era real. Que a amava e que ela o amava. Parecia real. Apenas por um momento.

Vincente estremeceu, quase fazendo com que os seus amigos o deixassem cair no asfalto. Eles levantaram-no mais alto e continuaram a sua recitação.

Entediado com tudo isso, Vincente voltou a pensar em Grace, sabendo muito bem que nada poderia resultar dessa linha de pensamento. Não importava o que acontecesse entre eles, Grace Greenway simplesmente não era para ele. Ela simplesmente não era o seu tipo.

A multidão juntou-se ao canto e avançou. Vincente afastou-se e pediu para ser colocado no chão. Disse aos rapazes que precisava de se ausentar por algumas horas para cumprir uma promessa a um amigo.

Desapontados com a notícia, eles cantaram o seu nome ainda mais alto. Vincente acenou, prometendo que voltaria mais tarde.

Eles pediram-lhe para ficar. Aglomeraram-se à sua volta. Encerrando-o. Prendendo-o.

Missy Malone também se aproximou. Ela e os outros bloquearam o seu caminho.

Vincente sentiu que devia uma explicação a Missy, mas não conseguia sequer explicar as coisas para si mesmo naquele momento. Ele sabia que, se Missy descobrisse sobre Grace, isso causaria problemas. Não que ela ficasse com ciúmes, exatamente. Ela nunca acreditaria que ele preferisse Grace a ela. Sem mencionar os rapazes — eles pensariam que ele tinha perdido completamente a cabeça!

Vincente lembrou-se mais uma vez do beijo que ele e Grace tinham trocado.

Ele estremeceu. «É tudo uma fantasia. E até eu estou a ser apanhado por ela.»

Ele imaginou o que aconteceria se contasse ao grupo que Grace Greenway acreditava que ele e ela eram casados.

Ela se tornaria motivo de piada e ele junto com ela. Eles nunca o deixariam esquecer esse estado matemático de Grace.

«Até mais tarde!», gritou Vincente, enquanto se abria caminho entre a multidão relutante e saía do recinto da escola.

Assim que passou pelos portões, correu, correu e correu, recusando-se a abrandar o passo.

Missy observou-o partir. Cruzou os braços, totalmente segura de que Vincente Marino voltaria. Voltaria para ela — porque sabia que Vincente Marino nunca se cansaria dela.

CAPÍTULO 27

H ELEN REGRESSOU AO HOSPITAL sem o anel.

Grace estava sentada na cama com as mãos postas, os olhos fixos na porta, aguardando o regresso de Helen.

Quando Helen espreitou pela janela para ver a sua filha, parecia que ela estava a suster a respiração. No entanto, como a sua pele não estava azul, ela devia estar a respirar. Eram apenas respirações muito superficiais.

Helen repassou o que pretendia dizer a Grace, que era nada. Ela pretendia desviar a atenção da filha para outras coisas.

O joalheiro foi extremamente prestativo. Quando Helen descreveu os anéis, ele soube exatamente a quais ela se referia. Ele disse que eles haviam desaparecido algumas semanas atrás. Ele e o proprietário revisaram as gravações das câmaras de vigilância repetidamente. Os anéis estavam lá em um momento e, no outro, haviam desaparecido. Sem explicação. Muito estranho.

«Olhe para o seu cabelo, Grace!», exclamou Helen. «Vincente virá nos visitar em breve, e você precisa estar bonita para o seu marido.»

Grace olhou-se no espelho. Concluindo que a mãe estava certa, sentou-se e Helen começou a pentear e arrumar o cabelo da filha, como já tinha feito muitas vezes antes.

Grace relaxou. Helen pegou na sua bolsa de maquilhagem e aplicou uma base leve de pó, seguida de um pouco de blush. Grace sorriu, feliz por partilhar esses momentos entre mãe e filha.

Logo, Vincente anunciou a sua presença com o barulho dos sapatos.

Ele avistou Grace, sentada com Helen a tocar-lhe no cabelo, e a cena diante dele fez-lhe sorrir. Ele decidiu sem demora que iria esculpir esse momento em madeira. Ele sorriu para Grace.

Grace levantou-se de um salto e imediatamente escondeu as mãos. Ela não queria que ele a tocasse. Ela não queria que ele notasse os anéis perdidos.

Ele a capturou com o seu sorriso, puxando-a em sua direção como um íman. Resistir era inútil.

Quando os seus lábios se encontraram para um beijo de boas-vindas, faíscas voaram — dos dois lados. Grace se aproximou para levar o beijo a outro nível, mas Vincente recuou, desconfiado da presença de Helen Greenway.

Vincente reconheceu a presença de Helen em seguida, dando-lhe um pequeno beijo na bochecha. Ele nunca tinha beijado Helen na bochecha antes para cumprimentá-la. Ele não tinha ideia do que estava fazendo. Era como se estivesse sob um feitiço.

Ainda a lembrar-se do choque que tinha recebido de Grace, Vincente afastou-se e enfiou ambas as mãos nos bolsos das calças de ganga. Encostou-se com as costas à parede, com o pé esquerdo no chão e o pé direito apoiado na parede, quase como se estivesse a posar para a GQ.

«Mãe, importas-te de deixar o Vincente e eu a sós por um momento?»

«Está a expulsar-me?», perguntou Helen, fingindo estar ofendida por fora, quando na verdade estava ofendida por dentro. Na verdade, ela estava profundamente ofendida, mas também queria falar com o Dr. Ackerman, e esta seria a oportunidade perfeita para procurá-lo.

Ela estava preocupada com a forma como eles se beijavam — a forma como as faíscas pareciam voar. Até Helen estava a evitar-lhes metaforicamente e a sentir a temperatura subir na sala. Ou ela estava apenas a imaginar?

Não, parecia real. Isso estava a fazer com que ela decidisse deixar os dois ficarem juntos na sala durante a noite. De alguma forma, essa fantasia não parecia ser unilateral.

No entanto, Vincente havia dito repetidamente que a filha dela não era o seu tipo.

Helen decidiu que devia ter imaginado a conexão — deixado a sua imaginação se levar junto com a da filha. Talvez essa condição fosse contagiosa.

«Vou dar uma volta», disse Helen, e então virou-se e sussurrou para que apenas Vincente pudesse ouvir: «Posso confiar em si?» Ele acenou com a cabeça, e seu rosto transparecia sinceridade. Helen não confiava nele nem um pouco. «Voltarei logo», disse ela.

Depois de sair da sala, Helen ficou do lado de fora da porta. Vincente podia vê-la espreitando pela janela redonda, de olho neles. Ele tentou manter a calma, agir naturalmente.

Grace não percebeu que a mãe estava a escutar. Ela se aproximou de Vincente, que não suspeitava de nada, e deu-lhe um beijo apaixonado nos lábios.

A última imagem que Vincente viu foi o rosto de Helen ficando com um tom de vermelho que ele nunca tinha visto antes. Então, ele se perdeu no beijo por um momento, se deixou levar.

Grace interrompeu abruptamente o beijo, deu um passo para trás e disse: "Você não me ama mais. Você me ama, Vincente?"

Em sua cabeça, Vincente podia ouvir sua própria voz ecoando e ressoando, dizendo: UAU-UAU-UAU-UAU-UAU-UAU-UAU.

As suas mãos ainda estavam enfiadas nos bolsos das calças de ganga e agora estavam fechadas em punhos. Ele não conseguia ouvir o que ela dizia, o que ela tinha perguntado. Tudo em que conseguia se concentrar era no fator WOW daquele beijo.

«O quê? O que você disse?», perguntou ele, com os sentidos a voltarem lentamente.

«Precisa que eu repita?», perguntou ela, com uma lágrima a rolar pela bochecha.

Os UAU! UAU! UAUs! na cabeça de Vincente colidiram com a parede mais distante da sua mente e se estilhaçaram, depois deram uma cambalhota e se transformaram nas palavras que ela havia dito. Ele as ouvira, mas a mensagem ainda não havia chegado ao seu cérebro. Agora, as palavras dela ecoavam: "Você não me ama mais." O seu estômago deu uma reviravolta.

Vincente olhou nos olhos castanhos dela e mergulhou profundamente neles. Era como se estivesse a saltar para uma piscina, tão convidativa, tão viva.

No entanto, de alguma forma, ela parecia perdida, e o pior era que ele a tinha feito sentir assim, embora sem intenção.

Vê-la assim fez com que ele desejasse confortá-la, trazê-la de volta para ele. Em busca disso, aproximou-se, de modo que os seus corpos se tocaram, e iniciou um beijo.

Desta vez, foi ainda mais intenso. Tanto que ele desejou que o tempo parasse. Ele queria que tudo parasse e, ao mesmo tempo, queria que continuasse. Ele queria tudo com esta jovem, compartilhar tudo com ela — e, no entanto, ela nem era o seu tipo. Ele queria dar-lhe o mundo e fazê-la feliz. Compartilhar-se com ela. Tornar-se o mundo dela.

E ele queria tudo isso agora.

Vincente permaneceu em silêncio. Com medo de falar. Com medo do que estava a sentir. Com medo do que poderia dizer e fazer. Em vez disso, continuou a nadar na piscina dos olhos de Grace, perdendo-se nas suas profundezas.

O seu silêncio e confusão eram de partir o coração para Grace. Ela estava a desmoronar-se, a partir-se em pedaços e a chorar poças de água daqueles olhos castanhos. Lágrimas grandes, grossas e salgadas estavam a cair, a escorrer.

Ele esticou o braço e apanhou uma na ponta do dedo. Levou-a gentilmente à boca, colocou-a na ponta da língua, onde o seu sabor salgado explodiu. Apanhou outra e outra, cada uma explodindo na sua língua. Enquanto isso, Grace continuava a chorar e chorar e chorar, sem acreditar nas ações estranhas e no silêncio de Vincente.

Ele amava-a, mas sabia que não podia amá-la. Ela nem sequer o amava, não realmente. Ela só o amava na sua fantasia. Mas ele amava-a, aqui e agora. O seu amor era real.

Ele virou-se e correu.

CAPÍTULO 28

N O CORREDOR, DE COSTAS para a porta de Grace, Vincente percebeu que a havia deixado em um estado desesperador. Ele sabia que deveria investigar o quarto, para verificar como ela estava. Reconheceu que havia agido de forma imprudente. Sentia-se envergonhado de si mesmo.

«Ah, é o rapaz que eu estava procurando», disse o Dr. Ackerman, percebendo que Vincente estava sem fôlego, quase ofegante. Ele deu-lhe uma palmada nas costas de maneira paternal e perguntou: «Está tudo bem?»

«Eu... eu não sei. Não sei mais nada!», declarou Vincente com voz trêmula.

«Venha comigo, jovem», disse o Dr. Ackerman.

"Podemos conversar em particular no meu consultório, e o senhor pode recuperar o fôlego."

'Sim', Vincente cedeu. "Mas não quero falar sobre isso."

"Bem, quero falar com o senhor sobre a Grace."

"A Grace?", disse Vincente, e começou a tremer.

"Sim, venha comigo. O meu consultório fica ao virar da esquina."

Momentos depois, chegaram. O Dr. Ackerman convidou Vincente a sentar-se e serviu-lhe um copo de água gelada. As mãos de Vincente tremiam quando ele levou o copo aos lábios.

Vincente lembrava-se das lágrimas salgadas. Das lágrimas salgadas que explodiam.

«Está mais calmo agora?», perguntou Ackerman.

Vincente acenou com a cabeça.

«Muito bem, então vamos falar sobre a Grace. Compreende a situação atual, certo? Como a Grace Greenway se iludiu a acreditar que vocês os dois têm uma relação, na verdade, que são um casal recém-casado?»

«Sim, compreendo que é assim que ela se sente, mas o que não compreendo é porquê. Porquê eu?»

«Só ela pode responder a essa pergunta, Vincente.

Talvez seja algo que nunca saberemos. Ela nunca saberá. No entanto, em casos documentados como este, a razão para criar uma fantasia baseia-se na negação de alguma realidade. Possivelmente algo que não tem nada a ver consigo. Por alguma razão, ela criou um mundo em que você e ela significam tudo um para o outro. É como se vocês fossem os personagens principais de um romance e estivessem a lutar juntos contra o mundo.»

"Personagens de um romance? Oh, nunca pensei nisso dessa forma", refletiu Vincente. "Ainda assim, às vezes, quando ela tece essa fantasia, me inclui na sua fantasia, às vezes — até parece real. Para mim." Vincente olhou para o chão. Não conseguia olhar o Dr.

Ackerman nos olhos. Não depois de ter admitido que estava a ser atraído para a rede.

Ackerman olhou para o rapaz sentado do outro lado da sala. De repente, ocorreu-lhe que este era um rapaz totalmente diferente daquele que ele conhecera. "Você ama-a?", perguntou ele.

"Acho que não. Não sei. Ela não é o meu tipo. Eu nem a conheço, não realmente, e ainda assim ela sabe coisas sobre mim.

Sabe coisas que ninguém poderia saber, a menos que eu mesmo lhe contasse — o que não fiz." Vincente colocou as mãos em volta da cabeça. Falar sobre isso fazia-o sentir-se fisicamente mal. A sala estava a girar.

"Coloque a cabeça entre os joelhos, rapaz", disse Ackerman. "Você está a ficar com um tom de verde que nem eu nunca vi antes."

Vincente seguiu as instruções imediatamente e sem questionar. A sala logo parou de girar, mas agora havia estrelas a brilhar por todo o teto. Estrelas que só Vincente podia ver.

Ackerman continuou: "Não sei como ela poderia saber coisas tão pessoais sobre si. Talvez quando ela estava entre a Terra e o lugar para onde os espíritos vão quando viajam entre mundos, talvez o espírito dela de alguma forma se conectou com o seu espírito.

Sei que parece impossível. Mas já ouvi histórias sobre experiências de quase morte que são difíceis até mesmo para mim, um homem da ciência, descartar.» «Agora mesmo, ela perguntou-me se eu a amava, e eu não consegui responder. Ela acha que me ama, mas não ama. Não na realidade. Eu queria dizer que sim, uma parte louca de mim queria dizer que sim, mas como poderia? Eu não a entendo.

Não compreendo mais nada! Às vezes penso que ela deve ser uma bruxa, para saber as coisas que sabe.”

“Acredita em bruxas?”

“Na verdade, não.”

“Acho que tem assistido demasiada televisão. Grace Greenway não é uma bruxa. É uma jovem impressionável. Uma jovem de dezasseis anos que recentemente perdeu o pai e o irmão num trágico acidente. Uma jovem que, por alguma razão, escolheu-o para fazer parte da sua fantasia. Ela escolheu-o como seu marido. Ela precisa de si, no papel de marido, enquanto ainda não está disposta a enfrentar a verdade.»

«Então, está a dizer que ela não está bem mentalmente e que eu devo aceitar esta farsa, não importa o custo para mim?»

«A Grace ainda não está fora de perigo. Estamos a monitorizar os seus sinais vitais. A vigiá-la. É por isso que ainda não teve alta. Ela está sob os nossos cuidados. Vincente, o senhor está no centro desta situação. O senhor é o catalisador. Se a abandonar agora...»

«Se eu for embora, serei responsável pelo que acontecer a seguir. É isso que me está a dizer?»

«Ela está muito vulnerável agora. Ela precisa de algo de si e talvez, se lhe der isso, se realizar esse desejo dela, ela consiga enfrentar a realidade e desistir de si. Ela precisa de alguém em quem acreditar, algo pelo qual ansiar, e escolheu-o a si. Todos os caminhos levam a si. Não sei porquê, talvez seja porque a trouxe para o hospital.»

«Magoei-a, mas foi um acidente, doutor, juro.»

"Sim, magoou-a de certa forma, mas também salvou-lhe a vida, porque ela foi trazida para cá, com os melhores cuidados à sua volta, quando os coágulos finalmente se romperam. Se ela estivesse em casa ou na escola quando isso aconteceu, talvez não tivesse sobrevivido."

Vincente ficou sentado em silêncio por um momento, percebendo o impacto que já tinha causado na vida de Grace. Ele ansiava por voltar para ela, para que tudo ficasse bem novamente. Ele levantou-se: "Preciso voltar para ela. Ela me perguntou se eu a amava, e eu virei as costas e fugi como um covarde."

"Sim, volte para ela agora, e não diga que a ama, a menos que realmente sinta isso. A menos que esteja disposto a dar-lhe o seu coração e a ficar ao lado dela quando ela souber a verdade sobre si e quando o feitiço for quebrado."

«Sem pressão!», Vincente zombou, enquanto se dirigia para a porta.

«Volte aqui para conversar comigo quando quiser, Vincente», disse Ackerman. «E não se esqueça de como você é importante para ela. Não se esqueça do que você significa para ela.»

Vincente assentiu, virou-se e correu de volta para o quarto de Grace.

✳ ✳ ✳

N O QUARTO DELA, GRACE dormia profundamente. Ele inclinou-se sobre a cama e beijou-lhe a testa. Ela ainda tinha lágrimas nas bochechas, e ele gentilmente as enxugou.

Ele sentou-se ao lado dela na cama, e ela não se mexeu nem se moveu. Ele observou-a dormir. Observou o peito dela subir e descer a cada respiração. Quando ela choramingou durante o sono, ele pegou as mãos dela nas suas e assegurou-lhe que tudo ficaria bem.

Na escuridão, sozinho com ela, ele disse que a amava. E então beijou-lhe a testa novamente.

Grace mexeu-se brevemente durante o sono, quase como se as palavras que ele tivesse dito tivessem afetado o seu sonho de alguma forma, e então voltou a adormecer profundamente.

Vincente deixou Grace ali, a dormir segura e profundamente. Ele voltou para agradecer ao Dr. Ackerman por toda a sua ajuda e conselhos antes de voltar para casa à noite. Ele estava exausto... tão cansado, mas revigorado de uma forma que nunca tinha estado a ntes.

Nunca antes Vincente Marino se tinha sentido tão vivo.

***

Do lado de fora do consultório do Dr. Ackerman, Vincente ouviu vozes elevadas. Ele hesitou antes de bater à porta. Quando as vozes se acalmaram um pouco, ele bateu e foi convidado a entrar.

"Você deveria ter vergonha de si mesmo!", gritou Helen, enquanto se atirava sobre ele e começava a bater com os punhos no peito dele.

"Acalme-se", ordenou o Dr. Ackerman.

Helen continuou a bater no peito de Vincente.

Vincente respirou fundo, esperando que ela desabafasse o que quer que estivesse incomodando-a. Não estava a magoá-lo. Quando percebeu que a raiva dela não iria se extinguir, ele agarrou os pulsos dela e os segurou com força até que ela fosse forçada a se acalmar. Ela continuou a sussurrar em seu rosto.

Vincente segurou-a com ainda mais força e perguntou: "O que está acontecendo?", enquanto olhava na direção do Dr. Ackerman, que tentava não perder a paciência.

«Vincente, quando você chegou aqui mais cedo, depois de deixar a Grace, a Helen encontrou-a em um estado lastimável. Ela estava perturbada. Devastada. Incapaz de se comunicar. Tudo o que conseguia fazer era soluçar e chorar.»

«Eu entendo de onde ela herdou isso!», disse Vincente, olhando nos olhos de Helen.

Ela rosnou para ele.

"Não piore as coisas, rapaz", implorou o Dr. Ackerman. "Para acalmar a Grace, tiveram que sedá-la."

"Eu estava lá e a Grace estava a dormir. Ela parecia muito tranquila para mim."

"O que você disse a ela para deixá-la nesse estado?", perguntou Helen.

"Eu cometi um erro. Eu fugi, mas voltei. Eu voltei."

«Muito pouco, muito tarde!», exclamou Helen.

«Olhe, eu não pedi nada disso!», salientou Vincente, com as mãos levantadas em sinal de rendição.

«Agora, sentem-se os dois e acalmem-se», ordenou o Dr. Ackerman, «e vamos parar com o drama. Precisamos de nos concentrar na Grace. Na Grace e apenas na Grace.»

«Concordo», disse Vincente.

«Concordo», resmungou Helen.

CAPÍTULO 29

Enquanto conduziam Vincente para fora da sala, ele continuava a gritar as palavras. É verdade que, para ele, eram sentimentos sem sentido e falsos. Palavras que ele apenas dizia para ser gentil, para salvá-la do abismo.

Ele gritou novamente. Desta vez, a sua voz ecoou pelos corredores e pelo universo: «Eu amo-te, Grace Greenway!»

«Eu também te amo, Vincente!», ela gritou de volta para ele.

Com o caos e a agitação enquanto tentavam salvar a vida dela, ele não a ouviu.

De repente, a estrela quente começou a girar e rodar. Logo, ela não estava mais se aproximando dela nem a queimando com seu calor. Em vez disso, ela lançou ondas pulsantes e se tornou uma estrela de nêutrons.

Sem mais o que fazer, «Eu quero viver», Grace Greenway declarou para si mesma. «Eu quero viver.»

CAPÍTULO 30

O Dr. Ackerman perguntou: «Quando voltou para ver a Grace, como se sentiu, quero dizer, quando a viu novamente?»

«Senti uma forte necessidade de cuidar dela, de amá-la, de protegê-la, de torná-la minha. Meu Deus, estou tão confuso. Por que estou a sentir isso?»

«Sim, vamos examinar isso, Vincente», disse o Dr. Ackerman.

"A Grace faz-te sentir algo diferente, algo novo. Certo? Diferente do que as outras raparigas na tua vida te fizeram sentir?"

"Sim, ela não é minha namorada. Eu tenho uma namorada na escola — ela faria qualquer coisa por mim", disse Vincente.

"Mas tu farias qualquer coisa por ela?"

"Eu, ela é fácil de lidar — se é que me entende."

"Certo, então deixe-me colocar de outra forma", disse o Dr. Ackerman. "A sua namorada precisa de si?"

"Ela é popular e eu sou popular. Estamos destinados a ficar juntos. É o destino. Todos dizem isso. Todos esperam isso."

"Expectativas? O que as expectativas das outras pessoas têm a ver com o amor verdadeiro? O amor, o amor verdadeiro, é entre duas pessoas. Apenas duas pessoas. Agora pense nisso, Vincente, pense antes de responder. O que realmente sente por Grace Greenway?"

Vincente mexeu os pés, inquieto. "Chega disso — dessa psicanálise sem sentido. Isso não é sobre mim. Trata-se da Grace ficar boa. O que quer que eu faça agora? Casar com ela?"

"Não, não quero que faça nada que o deixe desconfortável. No entanto, a Grace pediu a sua presença. Ela pediu-nos para lhe perguntar se poderia passar a noite no quarto dela com ela."

"O quê? Está a falar a sério?"

"Ela está a falar a sério, por isso temos de levar o pedido dela muito a sério."

«E a mãe dela, a mulher dragão, concorda?»

«Relutantemente, como provavelmente já imaginou. Ouviu-me dizer que falaria consigo. Que faria com que compreendesse que a Grace não deve ser magoada, nem brincada, nem aproveitada.»

«Acha que eu poderia saltar para cima dela? É mais provável que ela saltasse para cima de mim!»

"Se te importas com ela, se realmente te importas com ela, e ela, como dizes, 'te atacar', então terás de encontrar uma maneira de a rejeitar gentilmente, sem a rejeitar completamente."

"Ainda não entendo como passar a noite no quarto com ela vai ajudar."

"É o que ela deseja, Vincente."

"Mas não há garantias, certo?"

"Não há garantias, Vincente, mas a Grace vai ficar bem. Esse é o nosso objetivo final."

"Eu concordo com isso", disse Vincente.

«Então, a Helen dirá à Grace que precisava de ir a casa buscar algumas coisas. Voltará amanhã à noite, com a intenção de passar a noite no quarto dela. Como sabe, há duas camas. As camas não serão colocadas juntas de forma alguma, compreende?»

«Sim, doutor», disse Vincente. «Vou sair agora, dormir um pouco, já que não vou dormir muito amanhã à noite!»

«Espero sinceramente que não tenha dito isso no sentido literal!», exclamou Ackerman.

«Eu quis dizer... oh, você sabe o que eu quis dizer.»

«Tudo bem, então venha me ver amanhã ou quando quiser conversar. Estarei de plantão a noite toda, à sua disposição, por assim dizer.»

«Obrigado, Dr. Ackerman.»

«Boa noite, Vincente.»

«Boa noite, doutor.»

CAPÍTULO 31

Nas primeiras horas da manhã, Grace acordou e, por um momento, esqueceu-se de onde estava. Ela lembrava-se vagamente de Vincente estar no seu quarto. Num minuto ele estava lá e, no minuto seguinte, tinha desaparecido. Por que ele partiu tão abruptamente? Ela tinha feito algo para o incomodar? Dito algo?

Ela esperava encontrá-lo em algum lugar do quarto, esperando que ela acordasse. Apenas Helen ainda estava lá, e ela estava a dormir.

Grace saiu da cama e foi até a casa de banho. Ela tirou a bata do hospital e entrou no chuveiro. Quando a água atingiu uma temperatura quase fervente, ela fechou os olhos. Ela ansiava pelo toque de Vincente.

Ela desligou a água e pegou uma nova bata na prateleira. Ela vestiu-se, decidindo que ninguém poderia parecer atraente com uma bata como aquela.

Quando voltou para a cama, Helen estava a mexer nas coisas do quarto.

«Tenho boas notícias para si!»

«A sério? Não estou a sonhar, mãe?»

«Sim, Vincente vai passar a noite consigo.»

«Esta noite? Esta mesma noite?»

«Sim.»

«Preciso das minhas coisas, preciso da minha camisa de dormir bonita e do meu perfume.»

«Encontrará as coisas de que precisa na mala no armário da casa de banho.»

«Mal posso esperar!»

«Vincente irá, é claro, dormir naquela cama.»

Grace já estava a imaginar juntar as duas camas, formando uma só. Partilhar a cama com o seu marido. Duas camas para aparência, sim, mas eles precisariam apenas de uma. Grace abraçou-se quando arrepios apareceram na pele dos seus braços.

«Vou sair por volta da hora do chá, mas se precisar de ajuda, o Dr. Ackerman estará à sua disposição.»

«Estamos casados, mãe!» exclamou Grace.

Grace correu em direção a ela e abraçou a mãe. Helen ficou feliz em ver a filha feliz — qualquer mãe ficaria, mas eram as mentiras que a incomodavam. As mentiras e a farsa não a deixavam feliz. Ela se sentia uma fraude. Duplicada.

Grace foi até o armário do banheiro e tirou a mala de viagem. Nela estava a camisola de linho mais bonita e virginalmente branca que ela já tinha visto, com um laço vermelho na frente.

"Mãe, é linda", exclamou ela.

A enfermeira Burns chegou e percebeu que Grace estava um pouco corada.

"Está a sentir-se bem, Grace?"

Grace estava cheia de entusiasmo, antecipando a sua noite com Vincente. Ela queria que o tempo passasse rápido para que ele pudesse estar ao seu lado — agora.

"Tente comer alguma coisa", sugeriu a enfermeira Burns. "Sei que você receberá uma visita para passar a noite, então precisa de todas as suas forças."

"Sim, você deve comer alguma coisa, querida", concordou Helen.

Grace deu uma mordida na torrada e tomou um gole de café, mas seu estômago revirou. "Talvez mais tarde", disse ela. O cheiro do café a deixava enjoada. "Não, leve isso embora", disse Grace.

«O Vincente ficou feliz quando lhe disse que ele poderia ficar, Grace?», perguntou a enfermeira Burns.

«Não lhe disse, mas tenho a certeza de que ele ficou feliz», disse Grace. Ela então vestiu a camisa de dormir e preparou-se para a chegada de Vincente.

CAPÍTULO 32

À s 18h15, Vincente Marino chegou ao hospital, segurando uma caixa com uma dúzia de rosas vermelhas de caule longo. Elas estavam embrulhadas com uma fita vermelha.

Quando ele entrou no quarto de Grace, Helen, um pouco relutante, retirou-se.

Vincente foi imediatamente para o lado de Grace e beijou-a nas duas bochechas. Ele ofereceu-lhe a caixa e observou os olhos dela ficarem cada vez maiores quando ela desamarrou a fita vermelha.

Ele sentiu-se nervoso, mas ela também. Havia uma forte sensação de propósito no ar.

Depois de agradecer a Vincente com um beijo na bochecha pelas lindas rosas, Grace pediu um vaso à enfermeira de plantão. Ela voltou com um, e Vincente começou a arranjar as flores nele. Ele já tinha visto a sua mãe arranjar vasos cheios de flores centenas de vezes antes.

Ele começou tirando uma rosa da caixa e, em seguida, acariciando-a casualmente antes de colocá-la na água.

Grace observou-o atentamente, notando o contraste entre os seus dedos fortes e atléticos e os finos caules espinhosos das rosas. Quando ele acariciou a rosa, os seus gestos fizeram-na estremecer.

Ela observou enquanto ele pegava uma rosa, duas rosas, três rosas. Sem sequer perceber que estava a fazer isso, ele acariciou levemente o caule, sentiu a dor do espinho no dedo por um segundo e, em seguida, colocou delicadamente a flor no vaso.

Cada movimento deixava Grace sem fôlego. Fazia o seu coração subir até à garganta. Era quase como se ele estivesse a segurar o seu coração entre os dedos.

Vincente esforçava-se por não fazer salpicos enquanto colocava uma rosa após a outra no vaso de vidro translúcido.

De vez em quando, ele olhava para Grace. O olhar dela estava fixo nele. Ele estava feliz por ter escolhido rosas — ela obviamente as adorava.

De repente, começou a sentir-se bastante constrangido. Ele enfiou a mão na caixa novamente e tirou a próxima rosa, observando Grace sem fôlego. Colocou a rosa na água e, em seguida, enfiou a mão na caixa para pegar outra. Ela parecia sem fôlego novamente, só que desta vez também parecia prestes a desmaiar.

«Está bem?», perguntou Vincente.

As bochechas de Grace estavam vermelhas e ela parecia estar com cada vez mais dificuldade para respirar. Ele se perguntou se deveria chamar alguém para ajudar. Não queria que ela tivesse uma recaída agora, especialmente quando parecia que as coisas estavam chegando a um ponto crítico.

"Estou... estou ótima", disse Grace, enquanto brincava com o laço vermelho em sua camisola. "Vamos conversar sobre algo enquanto termina com as flores."

"O que tem em mente?", perguntou ele, enquanto acariciava o caule de outra rosa.

'Oh', disse Grace, enquanto o observava colocar o caule na água, e então conseguiu falar. "Que tal contarmos um ao outro algo que o outro não sabe? Talvez um equívoco que teve sobre mim, e eu lhe contarei um equívoco que tive sobre si."

"Está bem", concordou Vicente, enquanto outra rosa era colocada na água. "Você primeiro", disse ele, enquanto gotas de água espirravam do vaso, caindo nas costas da sua mão.

Grace observou as gotas, enquanto ele pegava outra rosa na caixa. Ele ergueu a flor e a água escorreu pelo seu antebraço.

Ele pegou a próxima rosa e olhou para ela. A respiração dela parou na garganta. O tempo parecia ter parado.

CAPÍTULO 33

«Eu tinha um nome especial para si, antes de realmente o conhecer», revelou Grace.

Vincente rolou a rosa entre os dedos. Colocou-a na água. Percebeu que Grace agora respirava mais normalmente e que as suas bochechas não estavam tão coradas. Acenou com a cabeça, encorajando-a a continuar.

«Eu costumava chamá-lo de minha Média Áurea.»

«Por quê?», perguntou Vincente.

«Lembra-se da aula de matemática em que aprendemos sobre a Média Áurea de Fibonacci? Bem, você era a minha Média Áurea.»

«Quer dizer que, naquela época, você sentia isso por mim?» Agora ele estava realmente confuso. Ela estava a dizer que o amava antes de tudo isso acontecer. Ele sabia que ela tinha uma queda por ele, mas não era amor, era uma paixão. Muitas raparigas eram apaixonadas por ele.

"Refresque a minha memória sobre Fibonacci", disse ele.

"É o conceito em que o primeiro número e o segundo número somados resultam no terceiro número, como um, dois, três, cinco, oito, treze e assim por diante."

"Ah, sim, eu me lembro de algo sobre isso e algo sobre a natureza, como ondas e flores?"

"Isso mesmo! Vê, você se lembra!"

Grace disse, enquanto colocava outra rosa na água. «Há simetria na natureza, com ondas, flocos de neve e flores, tudo reforçando a teoria da Média Áurea de Fibonacci. Então, você era a minha Média Áurea.» «Obrigado», disse Vincente, sem saber o que mais dizer. «É incrível que ainda se lembre do nome que tinha para mim, considerando tudo o que passou. Como perdeu a memória.» "

"Recentemente, lembrei-me. Eu tinha esquecido, mas quando sonhei consigo, sobre nós, tudo voltou."

Vincente continuou com as rosas e Grace continuou a falar. "Quando pensei que já não me amava, sonhei consigo e, no meu sonho, prometeu que nunca me deixaria."

"Sinto muito, Grace, perdoe-me", disse Vincente, colocando a última rosa no vaso.

"Desta vez, acredito em você."

Vincente pegou o vaso, colocou-o na mesinha de cabeceira ao lado da cama de Grace e disse: "Eu voltei, você sabe."

"Quando?"

"Ontem à noite."

"Não é possível. Eu saberia."

«Estava a dormir profundamente quando entrei. Beijei a sua testa assim», disse ele, inclinando-se sobre ela.

«Não», disse Grace. «Não... a menos que seja sincero.»

Ele respirou fundo e recuou. Dirigiu-se para a sua cama, tirou os sapatos e deixou as pernas penduradas na beira da cama. Balançou-as para a frente e para trás, como um menino pequeno faria.

«Agora é a sua vez», disse Grace.

«Hmm, vamos ver», Vincente ponderou por um momento. «Bem, eu achava que você era tímida, especialmente perto de homens, mas você não parece ser muito tímida perto de mim.»

«É isso? É o melhor que você consegue?»

«Ei, eu sou novo nisso — lembre-se de que foi ideia sua. Aposto que não consegue inventar outra para mim.»

«Claro que consigo!», disse ela. «Esta vai fazer-te rir, mas uma vez, há muito tempo, achei que você era um vampiro.»

«Eu? Um vampiro?»

«Sim, eu sei que é loucura, mas cheguei ao ponto de me inclinar sobre você e expor o meu pescoço, para ver se você, sabe, me mordia. Foi a primeira vez que nos beijámos — lembra-se? Eu inclinei-me assim e esperei que você crava os dentes em mim.»

«Isso é estranho!», disse ele, enquanto olhava para o pescoço branco e exposto dela, com um desejo poderoso de beijá-lo.

Grace estremeceu e seus mamilos formigaram só de pensar nisso.

«Então, devo ter sido uma grande decepção para você quando percebeu que se casou com um mero mortal?»

"Isso é engraçado. Você nunca poderia me decepcionar", ela sorriu. "Agora é a sua vez."

"Bem, antes, eu achava que você era fraca, uma pessoa fraca. Mas agora…"

Grace interrompeu, perguntando: "Fraca, de que maneira?"

"Fraca, como em coxa", ele disse, procurando em seu rosto uma reação de que ele havia dito a coisa errada, mas ela parecia estar bem com isso.

«Provavelmente foi porque, quando me via, ou quando eu a via, estava sempre a olhar para mim de uma forma estranha. Agora que penso nisso, se pensava que eu era um vampiro, talvez fosse por isso que me olhava assim. De qualquer forma, não é fraca nem coxa — é uma mulher forte. E parece estar a ficar cada vez mais forte.»

"Bem, isso é melhor do que a primeira", disse Grace, recostando-se no travesseiro e fechando os olhos.

Nenhum dos dois falou por um momento, cada um perdido nos seus pensamentos.

"Podemos conversar sobre isso?", perguntou Grace. "Podemos conversar sobre o que mudou para você em relação a mim?"

"Grace, nada mudou, é só que…"

"Você se sente preso?"

"Mais ou menos. Talvez, mas não é culpa sua. Não é culpa sua de forma alguma." Ele respirou fundo e continuou: "Posso perguntar-lhe uma coisa, algo que tem-me incomodado?"

"Claro, Vincente. Pode perguntar-me qualquer coisa, qualquer coisa mesmo."

"Quem realmente lhe contou sobre a pintura da minha mãe?"

"Foi você."

«A sério, Grace, pode dizer-me a verdade. Quem lhe contou? Leu sobre isso na Internet?»

«Eu não minto, Vincente. Como disse antes, foi você que me contou e mostrou-me o quadro quando fomos à casa dos seus pais.»

«Mas por que razão eu iria querer mostrar-lhe aquele quadro?»

«Por causa das árvores!»

«As árvores?»

«Sinceramente, qual de nós sofreu perda de memória por aqui?» Grace revirou os olhos. «As árvores — como aquela que espetou e comeu aquele corvo, aquela em que eu fui mantida em cativeiro?» Grace esperou que Vincente mostrasse algum sinal de reconhecimento, mas nada aconteceu. Ela bufou de impaciência para ele.

Vincente tinha quase a certeza de que Grace estava a enlouquecer. Ele não sabia se concordava com ela ou discordava, então permaneceu em silêncio.

Os momentos passaram. Grace cruzou e descruzou os braços, recusando-se a desistir. «E por causa dessas árvores, você queria que eu visse a pintura da sua mãe.»

«Mas ainda não entendo — por que eu iria querer mostrar a pintura da minha mãe para você?»

«Porque sempre teve medo daquela pintura. Porque disse que, quando era criança, via um rosto no tronco da árvore e isso a aterrorizava.»

«A minha mãe vendeu essa pintura outro dia. Ela estava guardada no sótão há anos. É verdade que algo me assustava nela, mas nunca contei a ninguém.»

«Contou-me e mostrou-me.»

Vincente atravessou a sala. Sentou-se ao lado de Grace. «O que mais eu contei a si?»

«Muitas coisas! Quero dizer, passávamos todos os dias juntos, 24 horas por dia, 7 dias por semana.»

«Conte-me», disse ele.

«Você realmente quer que eu conte?»

«Sim.»

"Vamos ver. Você sempre sonhou em ter uma Ferrari, uma Ferrari vermelha, e nós dirigimos uma na Princess Highway. Você estava no paraíso dirigindo aquela coisa e eu fiquei com um pouco de inveja."

Vincente lembrou-se do sonho em que dirigia uma Ferrari vermelha à procura de Grace. Estranho. Ele decidiu mudar de assunto. "Eu contei-lhe mais alguma coisa sobre a minha mãe?"

«Mostrou-me o estúdio dela, e ela estava a pintar uma nova obra. Era uma imagem do jardim dela, mas não estava terminada.»

Vincente respirou fundo. Era a mesma pintura em que a sua mãe estava a trabalhar naquela manhã. Voltou à ideia de que Grace devia ser uma bruxa. Esperou que ela mexesse o nariz como Samantha Stevens em Bewitched, mas nada aconteceu.

Grace puxou-o para si e beijou-o apaixonadamente na boca.

Vincente estava agora em cima dela, beijando-a. Tentando afastar-se, mas querendo inclinar-se para a frente, enquanto todas as emoções acumuladas explodiam dentro da sua cabeça. Ela continuou a beijá-lo, até ele ficar sem fôlego.

«Está fora de prática, não é?» perguntou Grace, enquanto dava tempo a Vincente para recuperar o fôlego.

Ele cambaleou para fora da cama.

«Finalmente consegui!», exclamou ela. «Finalmente deixei-te com as pernas bambas! Já estava na hora — tu sempre me deixaste assim!»

«Onde aprendeu a beijar assim?»

«Muito engraçado, Vincente, tu ensinaste-me tudo o que sei.»

«Está a dizer-me que sou o único homem que já beijou?»

«Sim, você é o meu único. O meu único e exclusivo.»

Ele mudou de assunto novamente. «O que mais viu na minha casa?»

«Mostrou-me as suas belas esculturas em madeira, e ainda tenho esta.» Grace enfiou a mão numa gaveta e tirou o aborígene.

A mente de Vincente estava a mil por hora. Ele precisava de fugir. Sair daquela sala – agora.

«Onde é que a conseguiu?» perguntou ele.

«Tirei-a do seu quarto.»

«Tirou-a, mas quando?»

«Quando visitámos a sua casa. Tinha-a no bolso e, de repente, num momento estava lá e, no momento seguinte, estava dentro do quadro da sua mãe.»

«Na pintura? No seu bolso?», exclamou ele.

«Sim, desculpe por não ter dito que estava aqui. Também fiquei chocado — num momento estava na pintura, no outro estava no meu bolso novamente.»

«Estou com um pouco de sede, vou buscar um refrigerante. Quer algo?», perguntou Vincente. Ele estava a tremer.

O seu corpo inteiro tremia. Ele precisava sair dali agora. Ir embora. Correr.

"Vai buscar uma bebida? Agora?"

"Sim, preciso de uma bebida."

"Tudo bem, mas volte logo", disse Grace. Ela lhe mandou um beijo e colocou o aborígene de volta na gaveta.

Lá fora, Vincente queria fugir. Em vez disso, ele seguiu pelo corredor para falar com o Dr. Ackerman.

CAPÍTULO 34

"Doutor!" Vincente gritou, enquanto batia repetidamente na porta de Ackerman. "Doutor, preciso falar consigo!"

O Dr. Ackerman desligou o telefone quando Vincente entrou no seu consultório.

"Doutor, tem de me tirar desta situação! Não posso passar a noite aqui. Estou a afogar-me e ela é tão louca que está a começar a fazer sentido para mim!"

"O que você quer dizer? Respire fundo, Vincente. Acalme-se!"

"Ela me contou sobre uma conversa. Bem, não uma conversa propriamente dita, mas ela me contou sobre algo que aconteceu ontem. Ela sabe coisas que ninguém mais poderia saber e então..."

"Então o quê? Ela não queria que vocês dois...? Que...?

"Não, doutor, mas ela é perspicaz e... ela está a me afetar."

«Está a dizer-me que se está a apaixonar por ela? A sério?»

«Nunca me apaixonei antes, mas já namorei com algumas raparigas. Nenhuma rapariga me beijou como ela me beija e, no entanto, ela diz-me que sou o único homem que ela já beijou!»

«Então, está a ficar emocionalmente sobrecarregado e quer ir para casa? Fugir. Tem medo de perder o controlo?»

«Estou a dizer que ela me enfeitiçou. Ela nem sequer é o meu tipo! Deve ser um feitiço!»

«Sim, já disseste isso antes, amigo, e não fazia mais sentido naquela altura do que faz agora. Então, o que queres que eu faça, dizer-lhe que foste para casa? Que há uma emergência e não podes ficar?»

"Talvez você possa entrar e dar-lhe um comprimido para dormir, depois eu volto e durmo. Vai ser de manhã antes que percebamos."

"Não posso dar-lhe um comprimido para dormir só porque você me pediu."

"Mas doutor, ela está a contar-me histórias sobre nós. Sobre coisas que vimos e fizemos juntos. Coisas que nunca aconteceram. Ela fala com o coração na mão sobre nós, como se fôssemos uma só pessoa, e é convincente.

É quase como se eu soubesse do que ela está a falar.»

«Agora», disse Ackerman, «isso é sério. Está a dizer-me que, sem dúvida, está a ser puxado para essa fantasia? Que as descrições dela às vezes parecem reais para si?»

«Deus me ajude, sim.»

«Ok, Vincente, eu entendo. Não é meu paciente, mas está a ajudar a Grace, que é minha paciente. Nestas circunstâncias, precisa de ir para casa. Vou passar-lhe uma receita para que consiga dormir e, talvez, no futuro, seja melhor se mantiver afastado."

"Mas não posso!"

"Tem de o fazer, Vincente. Não é útil para ninguém neste estado."

"Não posso ir sem lhe dizer pessoalmente, sem lhe dar as boas-noites. Prometi-lhe que nunca mais a deixaria sozinha."

«Você ama-a mesmo, Vincente.»

Vincente acenou com a cabeça enquanto fechava a porta atrás de si.

Caminhou lentamente pelo corredor, passou pelo quarto de Grace e entrou no elevador. Quando chegou ao rés-do-chão, saiu do hospital para a noite escura. Atravessou o asfalto e encontrou uma árvore solitária. Encostou-se a ela e chorou.

CAPÍTULO 35

G RACE AGUARDAVA ANSIOSAMENTE o regresso do seu marido. Quando a porta se abriu, o Dr. Ackerman entrou.

«Onde está o Vincente?»

«Como está, Grace?»

«Onde está o Vincente? O que fez com ele?»

Ele sorriu. «Fico feliz que tenha conseguido passar mais tempo com ele, mas alguns dos seus exames chegaram e os resultados são questionáveis. Preciso de outra amostra de sangue. Só para ter a certeza de que está tudo bem. Pedi ao Vincente para adiar a sua estadia, enquanto esses exames são concluídos.»

Grace fez uma cara triste e estendeu o braço para que ele encontrasse uma veia. Ele inseriu a agulha sem esforço. Ela não se mexeu nem sentiu dor, porque a dor no seu coração já era insuportável.

O Dr. Ackerman terminou de guardar os exames de sangue. "Vincente ficou desapontado, assim como você, mas vamos marcar para outra noite. Não há o que fazer, Grace. A sua saúde é o mais importante."

«Eu quero o Vincente!», gritou Grace, e começou a debater-se e a contorcer-se na cama. Ela jogou os cobertores para fora e arrancou o penso que ele tinha colocado no seu braço. A veia reabriu e o sangue jorrou.

O Dr. Ackerman conteve-a. Ele apertou o botão de emergência para pedir a ajuda de uma enfermeira. «Sinto muito», disse ele enquanto a sedava.

CAPÍTULO 36

O Dr. Ackerman precisava de um pouco de ar fresco e atravessou a pista. Ele avistou Vincente ali, encostado a uma árvore.

«Viu-a?», perguntou ele.

«Sim, vi, e expliquei tudo.»

«E como é que ela reagiu?»

«Ela não reagiu bem. Tive de sedá-la.»

Vincente cerrou os punhos e levantou-se. O seu rosto estava a poucos centímetros do rosto de Ackerman. "Eu disse que voltaria. Não precisava fazer isso. Eu precisava de tempo. Tempo era tudo o que eu precisava."

"Você precisa de mais do que tempo, Vincente. Você precisa de distância.

Não tenho a certeza do que acontecerá com aquela rapariga se se apaixonar por ela e se a fantasia que ela criou colidir com a realidade. Não sei o que acontecerá então."

"Se ela sonhou com isso e depois se tornou realidade, ela ficaria bem imediatamente, não ficaria?"

"Vincente, isso poderia acontecer, mas também poderia acontecer o contrário."

"O que quer dizer?"

«A Grace está à beira de um precipício. A verdade pode empurrá-la. Ela pode perceber que tudo à sua volta é uma mentira. Que todos nós temos acompanhado as suas fantasias e, então, onde é que ela ficará?»

«Então, mesmo que eu a ame agora, devo afastar-me, deixá-la sozinha, voltar para a escola — para a rapariga com quem todos esperam que eu fique — e apenas esperar que a Grace Greenway acabe por me esquecer? Não quero que ela me esqueça! E ela vai pensar que a abandonei novamente; vai pensar que quebrei a minha promessa — novamente.» «Precisamos de levar os seus sentimentos em consideração ao decidirmos como proceder com isto, seja lá o que for. Precisamos de repensar, reorganizar-nos. Vá para casa agora.

Volte pela manhã. A Grace vai dormir pelo menos oito horas. Venha falar comigo quando voltar e eu o atualizarei. Não vá diretamente visitar a Grace. Venha falar comigo primeiro.

«Combinado.»

Vincente e o Dr. Ackerman atravessaram o estacionamento, onde uma fila de táxis aguardava passageiros. Vincente entrou no banco de trás de um deles e logo estava a caminho de casa.

Casa — onde ele esperava dormir sem sonhar.

CAPÍTULO 37

DE MANHÃ, GRACE ACORDOU num quarto vazio.

Sentiu-se sozinha e traída, enquanto uma das enfermeiras afofava a sua almofada e colocava uma bandeja com o pequeno-almoço à sua frente.

Ela afastou-a. O simples cheiro fazia-a sentir-se mal.

«Não tenho fome», disse Grace.

Quando o quarto ficou vazio novamente, Grace recostou-se no travesseiro e fechou os olhos.

Ela relembrou o dia do seu casamento repetidamente, até que, mais uma vez, adormeceu.

CAPÍTULO 38

N O DIA SEGUINTE, o Dr. Ackerman chamou Helen ao seu consultório. Ele pediu que ela se sentasse, com uma expressão muito perplexa no rosto.

Helen sabia que ele tinha más notícias para dar. Ela também sabia que não deveria ter deixado a sua filha sozinha com aquele rapaz.

O Dr. Ackerman sentou-se em frente a Helen, de modo que os joelhos deles quase se tocavam.

Ele olhou diretamente nos olhos dela e disse: «A Grace está grávida».

Helen riu.

«A Grace está grávida», repetiu ele.

«O quê?»

«Fizemos alguns exames de sangue no outro dia e o resultado foi positivo. Tirei mais sangue ontem à noite e está confirmado: a sua filha está grávida».

«Não pode ser! Vou matar aquele bastardo!»

«Como é que isso vai ajudar?», perguntou ele. «Precisa de se acalmar e ouvir-me. Ouça-me com atenção.»

Ela respirou fundo. Abriu os punhos.

«Ainda é cedo e a sua reação exagerada não vai ajudar nem a si nem à Grace.»

«Ela sabe?»

«Não, você é a primeira pessoa a saber. Achei apropriado. Precisamos de discutir como proceder.»

«Como proceder? Não faz sentido discutir isso. Precisamos de nos livrar disso.»

"A Grace tem dezasseis anos, ela tem direitos."

"Tem de ser do Marino!"

"Não necessariamente. Ela tem estado aqui, rodeada de funcionários e visitantes, todos os dias. Ele não tinha estado sozinho com ela até ontem à noite e, a propósito, ele só ficou algumas horas antes de eu o mandar para casa."

"A minha filha vai à escola e volta para casa. Ela estuda matemática e faz experiências à noite.

Ela não conhece outros rapazes. Deve ter sido o Marino!"

"Mas temos de ter a certeza antes de acusar alguém. E, mais importante, temos de contar à Grace."

"Primeiro, precisamos de confirmar que ele é o pai e, depois, podemos contar-lhe", disse a Helen.

"O Vincente gosta muito da sua filha. Ele está confuso e disse-me que os dois não fizeram nada além de se beijarem. No entanto, a Grace acredita que os dois são um casal. Portanto, se lhe contarmos, ela terá 100% de certeza de que está grávida do Vincente.»

«Se não for dele, então o que é? Uma concepção imaculada?»

«Tudo o que sei com certeza é que precisamos de contar à Grace. Ela precisará da sua ajuda para decidir o que fazer», afirmou Ackerman.

"Se não for dele, então a prova será evidente, que temos brincado cruelmente com ela ao concordar com as suas fantasias", disse Helen. "Pode ser demais para ela lidar."

"Precisamos de confirmação o mais rápido possível. Vou perguntar ao Vincente se ele concorda em fazer alguns testes quando vier me ver mais tarde, hoje."

"E se não for dele, então ela provavelmente concordará em se livrar disso."

"Deseja contar a ela agora que ela está grávida? Assim que os testes de Vincente chegarem, podemos abordar o assunto de quem pode ser o pai com ela, supondo que ele não seja o pai", disse Ackerman.

"Sim, acho que devemos contar a ela. Quanto antes, melhor."

" Vamos ao quarto dela agora e ver como ela está. Podemos avaliar a situação e decidir o que fazer.»

«Ela precisa de saber. A minha filha precisa de saber.»

***

Vincente chegou ao andar de Grace no exato momento em que Helen e o Dr. Ackerman saíram do consultório.

«Dr. Ackerman, eu queria falar consigo», disse Vincente. E então: «Olá, Helen.»

Ela olhou para ele com raiva nos olhos.

"Precisamos de entrar e falar com a Grace, mas por favor, espere por mim no meu consultório. Voltarei em breve e então poderemos conversar."

Vincente passou os dedos pelo cabelo. Ele observou Helen e o Dr. Ackerman se afastarem. Quando chegaram à porta de Grace, eles hesitaram brevemente e então entraram. Ele se perguntou o motivo da hesitação.

Sentiu-se culpado por deixar a Grace sozinha. Queria vê-la — para acertar as coisas entre eles.

Uma vez dentro do consultório do Dr. Ackerman, fechou a porta atrás de si e serviu-se de um copo de água. Vincente sentou-se e pegou numa revista desportiva. Folheou-a enquanto esperava, mas a sua mente estava demasiado distraída. Não conseguia ficar sentado, por isso levantou-se novamente e começou a andar de um lado para o outro. Enfiou os punhos nos bolsos. E esperou.

***

«Estou tão feliz!», exclamou Grace. «Esta é a melhor notícia possível para o Vincente e para mim. Vamos ter um bebé!»

Helen abraçou a filha, que tremia de emoção.

«Grace, precisa manter as forças e precisa comer. O que é isso de ouvir dizer que está a saltar o pequeno-almoço?», disse o Dr. Ackerman.

"Na altura não me apetecia, mas agora vou comer qualquer coisa. Traga-me! Estou tão entusiasmada!", exclamou Grace.

Depois de respirar fundo algumas vezes, Grace disse: "Por favor, peça ao Vincente para vir ter comigo. Mal posso esperar para lhe dar a notícia!"

CAPÍTULO 39

«Obrigado por aguardar, Vincente», disse o Dr. Ackerman.

«Como está a Grace esta manhã?»

«Ela está radiante! O sono fez-lhe muito bem, e o senhor também parece descansado. Dormiu bem?»

«Sim, dormi a noite toda.»

«Sei que o senhor não é um dos meus pacientes regulares, mas gostaria de solicitar permissão para realizar um exame de sangue.»

"Um exame de sangue. Por quê?"

"Você parecia exausto ontem à noite, e achei que seria bom examiná-lo para ter certeza de que está em boa forma."

"Tenho me sentido muito cansado."

"Tudo bem, vamos examiná-lo então", disse Ackerman. "Por favor, arregace a manga e eu vou coletar a amostra imediatamente."

Depois de recolher a amostra e guardar o frasco, o Dr. Ackerman apresentou um formulário de autorização para Vincente assinar. O formulário autorizava-o a usar as amostras de sangue para realizar todos os exames necessários.

«Posso vê-la?», perguntou Vincente.

«Hoje não, mas volte amanhã. Talvez possa vê-la nessa altura.»

«Mas disse que ela estava radiante e bem descansada.»

«Sim, e queremos que ela continue assim! Vá para casa e volte amanhã. Dê-lhe algum espaço, algum tempo. Ela está com a mãe agora.»

«Está bem, doutor. Até amanhã, então.»

«Obrigado, Vincente», disse o Dr. Ackerman, saindo apressado com as amostras de sangue. Mal podia esperar para levá-las ao laboratório.

***

Vinte e quatro horas depois, estavam todos reunidos no quarto de Grace.

Quando o Dr. Ackerman finalmente chegou, não sorriu. Não falou nem fez contacto visual com nenhuma das três pessoas presentes. Segurava os resultados perto do peito, numa prancheta.

Grace estava toda animada.

Helen tinha os punhos cerrados e a mandíbula apertada. Parecia alguém que precisava urgentemente de ir à casa de banho.

Vincente estava sem entender nada.

«Bom dia a todos», começou o Dr. Ackerman. «Com base nos exames de sangue, parece que a Grace e o Vincente estão à espera de um bebé.»

Grace explodiu em alegria e abriu os braços para Vincente.

Vincente ficou parado olhando para Grace. Ele estava mais pálido do que os lençóis da cama. "Como isso pode ser?", perguntou a si mesmo e, em seguida, disse em voz alta: "Como isso pode ser, se tudo o que fizemos foi nos beijar?"

Helen desmaiou e caiu no chão com um baque.

CAPÍTULO 40

"**G**RACE? ACORDE, GRACE. ESTÁ na hora de irmos", sussurrou uma voz infantil.

Grace estremeceu. O quarto estava muito frio e escuro. Ela observou, do outro lado do quarto, as persianas que pareciam balançar para a frente e para trás com a brisa. Parecia que a janela estava totalmente aberta.

As janelas dos hospitais não abrem, pensou ela.

Uma mãozinha agarrou a de Grace e puxou-a para fora da cama.

Grace, ainda meio adormecida e meio acordada, caminhou ao lado da criança. Juntas, elas caminharam em direção à janela aberta, como se estivessem em transe.

A menina também estava vestida com uma camisa de dormir de linho branco com um laço vermelho. "Segure com força", disse ela, colocando um cobertor macio nos braços de Grace.

Grace instintivamente segurou o cobertor e fechou os braços em torno dele.

As camisas de dormir esvoaçavam e sussurravam enquanto elas se dirigiam para a janela.

À luz da lua, Grace reconheceu a menina que já se tinha mostrado duas vezes antes. Uma vez no meio da estrada e a segunda vez quando Grace estava presa numa árvore gigante. Ela estremeceu quando a camisa de dormir da menina brilhou ao luar.

A pequena subiu no parapeito da janela, ainda segurando a mão de Grace na sua. Ela puxou, mas os pés de Grace não se moviam.

«Para onde estamos a ir?», perguntou Grace.

«Para o coração do mundo», explicou a pequena.

Grace segurou o cobertor firmemente contra o peito e olhou para os pés. Tentou bloquear da mente o que tinha acontecido da última vez, quando foi puxada pela janela para a noite.

A pequena continuou a observar Grace impacientemente. «Eu sou o cordão», disse ela. «Tem de vir comigo agora. Eles estão à espera.»

«Quem, quem está à espera?», perguntou Grace.

«Você verá», disse a pequena. «Venha.»

Com uma mão, Grace segurava o cobertor e, com a outra, torcia o laço vermelho várias vezes. Ela estava a ganhar tempo — não queria sentar-se no parapeito da janela. Não queria sair para a noite. Desta vez, ela não precisava de ir. Ela não queria ir.

"Depressa, Grace. Eles estão à sua espera há muito tempo", explicou a menina.

Grace recuou.

Quando Grace não se juntou a ela, a menina desceu do parapeito da janela. Ela pegou na mão de Grace mais uma vez. Segurou-a com força e levou-a até à janela. Por alguns segundos, os pés delas levantaram-se do chão e logo estavam sentadas lado a lado no parapeito da janela.

Juntas, sentaram-se e olharam para a face da lua.

«Respire fundo», disse a menina e, em seguida, contou baixinho: «5, 4, 3, 2, 1!»

E juntas caíram para a frente, na noite ciméria.

CAPÍTULO 41

A PÓS UMA QUEDA QUE pareceu durar horas, eles aterraram nas costas de uma criatura que os aguardava.

Essa criatura não era a mesma que havia transportado Grace algum tempo atrás e a depositado no alto de uma árvore.

Esta criatura não tinha pêlo nem penas. Em vez disso, tinha asas feitas de metal, que refletiam o luar e a luz das estrelas enquanto voava pelo céu escuro.

Grace tinha tantas perguntas a fazer, mas o vento uivava e a criatura soltava um rugido estrondoso de vez em quando. Grace agarrou o cobertor, desejando que fosse Vincente quem ela estivesse a segurar.

A menina jogou o cabelo escuro para trás e ergueu o rosto em direção à lua. Ela fechou os olhos e começou a cantarolar uma canção de ninar suave. Grace reconheceu a melodia; era a canção deles, dela e de Vincente. Grace fechou os olhos e mergulhou num sono profundo.

CAPÍTULO 42

Voaram por um tempo excepcionalmente longo, até que a Mãe Sol começou a dar início a um novo dia.

Essa foi a deixa para começarem a descida. Grace e a menina agarraram-se firmemente à besta metálica enquanto a luz do sol refletia no seu corpo, causando raios a disparar em todas as direções. O céu iluminou-se com fogos de artifício diurnos enquanto caíam através das nuvens.

Então, as nuvens começaram a se abrir, enquanto desciam em direção ao coração da Terra.

À distância, Grace podia ver uma pedra vermelha gigante, que brilhava à luz do sol. Estava rodeada por areia.

No entanto, quando ela pestanejou algumas vezes, o oceano começou e terminou nas bordas da rocha. As ondas quebravam e rolavam, mas nunca ultrapassavam a borda do monólito. Era como se o oceano começasse e terminasse ali, na rocha.

Agora, aproximando-se, Grace conseguiu distinguir um padrão de círculos concêntricos. Do ar, o que ela via abaixo parecia um alvo gigante de dardos.

Agora, reconhecendo o padrão, Grace conseguiu dividir a distância entre os anéis subsequentes e distinguir uma região da outra.

Do lado de fora, a areia vermelha, que se erguia esporadicamente como a terra, inspirava e expirava. O próximo círculo, como explicamos, era o oceano, começando e terminando quando as ondas beijavam a rocha vermelha sem transbordar. A rocha vermelha formava um anel, e dele crescia um círculo de árvores.

As árvores estendiam os seus ramos, uma para a outra, mas uma árvore se elevava acima de todas as outras: uma oliveira. Ela alcançava as nuvens bem acima do pássaro de metal em que Grace estava montada. Ao lado da oliveira, havia árvores de bordo, palmeiras e eucaliptos de tamanho normal, para citar apenas alguns. Esta seção começava e terminava com árvores e, em seguida, um círculo divisório de areia vermelha era visível novamente.

Dentro das árvores, havia outra secção de flores. Era composta por girassóis, acácias douradas, tulipas, rosas e muitas, muitas outras.

Em seguida, mais areia vermelha, seguida por animais muito altos, como dinossauros, girafas, elefantes e ursos.

Onde essa secção terminava, outra começava. Areia vermelha, depois outros círculos de criaturas aquáticas, como baleias, tubarões e medusas. A água corria por cima e ao redor deles sem tocar em nenhuma das outras seções, pois elas estavam protegidas e contidas.

Num círculo, estavam todos os animais voadores e planadores. Havia corvos, raposas, borboletas e cacatuas. Eles subiam e desciam quase como se um marionetista imaginário os estivesse segurando. A besta, nas costas da qual Grace e a menina haviam viajado, ocuparia o seu lugar dentro desse círculo.

Depois de outro círculo de areia, vinha uma secção de répteis, marsupiais e várias outras secções de animais, de modo que cada filo e espécie estava representado em espécie.

Havia secções demais para Grace contar todas. Os sons que vinham delas erguiam-se da Terra, quase como se falassem em uma só voz.

Agora, à medida que se aproximavam cada vez mais, Grace também podia ver círculos de pessoas.

Homens e mulheres, jovens e idosos, estavam divididos em seções. Eles vieram de todas as partes do mundo, representando todas as culturas aborígenes e indígenas. Alguns estavam vestidos com trajes tradicionais. Alguns carregavam lanças. Alguns carregavam bumerangues. Outros estavam adornados com peles e penas, e alguns tinham rostos pintados. Enquanto outros faziam música com bastões de chuva e tambores.

À medida que se aproximavam, todos os habitantes do círculo sentiram intrinsecamente a presença de Grace.

Em sincronia, cada segmento começou a balançar. A areia vermelha subia e descia dentro dos limites do círculo.

Cada vez mais perto, eles voavam e, por um momento, ela pensou ter visto Vincente. Era verdade. Ele estava em pé num círculo com outros rapazes da mesma idade. Cada um deles tinha cabelo loiro e usava um manto longo até ao chão, como um monge usaria.

Os olhos de Vincente encontraram os de Grace. Ele acenou com o seu homem aborígene esculpido no ar para reconhecer a sua presença.

À luz do sol, Grace percebeu que o anel de família estava de volta ao seu dedo. Juntos, os rapazes levantaram os braços na sua direção. Grace ficou momentaneamente cega quando a luz do sol atingiu cada um dos seus anéis ao mesmo tempo. Todos usavam exatamente o mesmo anel que Vincente.

Piscando os olhos de volta à realidade, Grace viu cada um dos rapazes tirar o anel e colocá-lo à sua frente, sobre um pequeno pedaço de tecido.

Dentro da secção dos rapazes havia um círculo de raparigas. Mais uma vez, eram milhares, uma rapariga para cada um dos rapazes. As raparigas estavam todas vestidas com camisas de dormir de linho branco com laços vermelhos à volta do pescoço. Cada rapariga segurava um cobertor nos braços.

Quando estavam quase a aterrar, Grace observou os laços vermelhos a balançar com a brisa, depois a ficarem imóveis e, em seguida, a balançarem novamente.

Os olhos de Vincente fixaram-se nos de Grace. Ela quase saltou das costas da besta, mas Vincente desviou o olhar, como se ela estivesse morta para ele. Os seus pés tocaram a areia. Ela teria corrido para ele, se a menina não a tivesse impedido, segurando-lhe a mão.

Grace juntou-se ao círculo onde as meninas esperavam em silêncio. Grace tinha muitas, muitas perguntas que queria fazer, para as quais precisava de respostas. A menina colocou o dedo nos lábios e disse: «Shhhh».

O laço vermelho de Grace agora subia e descia ao ritmo das outras meninas, enquanto a brisa quente as acariciava. Embora estivesse quente, Grace estremeceu.

"Coloque o cobertor no chão à sua frente", exigiu a menina.

As outras meninas do círculo seguiram o exemplo de Grace.

Mais uma vez, Grace tentou fazer uma pergunta, mas, como antes, a menina apenas disse: "Shhh".

CAPÍTULO 43

AGORA, QUATRO NOVAS SECÇÕES foram adicionadas. Um círculo de areia vermelha, seguido por um círculo de tecido com um anel sobre ele, na frente dos meninos. Em seguida, outro círculo de areia e um círculo de cobertores na frente das meninas.

Foi então que o canto começou. Começou do lado de fora e passou de seção em seção. Cada segmento tinha um som a fazer, que juntos formavam uma canção. Juntos, eles cavalgavam nas asas da melodia enquanto o sol subia cada vez mais alto no dia recém-nascido.

Tão rapidamente quanto começou, o canto parou.

Por um momento, houve silêncio absoluto. Então, juntos, eles rugiram em uma só voz, uma só canção.

Era um som bonito, calmante e reconfortante, nada parecido com o que se poderia imaginar, mas era tão alto que Grace tapou os ouvidos.

A menina percebeu o medo de Grace e sussurrou-lhe ao ouvido: "A dor foi suportada pela Terra por muito, muito tempo. Agora, a

Terra está a libertar a dor. A sua sobrevivência depende disso. Não tenha medo. Você está a testemunhar a cura."

Grace baixou as mãos e fechou os olhos e, quando já não tinha medo, conseguiu sentir e apreciar tudo.

A Mãe Sol derramou os seus raios nos corações de todos os que estavam presentes. Parecia estar a extrair os batimentos cardíacos, sincronizando-os. Fazendo-os reverberar no único batimento cardíaco do universo.

«Diga agora», disse a menina. «Grace, diga as palavras.»

Grace encolheu os ombros, confusa. Ela não tinha ideia do que a menina queria dela.

"Diga agora. Diga as palavras, as palavras. As palavras que lhe foram ensinadas. Você é a última. Você deve dizê-las agora. Estamos todos à espera."

A mente de Grace voltou-se para a canção que a menina lhe havia dito há algum tempo. Ela não tinha certeza se conseguiria lembrar-se das palavras. No entanto, de alguma forma, ela sabia instintivamente que se lembrava delas.

Todos estavam em silêncio. Todos estavam à espera.

Grace respirou fundo, mas não conseguiu emitir um único som.

"Fale com o seu coração", disse a menina. "E as palavras fluirão."

Grace acalmou a respiração e fechou os olhos. As palavras saíram da sua boca para o ar livre como um presente:

"Eu sou a mulher-desenhista,

Eu sou o choro;

Eu sou a voz secreta,

Eu sou o suspiro;

Eu sou aquilo que se ouve

Baixo no crepúsculo;

Os pássaros respondem com um canto,

As flores com almíscar;

Eu sou aquela planta dolorosa,

Proferida onde chama

Um pássaro solitário que vagueia

Por cachoeiras escuras;

Eu sou a mulher desenhista,

Não me ignore;

Eu sou a voz secreta,

Ouça o meu grito;

Eu sou o poder que a noite

Perde no exterior;

Eu sou a raiz da vida;

Eu sou o acorde. » *

As meninas da secção começaram a cantar. Uma canção para uma, uma canção para todas. Depois, deram as mãos e balançaram-se ao calor da Mãe Sol.

A menina sorriu para Grace e depois transformou-se novamente num corvo. Voou em direção à secção, onde foi recebida pelo som das asas a bater.

Enquanto elas cantavam, homens e mulheres começaram a reunir-se fora do círculo. Estavam vestidos com trajes tradicionais e tinham vindo para a rocha vermelha de muitas terras distantes. Eles ficaram juntos em casais e deram as mãos. Logo, as mãos se separaram e os homens ficaram na fila que levava ao círculo dos homens, e as meninas ficaram na fila que levava ao círculo das meninas.

Um rapaz aborígene ficou em frente ao primeiro rapaz loiro e eles abraçaram-se. Então, o rapaz loiro pegou no seu anel e no pedaço de tecido e colocou-os na mão aberta do rapaz aborígene. O rapaz aborígene colocou o anel no seu dedo. Eles abraçaram-se novamente e o rapaz aborígene esperou.

O parceiro do rapaz ficou em frente à primeira rapariga, vestindo um vestido de linho branco. As duas meninas abraçaram-se como os meninos haviam feito. A menina deu à menina aborígene a fita vermelha do seu vestido. Elas abraçaram-se novamente e então ela se abaixou, pegou o cobertor e ela e seu parceiro caminharam na direção do sol. Quando o casal caminhou em direção à luz, eles desapareceram. Este mesmo incidente ocorreu repetidamente por muitas e muitas horas. Juntos, os homens e as mulheres preencheram a lacuna do tempo.

Houve muitos choros e abraços. Logo, as únicas duas pessoas que restaram foram Vincente e Grace e um casal fora do círculo.

O último homem aborígene entrou na seção, e ele e Vincente fizeram a troca.

Então, o embrulho aos pés de Grace começou a chorar.

Não era apenas um cobertor. Não era um embrulho vazio. Era uma criança. A criança de Grace e Vincente.

Grace inclinou-se para acariciar o cobertor, mas a mulher aborígene já estava lá e a cerimónia já tinha começado.

O bebé continuava a chorar aos pés de Grace.

Ela olhou para a mão da mulher e viu que estava a tremer.

A mulher abraçou Grace.

Grace olhou por cima do ombro para confirmar que o parceiro da mulher agora usava o anel de Vincente. Ele estava, o que significava que Vincente tinha dado a sua permissão.

Uma lágrima desafiadora rolou pela bochecha de Grace.

A seguir na cerimónia estava a entrega do laço vermelho. Se Grace se recusasse a entregá-lo, o acordo não seria feito. Ela queria ver o seu bebé, confortá-lo.

A mulher abraçou Grace mais uma vez.

E então aconteceu.

CAPÍTULO 44

As ondas que rodeavam o monólito vermelho erguiam-se, cada vez mais altas, até que envolveram a rocha vermelha e formaram uma nova secção de ecrãs de cinema circulares gigantescos.

Assim que o novo círculo de ecrãs ficou completo, o chão sob os pés de Grace começou a tremer e a estremecer, enquanto se partia. A plataforma elevou Grace e o seu filho cada vez mais alto.

À sua frente, a história dos povos aborígenes e indígenas do mundo começou a passar pelas telas. Ela testemunhou bebés a serem levados, roubados e entregues a estranhos, e pais a chorarem repetidamente durante dias, anos e séculos.

E a cada criança que era levada, a oliveira torcia-se e causava um corte no corpo de Grace. No início, ela gritou com a dor, mas ao olhar nos olhos feridos daqueles bebés sendo arrancados de suas famílias, ela abriu os braços, acolheu a dor e a abraçou como parte de seu ser. Ela reconheceu então que a oliveira era a constante. A conexão entre aqui e lá, entre eles e nós, entre mundos.

Quando ela aceitou a dor em seu corpo, olhou na direção de Vincente. Ele tentou correr até ela, mas seus pés não permitiram. Era como se estivessem cimentados no chão.

Ela girou, com sangue escorrendo de suas feridas abertas, e chamou a Mãe Terra, que derrubou as telas e devolveu Grace ao solo firme, onde a menina aborígene esperava.

Assim que voltou à terra firme, Grace não hesitou em abraçar a mulher aborígene, sussurrando um pedido de desculpas ao seu ouvido e oferecendo-lhe a fita vermelha.

A mulher aborígene pegou no que agora era o seu próprio bebé. Acenou e não olhou para trás enquanto confortava a sua criança, e elas seguiram na direção dos raios quentes do sol.

No início, o bebé voltou a chorar, mas logo foi consolada, e o ar ficou calmo, muito tranquilo e visivelmente silencioso.

Então, surgiu um pandemónio de ruídos, com todas as árvores e animais a rugirem em sincronia.

Um corvo voou até onde os dois últimos, Grace e Vincente, estavam. Ela voltou a ser a menina e estendeu a mão para Vincente e depois para Grace.

Com o equilíbrio agora restaurado para a Mãe Terra, o trio caminhou em direção à luz do sol.

"Mais uma coisa", sussurrou a menina e então soltou as mãos deles.

CAPÍTULO 45

A TERRA COMEÇOU A tremer e convulsionar sob os seus pés.

Grace e Vincente abraçaram-se enquanto as forças os empurravam para junto um do outro e depois separavam-nos, juntando-os e separando-os.

Seguraram-se pelas mãos enquanto se elevavam do chão.

Giraram e giraram num túnel negro, quase como se estivessem dentro de um guarda-chuva negro giratório.

Mantiveram-se juntos. Beijaram-se.

Um apelo unificado ressoou.

Num piscar de olhos, a Mãe Terra devolveu tudo e todos ao lugar onde deveriam estar.

E mais uma vez o monólito vermelho ficou sozinho.

EPÍLOGO

U M JOVEM ESTAVA SENTADO na sua prancha de surf em Manly Quay.

Ele aguardava a onda grande.

Ao longe, ele avistou algo a cintilar e a balançar.

Ele remou em direção a isso. Era uma câmara.

Ele colocou a alça ao pescoço e, quando a onda grande finalmente chegou, ele surfou até à costa.

Mais tarde, ele caminhou pela praia durante algum tempo, perguntando se alguém tinha perdido uma câmara.

Ninguém a reclamou.

Curioso, ele levou-a a uma loja de fotografia local. O rolo de filme dentro dela não estava danificado nem molhado. Ele pediu para revelá-lo.

Algumas horas depois, quando o filme ficou pronto, o surfista voltou à loja de fotografia. A jovem atrás do balcão pediu desculpas, pois havia apenas uma fotografia no filme.

Ele abriu o envelope.

Um jovem de cabelo loiro, vestindo um smoking preto, sem camisa e calças de ganga pretas, estava de braços dados com uma mulher de cabelo ruivo, usando uma tiara e um vestido de noiva de renda. Eles pareciam muito felizes. Atrás deles, luzes de fada, a lua e o oceano proporcionavam o cenário perfeito para o casamento deles.

Não reconhecendo nenhum dos dois, ele jogou a foto e a câmara no lixo.

Três corvos gritaram à distância.

CONCLUSÃO

Como sempre foi
E como sempre será...
As crianças pagam o preço
Pela história.

OBRIGADO!

***DAME MARY GILMORE (1865-1962)**

O poema de Dame Mary Gilmore intitulado «The Song of The Woman-Drawer» (A Canção da Mulher-Desenhista) está incluído neste livro por cortesia da editora ETT Imprint, Sydney, Austrália. Para saber mais sobre o trabalho de Mary, siga os links abaixo, que estavam ativos no momento da publicação:

http://lib.unsw.adfa.edu.au/speccoll/finding_aids/gilmore_mary.html

https://www.marygilmore.org.au/

http://adb.anu.edu.au/biography/gilmore-dame-mary-jean-6391

http://banknotes.rba.gov.au/australias-banknotes/people-on-the - banknotes/dame-mary-gilmore/

http://www.civicsandcitizenship.edu.au/cce/gilmore,9133.html

http://www.portrait.gov.au/portraitofanation/gilmore-biography.html

http://trove.nla.gov.au/people/463377?c=people

SUGESTÕES DE LEITURA

Todos os links estavam ativos no momento da publicação:

GADIGAL DA NAÇÃO EORA E INDÍGENAS AUSTRALIANOS

http://www.sydneybarani.com.au/sites/aboriginal-people-and-place/

http://www.australia.gov.au/about-australia/australian-story/austn-indigenous-cultural-heritage

http://lib.unsw.adfa.edu.au/speccoll/finding_aids/gilmore_mary.html

BIOGRAFIAS DE MULHERES MATEMÁTICAS

http://www.ams.org/women-mathematicians

http://womenshistory.about.com/od/sciencemath1/ss/Women-in-Mathematics-History.htm

MULHERES CIENTISTAS:

http://womenshistory.about.com/od/airspacesciencemath/tp/Famous-Women-Scientists.htm

http://www.smithsonianmag.com/science-nature/ten-historic-female-scientists-you-should-know-84028788/?no-ist

LEONARDO FIBONACCI (1175-1250)

https://www.mathsisfun.com/numbers/fibonacci-sequence.html

http://www2.stetson.edu/~efriedma/periodictable/html/F.html

ALBERT EINSTEIN (1879-1955)

http://www.nobelprize.org/nobel_prizes/physics/laureates/1921/einstein-bio.html

NOTA DO AUTOR:

Caros leitores,

Agradeço por terem escolhido ler a história sobre Grace e Vincente. Espero que tenham apreciado a leitura tanto quanto eu apreciei escrevê-la.

Nasci em Ontário, no Canadá, mas morei em Sydney, na Austrália, por mais de quinze anos com a minha família.

Durante esse tempo, descobri as obras de Mary Gilmore. O poema incluído neste romance inspirou-me muito, e desejei que outras pessoas também o descobrissem.

Quando as personagens Grace e Vincente surgiram pela primeira vez na minha mente, eu não tinha certeza se estava preparada para a tarefa que tinha pela frente. Ela era uma prodígio da matemática e ele era um jogador de críquete — dois assuntos sobre os quais eu não tinha muito conhecimento. Levei muito tempo a refletir, pesquisar e construir — antes mesmo de me sentar para escrever o primeiro rascunho.

Estava finalmente a trabalhar intensamente no primeiro rascunho quando participei num retiro de escritores com a Society of Women's Writers NSW Inc. e, durante um dos exercícios do seminário, abri-me e dei a mim mesma permissão para escrever. A história fluiu naturalmente após essa revelação. Espero que gostem de ler, tanto quanto eu gostei de escrever.

Atualmente, estou de volta a casa, em Ontário, Canadá, com o meu marido, filho, gato e cão.

Obrigada! Como sempre, BOA LEITURA!

Cathy

TAMBÉM POR:

FICÇÃO PARA JOVENS ADULTO

E-Z DICKENS SUPER-HERÓI LIVROS 1 E 2 ANJO TATOO:

OS TRÊS

E-Z DICKENS SUPER-HERÓI LIVRO 3 SALA VERMELH

E-Z DICKENS SUPER-HERÓI LIVRO 4 SOBRE O GELO

CONTOS

13 CONTOS

POESIA

PINTANDO COM PALAVRAS - UMA COLEÇÃO DE

POESIA

+ LIVROS INFANTIS

www.ingramcontent.com/pod-product-compliance
Lightning Source LLC
Chambersburg PA
CBHW021328310726
48971CB00001B/37